KB060069

내일의 식탁

내일의 식탁

야즈키 미치코
장편소설

김영주
옮김

明
日
の
食
卓

문학동네

차례

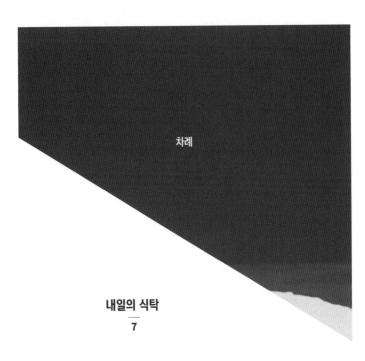

유가 알랑거리는 표정으로 이쪽을 쳐다본다. 그 얼굴이 밉살스럽고 괘씸해 뺨을 힘껏 때린다. 공포와 분노로 일그러지는 얼굴에 더 큰 증오심이 끓어오른다. 이번에는 반대쪽 뺨을 때리고 어깨를 밀어 유를 그 자리에 쓰러뜨린다.

그 위에 깔고 앉아 손바닥으로 뺨을 후려친 다음, 머리채를 움켜쥐고 머리를 흔든다. 일어나려는 유를 냅다 있는 힘껏 밀친다. 아직은 이쪽에서 마음대로 제어할 수 있는 아홉 살의 몸.

벽에 부딪힌 유가 과장된 신음소리를 낸다. 그 소리가 신경에 거슬려 무의식중에 걷어찬다. 그럼에도 여전히 덤벼들려는 유를 또 밀쳐낸다.

피가 거꾸로 솟는 것처럼 온몸이 뜨거워진다. 뭔가에 조종당

하는 것처럼 유의 머리채를 쥐고 온 힘을 다해 머리를 바닥에 찧는다. 어깨가 들썩일 만큼 숨이 거칠어지고 땀방울이 뚝뚝 떨어졌다.

힘없이 축 늘어진 유를 보자 한 가지 일을 끝낸 것 같은 감각이 든다. 안개가 걷히듯 마침내 머릿속이 선명해진다.

📖

오전 여섯시 삼십분. 아스미는 남편 다이치를 역까지 데려다준다. 이 시간은 도로가 한산해 여섯시 사십오분에는 도착할 수 있다.

역 로터리에 잠시 정차하면 다이치가 "다녀올게" 하고 오른쪽 검지 뒤로 아스미의 뺨을 슬쩍 만진다. 신혼 초에는 뺨에 입을 맞췄는데 어느 틈엔가 이렇게 바뀌었다. 남의 눈이 신경쓰이는 입맞춤보다 손가락으로 부드럽게 뺨을 어루만지는 데서 더욱 애정이 느껴진다고 아스미는 생각한다.

"잘 다녀와."

운전석에서 손을 흔들며 다이치를 배웅한다. 신칸센 열차를 타면 시나가와까지 오십 분이 조금 안 걸린다. 직장은 신바시에 있다. 일찍 가서 업무 시작 전까지 카페에서 여유를 즐기는 모양이다.

아스미는 그대로 로터리를 한 바퀴 돌아 방금 왔던 길을 따라 집으로 돌아간다. 일곱시. 유를 깨울 시간이다.

"유, 일어나. 아침이야. 잘 잤어?"

이층으로 올라가 유의 방안 커튼을 연다. 어슴푸레했던 방이 단번에 환해진다.

"일어나야지. 이러다 지각하겠어."

우웅, 흐응, 하고 알 수 없는 소리를 내면서 유가 눈을 비빈다. 유의 얼굴에 아침햇살이 비치고 금빛 솜털이 하얀 피부를 반짝이게 한다. 아스미는 얼굴을 가까이하고 조금 전 다이치가 쓰다듬은 자신의 뺨을 유의 뺨에 갖다 댄다. 아주 부드럽고 따뜻하다.

이제 일어나야지, 하고 말하면서 아스미는 유를 꼭 끌어안는다. 아이 특유의 달콤한 냄새. 이제 막 초등학교 3학년이 되었지만 자그마한 골격이 여전히 귀엽고 앳되다. 사랑스러운 아들. 아스미는 유가 몹시 귀엽고 사랑스러운 마음을 주체할 수 없다.

"쪽."

일부러 과장된 소리를 내며 유의 뺨에 입을 맞췄다.

"하지 마."

"그러게 얼른 일어나야지. 어서 일어나. 밥 다 됐으니까 세수하고 옷 갈아입고 내려와."

뭉그적뭉그적 일어난 유를 확인하고 아스미는 아래층으로 내려간다.

토스터에 식빵을 넣고 콘수프를 다시 데운다. 브로콜리 새싹과 토마토, 양상추를 넣은 시저샐러드에 구운 햄과 달걀, 그리고 유가 좋아하는 땅콩버터를 토스트에 발라 식탁에 낸다.

"어머, 유. 또 그 옷 입으려고? 다른 옷도 많은데."

이층에서 내려온 유가 그저께와 똑같은 긴소매 티셔츠를 입고 있다. 해골 그림에 반짝이는 비즈가 달린 것이다.

"난 이 옷이 좋아."

그렇게 말하고는 쑥스러운 듯 웃는다.

등교반*의 집합 시간은 일곱시 오십오분이다. 아이가 아침밥을 다 먹는 걸 끝까지 지켜보고 이를 닦게 한 뒤 집 앞 도로까지 함께 나간다.

"빠트린 거 없어?"

"응."

"잘 갔다 와."

---

* 교통사고 등의 위험을 대비해 서로 가까운 구역에 사는 아이들이 무리 지어 등교하는 일본의 시스템.

"다녀오겠습니다."

유의 작은 등에 멘 책가방이 아직 조금 크다. 교모를 쓰고 달려가는 뒷모습을 바라보는 것만으로도 눈물이 날 것 같다. 유의 모습이 사라진 뒤에도 아스미는 한동안 손을 흔들었다. 오늘 하루도 즐겁게 보내기를, 친구들과 사이좋게 지내기를 기도하는 마음으로.

다이치와 유를 보내고 나서야 간신히 한숨을 돌린다. 거실의 커다란 테라스 문 너머로 마당을 바라보면서 아스미는 천천히 아침식사를 한다. 자기만 먹을 요량으로 덜 달게 만든 딸기잼을 바르고 토스트를 베어 문다. 바삭한 식감 뒤에 느껴지는 잼의 촉촉함. 아, 오늘도 좋은 하루야. 아스미는 생각한다. 아무 근거도 없이.

연노란색 봄 햇살이 테라스 문으로 쏟아져들어온다. 파랗고 깨끗한 하늘. 4월 중순의 화요일. 오늘은 오후에 서예 교실에 가야 한다. 자, 빨래를 널고 청소를 시작하자.

창가에 서서 크게 팔을 뻗고 심호흡을 한다. 어젯밤 내린 비에 더러워진 테라스의 나무 데크가 눈에 들어왔다. 이곳을 만들 때 인조목으로 할지 천연목으로 할지 고민했었는데 천연목으로 하길 잘했다고 아스미는 생각한다. 늘 깨끗하게 유지하면 별문제

없고, 시간이 흐를수록 묻어나는 정취가 있다. 슬슬 테라스에서 식사하기 좋은 계절이다. 여기서 아침을 먹거나 바비큐를 하고, 유가 잠든 뒤 남편과 둘이서 밤하늘을 바라보며 술을 마실 때도 있다. 보름 뒤쯤의 자기 모습을 떠올리자 아스미는 벌써 만족스러운 기분이 들었다.

시즈오카현에 있는 다이치의 본가를 재건축한 건 유가 초등학교에 올라갈 무렵이었다. 그때까지는 도심의 아파트에 살았는데 혼자 생활하는 시어머니도 마음에 걸리고, 결국 언젠가는 같이 살겠거니 해서 이사를 결심했다. 아이를 키우는 데도 인연이 많은 이곳이 좋겠다 싶어 부부가 합의했다.

유일하게 마음에 걸린 건 유의 학교 문제였다. 아스미는 아이를 사립 일관교*에 보내고 싶었으나 이사 때문에 이래저래 사전 준비가 늦어져 결국 공립 초등학교에 입학시켰다. 여기서 다닐 수 있는 사립 중학교를 틈틈이 알아보고 있지만 이렇다 할 곳을 아직 찾지 못했다.

데크 청소를 하고 있는데 시어머니가 얼굴을 보였다. 같은 부지 안에 단층 주택을 짓고 시어머니가 그곳에서 생활한다. 아들 가족과 함께 생활하는 게 아니어서 아스미 입장에서도, 아직은

---

* 초등학교부터 중고등학교까지 연계되어 진학할 수 있는 학교.

건강한 시어머니 입장에서도 서로 쾌적한 거리감을 유지하고 있다.

"안녕히 주무셨어요. 오늘 날씨가 좋네요."

"그러게, 아주 기분좋은 날씨네. 내가 제일 좋아하는 계절이 봄이야. 아스미는 청소를 아주 열심히 하는구나. 대단해."

"집이 깨끗하면 기분이 좋잖아요."

시어머니가 천천히 고개를 끄덕인다. 시아버지가 일찍 돌아가시는 바람에 다도와 꽃꽂이 교실을 운영하면서 다이치를 키웠다고 들었다. 시아버지는 데릴사위였고 회사원이었다. 시어머니는 지주였으니 다도나 꽃꽂이 교실의 수업료로 버는 것보다 넉넉한 수입이 있었을 테다.

"친구랑 가부키 공연을 보러 갈 거라서 오늘은 늦을 거야."

"네, 알겠어요. 잘 다녀오세요."

미소로 시어머니를 배웅한다. 아스미는 이처럼 가족에게 "다녀오세요"라고 말할 수 있는 현재의 생활이 마음에 든다. 집안을 정돈하고 맛있는 식사를 만들고 아이를 돌보며 남편이 쾌적하게 지내도록 하는 것. 자신은 주부가 적성에 맞는다고 아스미는 진심으로 생각한다.

정원수의 신록이 푸르르다. 이제 슬슬 정원사에게 연락해 제초와 가지치기 작업을 부탁해야겠다. 그렇게 계획을 세우고 아스미는 세탁과 청소를 시작했다.

붓글씨 쓰기를 배워야겠다고 작심한 이유는 생각보다 관혼상
제 같은 행사가 잦았기 때문이다. 남편 부탁으로 봉투에 그의 이
름을 쓸 때면 글씨가 너무 유치해 미안한 기분이 들었다. '이시
바시 다이치石橋太一'라는 이름은 '바시'만 획수가 많고 다른 글자
는 획수가 적어 균형을 맞추기가 어렵다. 펜으로 쓰면 그나마 나
은데 붓으로 쓰면 아무리 해도 모양이 영 안 난다.

시내에 유명한 서예가가 있다는 걸 알고 작년부터 그곳에 다
니고 있다. 전통 일본식으로 지은 선생님의 자택 한 공간에서 차
분한 분위기 속에 지도를 받는다. 화요일 이 시간대 수강생은 여
섯 명으로, 나이 지긋한 남자와 여자가 두 명씩이고 다른 한 명
은 지난달에 갓 입회한 아스미 또래의 여자다.

"이시바시 씨, 꺾기가 좋네요."

할아버지라고 하기에는 아직 이르고 근엄함과는 거리가 먼 온
화한 선생님이다. 월 수업료는 약간 비싼 편이지만 친절하게 잘
가르쳐서 수강생들한테 인기가 있다. 조금 지나면 유에게도 배
우게 하고 싶다고 아스미는 생각한다. 아름다운 글씨를 쓰는 건
일생의 보물 같은 일이다.

유는 현재 수영과 미술을 배운다. 수영을 시작하고부터 감기

에 잘 걸리지 않았다. 미술학원을 굉장히 좋아하는데, 그림 그리는 게 무척 즐거운 모양이다. 슬슬 입시학원에 보내고 싶다. 중학교 입시를 시키려면 일찌감치 준비를 해둬야겠지.

"이 부분은 한 번 멈췄다가 뻗어주세요."

"아, 네. 죄송합니다……"

잠깐이라도 정신을 팔면 금세 선생님한테 들통난다. 아스미는 잡념을 떨치고 나머지 시간은 집중해서 붓을 움직였다.

"혹시 시간 있으면 차라도 한잔하고 갈래요?"

수업이 끝나고 집에 가려는 참에 누군가 말을 걸어왔다. 지난달에 갓 들어온 와카스기라는 여자다. 솔직히 아스미는 당황스러웠다. 일 년에 한 번 전체 수강생과 선생님이 함께하는 송년회 말고는 누군가에게 따로 식사나 차를 하자고 권유받은 적이 없었다.

목요일에 다니는 제과 교실에서도 마찬가지였다. 수강생끼리 사이가 나빠서가 아니라 수업이 끝나면 곧장 헤어지는 게 암묵적인 규칙이었다. 미혼인 젊은 여자들은 서로 말을 걸어 함께 돌아가거나 중간에 옆길로 새기도 하는 모양이었으나 이른바 가정이 있는 주부들은 곧장 귀가했다.

아스미는 휴대폰으로 시간을 확인했다. 오후 두시가 조금 넘었다. 오늘 유는 6교시 수업이라 집에 오면 네시쯤일 것이다. 그

전에 저녁거리 장을 보러 가야 한다.

"네. 잠깐이라면."

아스미가 그렇게 대답하자 와카스기가 "와! 좋아요" 하며 그
자리에서 폴짝 뛰었다. 어린아이 같은 모습에 아스미는 무심코
큭큭 웃었다.

"이 근처에는 갈 만한 카페가 없으니 패밀리레스토랑이어도
좋겠죠? 국도까지 나가도 괜찮아요?"

아스미는 차로 왔고 마침 그 레스토랑은 집에 가는 길에 있으
니 딱 좋다.

"저도 차를 가져왔으니 각자 출발해 그쪽에서 만나는 게 어떨
까요?"

"네, 그렇게 하죠."

오 분도 채 안 걸려 레스토랑에 도착했고 아스미는 음료를 주
문했다.

"이시바시 씨, 그것만 드시는 거예요? 저는 디저트도 주문할
까 하는데 괜찮을까요?"

"그럼요, 드세요."

그녀는 구운 치즈 케이크와 음료를 주문했다.

"실례지만 이시바시 씨는 나이가 어떻게 돼요?"

"네?"

"아, 미안해요. 그런 건 물어보면 안 되는데."

와카스기가 서글서글하게 웃는다. 결코 불쾌한 웃음이 아니었다.

"서른여섯 살이에요."

"아, 비슷하네요. 저는 서른여덟이에요."

훨씬 어릴 거라고 생각했기에 깜짝 놀랐다. 아스미도 대개는 어리게 보이는 편인데 와카스기는 자신보다 연하일 줄 알았다. 두 살 연상이라는 건 남편과 동갑이란 뜻이다.

"아이 있어요?"

기혼인지 미혼인지 묻지도 않고 불쑥 자녀 유무를 묻는 건 아스미가 왼쪽 약지에 낀 결혼반지 때문일 것이다. 아무튼 그렇더라도 꽤 거리낌이 없는 사람이다.

"초등학교 3학년인 남자아이가 하나 있어요."

"저는 4학년 남자아이 하나."

아이가 있어 보이지 않았기에 아스미는 또 한번 놀랐다. 그녀의 약지에는 오렌지빛이 감도는 블랙 오팔이 반짝거렸다.

"어려 보여서 독신인가 했어요."

아스미가 그렇게 말하자 "아유, 그런 말 마요" 하고 와카스기가 밝게 웃었다.

"그러지 말고, 말도 편히 해요. 내 이름은 나나. 와카스기 말고 나나라고 불러. 이시바시 씨는?"

"아스미예요."

"아스미 씨라고 불러도 되지? 아니, 그냥 아스미라 부를까?"

부지런히 바뀌는 그녀의 표정이 풍부해서 아스미는 웃으며 고개를 끄덕였다.

"그럼 저도 나나 씨라고 할게요."

연상인 것을 안 이상, 그냥 나나라고 부르기는 아무래도 좀 그렇다고 생각했다.

"서예 시작했을 때부터 줄곧 아스미랑 얘기하고 싶었어. 왠지 나랑 잘 맞을 것 같았달까."

그 말이 싫지는 않았지만 아이 엄마들과의 교제가 얼마나 성가신 일인지 아스미는 충분히 인지하고 있었다. 유가 유치원에 다니던 시절, 엄마들끼리 대수롭지 않은 일로 갈등을 겪는 걸 신물날 정도로 봐왔고 거기에 휘말린 적도 있었다. 아스미에게 다른 아이 엄마와의 교제는 필요하지 않았다. 남편과 아이만 있으면 그걸로 충분했다.

친정이 있는 요코하마에 고향 친구들이 있고, 대학 시절 친구들과도 연락하려면 얼마든지 할 수 있다. 굳이 친하게 지낼 사람을 사귀지 않아도 외로움이나 질투 같은 감정은 없었다. 아이 엄마들에게 의지하지 않아도 필요한 정보는 스스로 얼마든지 수집

할 수 있다.

물론 유가 친하게 지내는 친구들의 엄마들과는 원만히 지내고 있다. 자신의 취향은 차치하고 말이다. 유를 위해서라면 다소 돈을 지출하거나 시간을 내는 것쯤이야 아무렇지 않았다.

"아스미는 또 배우는 거 있어?"

"음, 제과 교실에 다녀요."

나나의 질문에 조금 머뭇거리며 아스미는 대답했다. 뭔가를 배운다는 걸 다른 엄마들에게 얘기한 적이 없었다. 순식간에 소문이 퍼질 게 뻔했기 때문이다. 생활에 여유가 있어 좋겠다는 둥 얼굴을 볼 때마다 그런 말을 들을 것이다.

"와, 아스미한테 완전 딱이다. 레이스 달린 앞치마가 잘 어울릴 것 같아."

밉살스러울 법한 말도 나나가 하면 오히려 칭찬받는 듯한 기분이 든다. 참 희한한 사람이다.

"나나 씨는 또 배우는 거 있어요?"

"에이, 말 놓으라니까. 나는 클래식 발레랑 영어."

놀랐다. 아이가 있는데 세 가지나 배우다니. 그야말로 여유가 있구나 싶어 아스미는 조용히 감탄했다.

"클래식 발레는 아이랑 같이 배워."

"어머, 남자아이인데?"

말해놓고 보니 아차 싶어 아스미는 입을 다물었다.

"아하하, 그렇다니까. 의외지? 남자는 우리 애뿐이야. 내가 배우는 걸 보더니 자기도 해보고 싶다고 해서. 남자애가 무슨 발레를 하나 했는데, 〈빌리 엘리어트〉라는 훌륭한 영화도 있고 일본인 발레리노도 활약하는 시대니까. 참, 〈빌리 엘리어트〉 알아? 한 아이가 발레리노가 되려는 꿈을 이뤄가는 영화인데."

"알지. 엄청 좋아하는 영화야."

아스미는 그 영화에서 느꼈던 감동이 선명하게 떠올랐다. 그리고 나나의 아들에게 매우 호감을 느꼈다.

"그 외에 또 가르치는 거 있어?"

"장기. 배운다기보다 그저 두러 가는 것뿐이지만. 발레를 일주일에 네 번이나 가니까 다른 걸 배울 시간이 없네. 다른 것도 좀더 배워보게 하고 싶은데. 가라테나 수영이나 주산 같은 거."

아스미는 더욱 감탄했다. 한 가지 일에 몰두하는 나나의 아들을 순수한 마음으로 존경했다. 그것도 남자아이들은 잘 안 하는 클래식 발레를. 4학년쯤 되면 주변 시선을 신경쓰느라 아무리 진심으로 하고 싶어도 부끄러워 그만두는 아이도 있을 것이다. 장기를 배운다는 점도 멋졌다. 틀림없이 아주 총명한 아들일 것이다.

"아들은 언제부터 발레를 배웠어?"

"2학년 때부터. 정말이지 특이한 애라니까. 참고로 나는 한 달에 두 번밖에 안 다녀."

그렇게 말하며 웃는 나나의 태도에도 호감을 느꼈다. 과시하려는 것도 비하하려는 것도 아닌 적당한 거리감으로 아들을 대한다는 게 전해진다.

나나의 아들은 옆 도시의 사립학교 초등부에 다니고 있었다. 유치원 과정부터 보냈다고 한다.

"이 근방에 마땅한 학교가 없어서. 중학생이 되면 좀 멀리 다녀도 괜찮지 않을까 해서 다른 중학교 입시를 준비시키고 싶은데 본인은 지금 다니는 학교가 아주 마음 편하고 좋은 모양이야."

나나는 그렇게 말했지만 그녀의 아들이 다니는 곳은 아스미도 염두에 뒀던 일관교였다. 아스미는 유의 중학교 입시를 준비하고 싶다는 생각을 전하며 이런저런 질문을 했고, 나나는 어떤 질문에도 흔쾌히 대답해줬다. 음료를 리필하는 시간도 아까워하며 학교와 아이 얘기로 한동안 대화가 무르익었다.

나나의 남편은 현의 동부 지역에서 대형 마트 체인점을 운영한다고 했다. 아스미도 자주 이용하는 곳이다. 동네 마트보다 약간 가격이 비싸지만 신선식품의 신선도가 좋고 조미료의 가짓수도 다양한데다 최신 인기 과자류도 있다.

아스미는 자신의 내면에 싹튼, 밖을 향해 발산되는 탁 트인 감각에 가슴이 뛰었다. 이 동네로 이사와 이제야 겨우 마음이 맞는 친구를 만난 듯한 기분이 들었다.

유의 초등학교에도 만나면 얘기를 나누는 엄마들이 있지만, 남자아이 중에 중학교 입시를 고려하는 경우는 본 적도 없고 뭔가를 개인적으로 배우는 엄마도 알지 못했다.

아스미와 마찬가지로 아들이 하나라는 점에서도 나나에게 친근감을 느꼈다. 유네 반에는 외동아이가 별로 없었다. 아스미도 다이치도 둘째를 간절히 원했지만 생기지 않았다.

"동네에 얘기가 잘 맞는 사람이 좀처럼 없어서 따분하던 참이었어. 오늘 아스미한테 말 걸기를 정말 잘했다. 아스미와는 잘 지낼 수 있을 것 같아."

나나의 말에 아스미는 몸속에서부터 흘러넘치는 기쁨을 느꼈다.

"먼저 말 걸어줘서 나야말로 고마워. 함께 얘기할 수 있어서 정말 좋았어. 아주 즐거운 시간이었어."

이런 식으로 꾸밈없는 감정을 친구에게 전한 게 대체 얼마 만인지. 아스미는 스스로 솔직한 말들을 꺼낼 수 있어서 기뻤다.

"너무 괜찮은 사람이야. 발레를 해서 그런지 자세도 곧고. 언뜻 보기에는 캐주얼한데 자세히 보면 옷도 머리도 제대로 신경

썼다는 걸 알겠더라고. 남편이 하이마트의 사장인데 잘난 척도 전혀 안 하고."

오늘 일찍 퇴근한 다이치를 붙잡고 아스미는 나나에 관한 얘기를 했다. 누군가에게 말하고 싶어 가만히 있을 수 없었다.

"뭐야, 자기. 나랑 하이마트 사장을 비교하진 말아줘. 나는 일개 회사원일 뿐이니까."

난처한 듯한 웃음을 지으며 다이치가 말한다.

"그런 말이 아냐, 자기야. 왠지 기뻐서 그래. 여기 와서 이제야 진짜 친구가 생긴 것만 같아서."

그렇게 말하는데 생각지도 못하게 말끝이 떨려 아스미 스스로도 놀랐다.

"자기야, 왜 그래. 울지 마. 내가 미안해. 도쿄에서 이사온 뒤로 줄곧 당신이 힘들었지?"

"아니, 그런 거 아냐. 그냥 기뻐서."

그 말을 하자마자 눈물이 흘렀다.

"미안해, 자기야."

다이치가 사과하고 아스미의 머리칼을 쓰다듬는다.

"골든위크* 때 사모님 서비스를 해야겠네."

_____

* 4월 말부터 5월 초까지 일본의 연휴 주간.

지금으로부터 십 년 전, 가루이자와의 교회에서 다이치와 아스미는 결혼식을 올렸다. 그래서 매년 결혼기념일인 5월 5일에 가루이자와에 간다. 유가 태어난 뒤로는 셋이서 가고 있다. 올해도 이미 호텔을 예약해뒀다.

"결혼 십 주년 기념으로 다이아몬드라도 살까나?"

다이치의 농담 섞인 말투가 재밌어서 아스미는 웃었다. 말로 표현할 수 없는 낯간지러운 듯한 행복감이 차오른다. 무척 축복받은 인생이고 행복한 인생이라고, 아스미는 생각한다.

"엄마! 친구네 집에 놀러가도 돼?"

학교에서 돌아와 책가방을 내려놓자마자 유가 말했다. 3학년이 되고 유의 활동 범위가 단숨에 넓어졌다. 친구랑 놀고 싶어 어쩔 줄 모르는 눈치다.

"숙제는?"

"있긴 있는데 갔다 와서 금방 할 거야."

"흐음. 좋아, 약속한 거다. 누구네 집에 가는데?"

"레온네 집!"

아이 이름을 한자로 '사자獅子'라고 쓰는데 레온이라고 읽는다. 다케우치 씨네 둘째 아들이다. 위로는 '기사騎士'라고 쓰고 나이토라고 읽는 5학년 형이 있고, 밑으로는 1학년 여동생이 있다.

'보석宝石'이라고 쓰고 주에루라고 읽는다고 한다.

레온 엄마는 아마 아직 이십대일 것이다. 십대에 장남을 낳았다고 들은 적이 있다. 학부모 참관수업이나 간담회에서 몇 번 본 적은 있지만 대화를 해본 적은 없다. 요즘 들어 레온의 이름이 빈번히 나오는 걸 보아 유와 친한 듯하다.

자주 어울리는 아이의 엄마와는 서로 연락처를 교환하는 게 최소한의 예의지만 레온 엄마만은 뭐랄까, 자신과 거리가 먼 존재인 듯 여겨져 내키지 않았다. 그래도 조만간 연락처를 물어봐야 할 것 같다.

"레온네 집에 엄마 계셔?"

"안 계셔. 일하신대."

"그럼 아무도 없는 집에서 노는 거야?"

"형 있으니까 괜찮아. 가끔 아빠도 계시고."

형이라고 해봐야 초등학교 5학년. 별로 미덥지 않다. 거기다 아빠가 낮에 내내 집에 있다는 것도 마음에 걸린다.

"다섯까지는 집에 와."

"엥? 다들 여섯시까지 노는데. 나 혼자만 먼저 와? 싫어."

그러더니 유가 떼를 쓰기 시작한다. 그런 모습이 아직 아이 같아 귀엽지만 언제까지 이렇게 울보여도 괜찮을지 걱정되기도 한다.

"그래도 안 돼. 오늘은 다섯시까지야. 알았지?"

유는 눈물을 닦더니 치, 하고 호들갑스레 대꾸했다.

"이 과자 들고 가서 친구들이랑 함께 먹어."

기성품 과자를 몇 개 들려 보냈다.

"다녀오겠습니다."

"응, 잘 갔다 와."

유의 미소는 정말 사랑스럽다. 하얀 피부, 웃을 때 양볼에 생기는 보조개. 유치원 시절에는 아이 친구 엄마에게 아이돌 기획사에 보내보라는 말도 들었다.

"조심하고."

크게 손을 흔들고 자꾸만 이쪽을 돌아보며 달려가는 아들. 부모인 내 입으로 말하긴 좀 그렇지만, 유는 무척 다정하고 똑똑하다. 유치원 때 이미 글씨를 쓸 수 있었고 자기 이름은 한자로도 썼다. 덧셈 뺄셈도 아스미가 가르쳐주면 바로 이해해서 학교에서 배우기 전에 할 수 있었다.

동물을 몹시 좋아해 강아지는 볼 때마다 쓰다듬어야 직성이 풀리고 고양이를 만나면 가까이 올 때까지 끈기 있게 기다린다. 디즈니 영화를 보며 눈물을 흘리고, 모금함이 있으면 용돈을 기부한다. 유치원 때도, 초등학교 1, 2학년 때도 선생님에게 "유는 정말 착하고 친구를 배려하는 마음이 커요"라는 말을 들었다.

주변에서 자주 들리는 남자아이 특유의 난폭함이나 산만함 같은 건 유아 때부터 전혀 없었다. 유를 낳았을 때 아스미가 이 아이는 천사라고 생각했던 그 느낌 그대로 육아를 하고 있다. 다른 엄마들이 부러워하는 말을 들을 때마다 유를 사랑하는 마음은 더 깊어진다. 설령 유가 난폭하고 산만한 아이였어도 자신은 지금과 조금도 다르지 않게 아낌없는 애정을 쏟을 거라고 아스미는 확신하고 있다.

귀여운 유. 아스미는 유가 너무 좋아 죽겠다. 부모니까 당연한 일이지만 유와는 서로 마음이 잘 통한다. 남자아이라 그런 점도 있는 걸까. 여자아이들은 말발이 세고 맹랑해, 라고 딸 가진 엄마들은 입을 모아 말한다.

장래에 유에게 여자친구가 생기면 어떤 기분이 들까 상상해볼 때가 있다. 초등학교 3학년인 지금은 유의 입에서 반 여자아이 얘기가 나오면 사이좋게 지내줘서 고맙다는 생각이 든다. 하지만 진짜 여자친구가 생긴다면 그 아이를 질투할까? 아스미는 한참 미래의 일을 걱정하는 자신이 웃겼다.

"너희, 진짜! 어지간히 좀 해!"
동네 마트에서 종횡무진으로 뛰어다니는 아이들을 향해 루미코는 언성을 높였다. 아이들은 루미코의 목소리가 귀에 들어오지 않는지 점점 술래잡기에 열중이다.

"유! 다쿠미!"

루미코는 두 아이를 붙잡고 "뛰지 마!" "다른 손님들한테 폐 끼치지 마!" 하고 일렀다.

"알았어?"

"응, 알았어!"

3학년인 유가 그렇게 말하자 1학년인 다쿠미도 "응, 알았어!" 하고 대답했다.

"따라 하지 마!"

유가 다쿠미를 민다.

"아얏!"

다쿠미가 울기 시작한다. 억지로 우는 아이의 울음소리만큼 짜증나는 것도 없다. 왜 저리 툭하면 싸움을 벌일까…… 루미코는 눈을 감고 마음을 가라앉히려 시도한다. 다쿠미는 루미코가 도와주지 않을 거라는 판단이 서자 금세 울음을 멈추고 유에게 덤벼들었다.

"뭐하는 거야, 하지 마!"

"형이 먼저 했잖아!"

마트 통로의 한복판에서 싸움이 시작된다.

"그만해!"

루미코가 둘을 떼어놓자 다쿠미가 또 운다. "아니, 형이……
형이" 하며 흐느낀다.

"형이 먼저 그랬어. 내가 잘못한 거 아니란 말이야."

"그래, 그래. 아팠겠다. 괜찮아, 괜찮아. 다쿠미가 엄마를 도와
줄 수 있을까? 카트 좀 가지고 와줄래?"

"알았어!"

금세 웃는 얼굴로 다쿠미가 대답하자 옆에서 듣고 있던 유가
동생과 앞다퉈 달리기 시작했다.

"기다려! 엄마가 나한테 부탁했단 말이야!"

다쿠미가 뒤를 쫓는다.

"둘이 함께 가져와!"

루미코가 그렇게 말하자 둘이서 속닥속닥 귓속말을 하더니 의
견이 정리됐는지 나란히 뛰어나간다.

"얘들아! 뛰지 말라니까!"

루미코의 목소리에 둘은 순간 걸음을 딱 멈추고 슬슬 걷는가
싶더니 카트 바로 앞에서 유가 다쿠미를 앞질러 전력 질주하고
그에 낚이듯 다쿠미도 온 힘을 다해 달린다. 서로 차지하려고 카
트를 맞붙잡고 있다.

"천천히 해도 되니까 주변을 좀 봐!"

루미코가 그렇게 말했지만 누가 카트를 미는 주도권을 잡느냐를 두고 벌써 또 경쟁이 시작됐다. 루미코는 아이들 쪽으로 가 카트를 가져와줘서 고맙다고 말하고 손잡이를 넘겨받았다.

"엄마가 밀게."

"싫어, 내가 밀 거야!"

유가 루미코한테서 잽싸게 카트를 빼앗아 그길로 기세 좋게 달려나갔다.

"기다려!"

다쿠미가 즉시 뒤를 쫓는다.

"너희들! 거기 서!"

루미코가 소리를 지르지만 아이들은 전혀 듣지 않는다. 다쿠미가 뒤쫓아가 둘이서 카트를 지그재그로 밀기 시작한다.

"그만해!"

두 아이는 깔깔대며 거침없이 카트를 밀면서 날아다닌다.

"앗, 위험해!"

둘이 밀던 카트가 근처에 서 있던 중년 남자에게 부딪혔다. 순간 가슴이 철렁한다. 루미코가 황급히 달려갔다.

"죄송합니다! 괜찮으세요? 다치신 데는 없나요? 정말 죄송합니다!"

중년 남자는 루미코와 아이들을 쏘아보더니 크게 혀를 찼다.

"정말 죄송합니다!"

루미코가 깊이 고개를 숙이자 남자는 다시 한번 쯧, 하고 혀를 찬 뒤 자리를 떠났다. 일단 일이 커지지 않아 다행이라고 생각하고 가슴을 쓸어내린다.

"유! 다쿠미!"

남자에게 카트를 부딪힌 건 사과하지도 않고 서로 네 탓이라고 말싸움하는 아이들에게 루미코는 묻지도 따지지도 않고 콩콩 꿀밤을 때렸다.

"아얏."

유와 다쿠미가 머리를 부비적거린다.

"너희, 몇 번을 말해야 알겠어? 방금도 말했잖아! 여긴 운동장이 아니야! 사람들이 장 보러 오는 곳이라고! 카트에 부딪히면 크게 다칠 수도 있다니까! 오늘 아이스크림은 없어! 알았어?"

루미코의 말에 둘이서 "치, 아이스크림을 안 사주다니, 치사해!" 하며 입을 삐죽거린다. 반성하는 기색도 없이 머릿속에 아이스크림뿐인 아이들의 모습에 루미코는 진심으로 넌더리가 난다. 아이들과 같이 있으면 저녁 장보기조차 제대로 할 수 없다.

"코딱지 공격!"

그 말과 함께 별안간 유가 다쿠미의 어깨에 검지를 비볐다.

"으악! 뭐야! 이 바보야!"

다쿠미가 거의 울다시피 절규하며 도망간 유의 뒤를 쫓는다.

"너희, 진짜! 기다리라니까!"

루미코의 외침이 무색하게 눈 깜짝할 사이 둘의 모습이 사라졌다.

하아.

깊은 한숨이 절로 나온다. 한시라도 얌전히 있지 못한다. 둘 중 한 명만 있을 때는 그래도 좀 나은데, 둘이 함께 있으면 감당이 안 된다.

루미코는 아이들을 따라가는 건 포기하고 일단 최소한으로 필요한 물건들을 카트에 넣은 뒤 갈 길을 서둘렀다.

생선 코너에서 유와 다쿠미를 발견했다. 스티로폼 상자 안에 든 진귀한 생선을 둘이서 흥미진진하게 구경하고 있다. 진지한 표정이다. 루미코는 안심하고 다가갔다. 남자아이들은 살아 있는 생명체를 참 좋아한다.

마음이 놓인 것도 잠시, 둘이서 생선을 만지기 시작했다.

"만지면 안 돼. 파는 거란 말이야. 그냥 보기만 해."

루미코의 목소리에 둘이 고개를 들더니 그 순간 유가 손에 묻은 물을 다쿠미의 얼굴에 뿌렸다.

"야아!"

다쿠미도 질세라 유의 얼굴에 대고 물을 뿌린다. 바닥에 물방

울이 떨어진다.

"그만해!"

유가 "으악!" 하고 뛰기 시작했다. 다쿠미도 그 뒤를 따라 달린다. 여기서 루미코가 따라잡으려 했다가는 아이들을 더 흥분시켜 골치 아파질 테니 꾹 참는다. 지나가는 매장 직원에게 물을 흘린 일을 사과하고 바닥을 닦아달라고 부탁한다.

제어가 안 되는 아이들. 대체 언제쯤이면 평범하게 장을 볼 수 있을까.

두 녀석은 또 술래잡기를 시작했다. 아이들이 태어난 뒤로 루미코의 미간에는 늘 주름이 잡혀 있다. 험상궂은 얼굴을 하고 매일 언성을 높인다. 자신이 이렇게 날마다 큰 소리를 내게 되리라고는 아이를 낳기 전까지 생각도 해보지 않았다.

아이들 앞에서 허리 굽은 할머니가 카트를 밀고 있다. 부딪히면 큰일이다.

"뛰지 마!"

아이들은 전혀 들을 생각이 없는지 장난을 치면서 뛴다.

"이 자식들이 정말! 뛰지 말라니까!"

도저히 못 참고 날카로운 소리를 질렀다. 가까이에 있던 젊은 여자가 놀랐다는 듯 루미코를 쳐다본다. 루미코를 타박하는 듯한 눈빛. 뭔가 하고 싶은 말이 있는 눈치다.

순간 그 여자와 눈이 마주친 뒤 루미코는 슬쩍 시선을 피했다. 자신도 저 정도 나이일 때는 잔소리 심한 엄마가 아이를 야단치는 모습을 보면 '너무 심하네, 좀더 부드럽게 얘기할 수 있지 않나' 싶기도 했다. 뭘 몰랐던 시절이다. 세상 물정 몰랐던 그때의 자신을 따끔히 야단치고 싶다.

루미코는 그녀를 무시하고 지나쳐 갔지만 여자는 끝까지 루미코에게 시선을 보냈다.

'나중에 똑같은 상황이 되어보면 당신도 알 거야'

루미코는 속으로 중얼거렸다. 아이들이 그러는 거니까 좀더 느긋하고 너그럽게 봐주라고 말하는 사람도 막상 지금 같은 행동을 부모가 내버려두는 걸 보면 '왜 주의를 주지 않느냐'고 생각할 게 뻔하다. 결국 부모가 화내는 모습을 보고 나서야 "아유, 그렇게까지 혼낼 필요는 없잖아" 하고 말할 수 있는 것이다.

루미코는 아이를 방치하는 부모를 보면 화가 난다. 그렇게 민폐를 끼치고 있는데 왜 아무런 주의도 주지 않느냐고 한소리하고 싶어진다. 조금이라도 아이를 야단치는 기색이 있다면 이쪽에서도 이해하고 '애 키우는 거 정말 힘들죠?' 하는 동정심이 생길 텐데, 처음부터 아예 '애들이니까 어쩔 수 없잖아?' 하는 뻔뻔한 태도에는 짜증이 난다.

코너를 돌아 냉동식품 진열장 앞에서 두 아이를 찾았다. 유와 다쿠미는 소리를 지르며 진열장에 붙은 성에를 떼어내 서로에게 던지고 있다. 그 옆을 지나가는 손님이 눈살을 찌푸리며 두 아이를 피해 지나간다. 루미코는 관자놀이가 지끈거리며 부아가 나서 몸이 부르르 떨렸다.

"뭐하는 거야?"

유와 다쿠미가 주눅드는 기색도 없이 히죽히죽 웃고 있다.

"어. 지. 간. 히. 좀. 해!"

루미코는 장승처럼 우뚝 버티고 서서 강한 어조로 한 음절씩 끊어 말한 뒤 아이들에게 꿀밤을 한 대씩 더 때렸다.

"아야!"

"뛰어다니면 또 꿀밤 맞을 줄 알아! 잠깐이면 되니까 좀 얌전히 있어."

아까보다 좀더 세게 때린 탓인지 두 녀석 다 얌전히 고개를 끄덕인다.

계산대에 긴 줄이 늘어서 있었다.

"여기는 복잡하니까 저쪽 가서 기다릴래?"

계산대 맞은편의 자율포장대 쪽을 가리키며 루미코가 아이들에게 말했다. 둘은 순순히 줄에서 빠져나갔지만 그곳에서 다쿠미가 포장대의 비닐봉지를 만지작거리기 시작했다.

"아! 이거 만지면 안 되는데, 안 되는데! 엄마한테 말해야지!"

유가 큰 소리로 노래를 부른다. 다쿠미가 정색하더니 비닐봉지를 돌돌 만다.

"하지 마, 다쿠미. 쓸데없이 장난치면 안 돼" 하고 루미코가 말을 건넨 순간, 유가 "도망쳐!" 하고 냅다 달려나갔다. 다쿠미도 뒤를 쫓는다. 사람들 사이를 요리조리 누비듯 날렵하게 달려 순식간에 자동문으로 돌진한다. 그 너머는 주차장이다.

"위험하니까 뛰어다니지 말라고!"

루미코의 거친 목소리에 반응해 몇 사람이 자동문 쪽을 쳐다보았다. 두 녀석은 자동문 앞에서 서로 걷어차기를 하고 있다.

"죄송합니다……"

루미코는 나지막이 중얼거리고 깊은 한숨을 내쉬었다. 이곳에 와서 대체 몇 번째인지 모르겠다. 결국 오늘도 끊임없이 호통을 치며 장을 봤다.

"계산대에 줄을 서 있는 동안에도 정신이 하나도 없었다니까. 서로 걷어차고 난리를 피우다가 그게 끝났나 싶으면 자동문을 사이에 두고 또 술래잡기를 하는 거야. 그러다 다쿠미가 달려나가는 바람에 나이 지긋한 아주머니한테 '애들 잘 봐야 해. 자동차에 부딪히기라도 하면 큰일나' 하고 오히려 내가 한소리 들었다니까. 계산대에서 계산할 때 대체 애를 어떻게 보라는 거야?

아, 진짜 싫어. 남자애들은 왜 이렇게 바보같이 굴어? 당신도 어릴 때 이랬어?"

아이들을 재운 뒤 퇴근한 남편 유타카를 붙잡고 루미코는 마트에서 있었던 일을 얘기했다.

"남자애들이 다 그렇지 뭐. 형제끼리 사이좋다는 증거잖아."

"무슨 소릴 하는 거야? 사이 하나도 안 좋거든. 아침부터 밤까지 둘이 내내 싸우는데. 그러다 결국 한쪽이 당해서 울고, 그러기를 무한 반복. 둘이 결탁할 때는 뭔가 꿍꿍이가 있을 때뿐이라고."

"아하하. 그래, 당신이 수고가 많아."

유타카가 웃으며 루미코의 어깨를 주무른다.

"어차피 그 일도 블로그에 쓸 거잖아. 애들도 참 가지각색이야."

"어차피라니, 말이 뭐 그래?" 하고 대꾸하면서도 오늘 일을 당장 블로그에 쓰려고 루미코는 노트북을 열었다.

루미코는 프리랜서 작가이지만 현재는 거의 개점휴업 상태다. 유를 출산할 때까지는 주간지에 글을 연재했다. 출산 후 일 년 만에 다시 일을 시작하려고 아이를 맡길 어린이집에 신청을 했는데 추첨에서 모조리 떨어졌다. 간신히 한 어린이집에 들어갔지만 유가 하도 열이 자주 나서 등원을 못하거나 아스미가 중간에 호출받고 아이를 데리러 가느라 제대로 일할 상황이 못 됐다. 그렇게 어영부영하는 사이 다쿠미를 임신했다.

유가 유치원 졸업반일 무렵부터 여간한 일로는 감기에 잘 안 걸리게 돼 거래처에 연락을 돌려봤지만, 경력단절 기간이 길고 예전에 알던 사람들도 다른 부서로 이동한 터라 좀처럼 일감이 들어오지 않았다.

블로그를 시작한 게 바로 그 무렵이다. 특별히 누군가를 대상으로 시작한 건 아니었다. 그저 자신의 감정을 기록하고 싶었다. 흘러가면 그만인 말이 아니라 글로 쓰고 싶었다.

루미코는 아이가 태어난 이후의 일상을 썼다. 폐쇄된 공간에서 아이와 단둘이 보내는 일은 고문에 가까웠다. 온종일 아이들 뒤치다꺼리로 흘러간 날들. 내 자식이니 물론 귀엽지만 개인 시간이 손톱만큼도 없는 생활은 정신적으로도 육체적으로도 고통스러웠다.

퇴근이 늦은 유타카한테는 도움을 거의 기대할 수 없었지만, 프리랜서 사진작가인 남편의 일이 순조롭게 풀리고 있는 것이니 어쩔 수 없다고 여겼다. 남편이 돈을 벌어 오지 않으면 생계가 유지되지 않는다. 루미코는 그렇게 깔끔히 결론을 내렸고 집안일과 육아를 도맡았다.

지바에 사는 루미코의 부모님은 건강하지만 오빠네 가족과 함께 지내고 있고, 유랑 다쿠미와 동갑인 손주가 둘이나 있어 애초에 어떤 도움도 기대할 수 없었다. 유타카의 어머니는 이미 돌아가셨고 아버지는 기후에서 혼자 사신다. 멀리 떨어져 사는 고령의 시아버지에게 의지는커녕 오히려 이쪽에서 보살펴드려야 할 지경이다.

어린아이들을 데리고 외출하는 것도 지금과는 또 다르게 고생스러웠다. 다쿠미를 업고 유를 유아차에 앉히는 그사이에도 유는 가만히 있지 않았고, 이래저래 채비하다보면 다쿠미의 울음이 터진다. 루미코의 감정이 아이에게도 전해지는지 루미코가 조바심을 낼수록 아이들은 안정되지 않았다.

전철을 타는 건 최대의 공포였다. 다른 승객에게 피해를 주지 않으려 신경쓰면서 아이들의 안전을 확보하는 건 쉬운 일이 아니었다. 그렇다고 승용차에 태우는 것도 만만치 않았다. 카시트에 얌전히 앉아 있을 리 없고, 꼭 누구 하나가 울고 덩달아 다른 하나가 날뛴다. 아이 울음소리를 들으면서 태연히 핸들을 놀리는 건 불가능에 가까웠다.

어딘가에 데리고 놀러가고 싶다가도 그곳에 갈 때까지 아이들이 겪을 부담과 자신의 스트레스를 생각하면 동네 공원에나 데리고 가는 것이 고작이었다. 그 무렵에는 유타카의 출장도 잦아 거의 한 부모 가정이나 다름없는 상태로 지냈기에 더욱 그랬다.

밥을 먹이는 일도 목욕을 시키는 일도 체력 소모가 엄청났다. 그 시절 자신이 제대로 머리를 감거나 세수를 했는지조차 루미코는 기억나지 않는다. 의자에 앉아 차를 마실 시간 따윈 그 어딜 찾아봐도 없었다. 미용실에 갈 시간조차 없이 반년에 한 번 아이들을 구청 보육지원센터에 맡기고 밀린 볼일을 해치웠다.

아이들은 자주 아프고 다치기도 했다. 한 명이 열이 났다가 다 나을 때쯤 다른 한 명이 열이 나고, 이래저래 지내는 사이에 이번에는 루미코의 컨디션이 나빠지는 식이었다. 어린이집에 들어갔다 한들 유행하는 건 뭐든 가져왔다. 수족구, 전염성 물사마귀, 결막염, 용련균, 위장염, 독감…… 매일같이 병원에 다녔다.

루미코는 그런 날들을 하나씩 떠올리면서 블로그에 글로 썼다. 다소 시간이 흐른 덕분에 냉정히 쓸 수 있었다. 여기까지 잘 왔어, 하고 루미코는 스스로를 칭찬해주고 싶었다.

그리고 아이들의 모습과 성장을 기록하고 육아의 기쁨과 짜증을 토로했다. 글로 쓰다보면 맺혀 있던 감정이 조금씩 소화되어 갔다.

처음에는 그저 일기처럼 썼을 뿐인데, 읽는 사람이 늘어나면서 루미코는 남들에게 많이 읽히기 위해 궁리하게 됐다. 비관적이고 절망적인 감정을 지우고 아이들의 행동과 부모로서의 생각을 재밌고 코믹하게 쓰기 시작했다.

그러면서 독자가 순조롭게 늘어나자 차라리 이걸로 부수입을 얻고 싶었다. 글 연재 사이트에 등록하고 광고를 게재하기로 했다. '도깨비 엄마와 바보 아들의 일기'라는 제목을 붙였다. 현재는 용돈보다 조금 많은 수준의 수입을 얻고 있다.

마트에서 벌인 사투

오늘 글의 제목을 썼다. 마트에서 있었던 일을 풀어간다. 이렇게 쓰고 보면 그토록 화나고 괘씸했던 일도 웃어넘길 수 있으니 신기하다.

꿀밤 준 일을 쓰려다 루미코는 문득 손을 멈췄다. 이걸 써도 괜찮을까. 아이에게 손을 대는 일이 죄악으로 여겨지는 요즘 세상에. 곧장 학대라고 목소리를 높일 사람도 많다.

"여보. 주먹으로 꿀밤 때린 거 써도 될까? 좀 그런가?"

어느새 목욕을 마치고 나와 캔맥주를 들고 있는 유타카가 "응?" 하고 화면을 들여다본다.

"꿀밤 정도는 괜찮지 않아? 그게 훈육이었다는 생각이 들도록 쓰면 문제없을 듯한데."

"……그런가."

지금껏 체벌에 대해 몇 번 쓴 적이 있었다. 다양한 반응이 나왔는데, 루미코의 블로그 독자는 체벌을 옹호하는 부류가 많았다. 대개가 다들 비슷하게 소란스러운 형제를 둔 부모들이다. 루미코의 일상에 공감하고, 아마 같은 고민을 하며 비슷한 날들을 보내고 있을 것이다.

반대로, 무슨 일이 있어도 절대 손찌검을 해선 안 된다는 의견도 있었다. 물론 지당한 말이라고 루미코는 생각한다. 무슨 뜻인지 잘 안다. 충분히 이해한다.

그런데 그런 의견을 가진 사람의 자녀들은 결코 괴수가 아닐 것이다. 같은 남자라도 말을 잘 듣고 키우기 수월한 아이가 있다. 루미코와 친하게 지내는 아이 엄마도 유와 다쿠미처럼 3학년, 1학년 아들이 있는데 형제간에 우애가 좋아 서로 때리거나 한 적이 지금껏 한 번도 없다고 한다.

"둘째를 임신했을 때 첫째한테 '이 세상 최고의 네 편이 생길 거야'라는 말을 계속해줘서 그런 건가."

그 엄마의 얘기를 듣고 아, 나도 그런 말을 들려줬으면 조금은 나았을지 모른다는 생각도 했지만 분명 그 이유만은 아닐 것이다. 물론 환경적 요인도 있겠으나 타고난 자질도 있을 거라고 루미코는 생각한다.

우리 아이들로 말할 것 같으면, 정말이지 아침부터 밤까지 지겹게 싸우고 서로 짓궂게 장난을 친다. 사이가 좋을 때는 잠잘 때와 뭔가 나쁜 꿍꿍이를 도모할 때뿐이다. 싸우다 무릎이 깨지거나 멍이 드는 건 일상다반사다.

작년에는 자동차 뒷좌석에서 싸우다가 다쿠미가 유에게 밀리는 바람에 열려 있던 문으로 굴러떨어져 머리를 두 바늘 꿰맸다. 올해 초에는 유가 계단에서 점프하다 발목을 삐었다. 바로 얼마 전에는 둘이서 치고받고 싸우다가 TV 장식장의 유리를 깨트렸다. 다행히 다치지는 않았지만 DVD 플레이어에 유리 파편이 들어가 못 쓰게 됐고 장식장은 그 부분에만 유리가 없다.

하아.

"무슨 한숨이 그렇게 커. 피곤한 거 아냐?"

유타카가 옆에 서서 일부러 우스꽝스러운 얼굴을 한다. 루미코는 "당연히 피곤하지" 하고 똑같이 웃긴 표정을 지으며 대답했다.

"딸기 좀 먹을래? 오늘 촬영장에서 받아 왔어."

"응, 먹을래."

오케이, 하더니 유타카가 부엌에 선다. 평소 집안일을 전혀 하지 않지만 마음이 내킬 때는 이렇게 움직이기도 한다. 실은 남편이 좀더 육아에 협조해줬으면 싶은데 그럴 만한 시간이 없으니 어쩔 수 없다. 부재하는 사람에게 의지할 순 없다.

어쨌든 남편이 일을 열심히 해주는 게 현재의 루미코가 제일 바라는 바다. 둘 다 고용이 불안정한 직종이라 벌 수 있을 때 벌어야 한다. 앞으로 아이들 양육비가 점점 더 들어갈 것이다. 결혼 당시 집을 사며 받은 대출도 앞으로 오 년 더 갚아야 한다.

루미코는 결국 블로그에 꿀밤 얘기를 쓰기로 했다. 글을 일부러 과장해서 쓰는 일은 없지만 일부러 안 쓰는 일은 있다. 그래도 기본적으로는 있는 그대로를 쓰기로 정했다.

꿀밤에 대한 비판은 진지하게 받아들일 각오가 되어 있지만, 내심 루미코는 그 정도 일을 큰 소리로 부정하는 사람이야말로 나쁘다고 생각한다. 아무리 말로 주의를 줘도 안 듣는 아이는 안 듣는다. 꿀밤을 줘서 한순간이라도 말을 잘 듣는다면 그렇게 하는 쪽이 훨씬 낫다.

"자, 딸기 먹어."

유타카의 목소리에 루미코는 노트북 앞을 벗어나 식탁 의자에 앉았다.

"달고 맛있다."

루미코가 그렇게 말하자마자 유타카는 딸기를 으깨서 설탕과 우유를 붓고 있다.

"어머, 그러면 딸기가 아깝지."

"딸기는 이렇게 먹는 게 제일 맛있어."

유타카가 그렇게 말하더니 웃음을 지으며 먹는다. 어엿한 마흔여섯 살 어른이면서 입맛은 꼭 어린아이 같다.

"오늘 촬영은 어땠어? 〈골드 문〉이었지?"

〈골드 문〉은 삼십대 여성이 주요 독자층인 패션지다. 유타카의 실력을 잘 봐줘 벌써 삼 년 정도 함께 작업하고 있다. '촬영 이시바시 유타카'라는 크레디트 라인을 볼 때마다 루미코는 기쁘기도 하고 쑥스럽기도 하면서 안도감이 든다.

"응, 평소랑 똑같지 뭐. 그런데 이제 모델도 점점 바뀌는 추세야."

"설마 모델한테 손대거나 그러진 않겠지."

루미코의 말이 끝나기가 무섭게 유타카가 풉, 우유를 뿜었다.

"뭐야, 더럽게."

무심코 내뱉은 루미코의 말에 유타카는 "이상한 소리를 하니까 그러지!" 하고 입 주위를 닦으며 소리쳤다.

유타카는 이혼 경험이 한 번 있다. 루미코와 결혼할 당시에는 이미 이혼한 지 오래였는데, 전 부인은 잡지의 독자 모델이었다고 한다.

유타카와는 프리랜서 작가 시절에 알게 됐다. 여행 가이드북 일로 취재하러 갔을 때 카메라맨이 유타카였다. 루미코보다 세 살 연상이지만 어딘가 소년미를 간직한 표정과 무뚝뚝한 듯하면서도 다정한 성격에 끌렸다. 성격이 급한 면도 있긴 한데 얼굴을 마주할 일이 별로 없어 싸울 일도 없다.

"내일 쉬니까 어디라도 갈까?"

"웬일이래. 무슨 바람이 불어서? 혹시 바람난 거 아냐?"

"뭔 소리야. 아, 혹시 내가 바람피우기를 바라는 건가?"

"뭐, 가족한테 폐만 안 끼친다면야."

"……관대한 건지 방치하는 건지 모르겠네. 실은 당신이 바람
피우는 거 아냐?"

유타카의 말에 루미코는 큰 소리로 웃었다.

"이제 그런 거 정말 아무래도 상관없어. 섹스 따윈 앞으로 평
생 안 해도 아무 지장 없을걸."

루미코의 말에 유타카가 순간 정색한다. 남자라는 종족은 참
낭만적이랄까, 꿈속에 사는구나 싶다.

실제로 연애 따윈 아무 관심이 없다. 젊을 때는 항상 누군가
사귀는 사람이 있어야 직성이 풀렸건만, 지금은 연애니 사랑이
니 하는 게 머나먼 은하계의 일만 같다.

남편의 바람에 대해서도 루미코는 아무래도 상관없다고 생각
한다. 하고 싶으면 얼마든지, 라는 마음이 들 정도다. 물론 기분
이 좋을 리 없겠지만 자신에게 불똥이 튀지만 않는다면 그가 원
하는 대로 해도 상관없다.

그런 일에 신경쓸 여유가 있다면 루미코는 자기 일을 하고 싶

었다. 다쿠미도 초등학교에 입학해 한차례 큰 산은 넘었으니 이제 슬슬 본격적으로 글 쓰는 일에 재시동을 걸고 싶다. 유타카도 그 일을 응원해주고 있다.

"지금 저 연예인, 자주 보이네."

TV에 나오는 개그맨을 보며 유타카가 화제를 돌린다.

"응, 유가 엄청 좋아해서 자주 흉내내."

"오, 그렇구나."

유타카가 아이들과 보내는 시간은 얼마 안 된다. 초등학교 1학년과 3학년인 아이들은 어쩌면 유타카를 6학년 형 정도로 여기고 있는지도 모르겠다. 유타카가 가세하면 아이들은 더욱더 힘이 솟는데, 남자 셋이 서로 깔깔대는 광경을 보는 게 나쁘지는 않다.

내일은 어딜 갈까. 어디든 유와 다쿠미는 소란스러울 게 뻔하지만 오랜만에 넷이서 하는 외출이다. 목은 쉴 것 같아도 즐거운 일요일을 보내면 좋겠다고 루미코는 생각했다.

유. 잘 잤어? 오늘은 비가 오니까 장화 신고 가는 게 좋을 것 같아. 빠뜨린 건 없지? 체육복도 챙겼고? 식빵이랑 삶은 달걀,

토마토 먹고 가렴. 엄마가

가나는 전단지 뒷면에 쓴 메모를 식탁에 놓고 조용히 집을 나섰다. 비가 와선지 밖이 평소보다 어둡다. 그래도 해 뜨는 시간이 확실히 일러졌음을 느낀다. 지난달에는 이 시간이면 아직 밖이 캄캄했다. 이른아침의 살을 에는 듯한 추위가 점차 누그러지고 있다는 게 가나는 무엇보다 반갑다. 추운 건 질색이다.

비옷을 입고 자전거에 올라탔다. 머리에 쓴 후드는 바람을 맞으면 벗겨지니 머리 핀으로 고정했다. 가나는 허벅지에 힘을 주고 페달을 밟기 시작했다. 투둑투둑 소리와 함께 빗방울이 비옷에 떨어진다. 무방비 상태였던 얼굴이 순식간에 흠뻑 젖는다.

"앗 차가워!"

그러면서도 조금이라도 일찍 도착하려고 선 채로 페달을 밟는다. 완만한 비탈길이 이어진다.

목덜미로 비가 들어왔는지 파트타임으로 일하는 편의점에 도착했을 때는 어깨까지 흠뻑 젖은 상태였다.

오전 다섯시 오십분.

"안녕하세요. 수고하십니다."

심야 시간대의 아르바이트 학생에게 말을 건다. 졸려 보이는 눈으로 하품을 하며 "안녕하세요" 하고 대구한다. 가나는 수건으로 얼굴과 목의 물기를 싹싹 닦고 유니폼을 입었다.

"그럼 전 들어가보겠습니다."

학생이 고개를 숙이고 가나의 앞을 지나쳐 간다. 간사이 억양이 없는 말씨. 출생지는 간토 지방일 것이다.*

"수고하세요."

학생은 패기 없는 얼굴로 가게를 나갔다. 스물두 살이라고 들었는데, 그 나이 때 가나가 유를 낳았다.

가나는 입고된 상품의 검품 작업에 들어갔다. 주먹밥, 샌드위치, 포장 반찬. 이어서 음료와 과자를 선반에 진열하고 보충한다. 손님의 발길은 아직 뜸하다. 이 시간에는 점장과 둘이서 매장을 꾸린다. 이른 아침 시간대는 투입하는 인원이 적은 듯하다.

하염없이 내리는 빗속, 하늘이 어느새 밝아졌다. 이래저래 시간을 보내는 사이 통근이나 통학하는 손님으로 가게 안이 붐비기 시작한다. 계산대 앞에 손님이 줄을 이룬다. 가나는 바코드를 스캔하고, 도시락을 데우고, 손님에게 잔돈을 건네면서 유를 생각한다.

잘 일어났으려나. 아침은 먹었는지. 장화를 신고 갔을까.

---

* 일본 중앙지방의 서쪽에 위치한 지역을 간사이(関西), 동쪽에 위치한 지역을 간토(関東)라고 한다.

힐끗 시계를 보며 계산대 업무를 한다.

"어서 오세요."

"감사합니다."

주머니 속 휴대폰에 학교로부터 온 연락은 없었다. 유는 무사히 학교에 갔을 것이다.

아홉시에 일을 시작하는 여자 아르바이트생이 왔다. 가나는 그녀와 교대하고 나온 그길로 급히 서둘러 자전거 페달을 밟는다. 빗줄기가 약해진 게 감사하다.

아홉시 삼십분부터는 화장품 업체에서 일한다. 늘 아슬아슬하게 도착해 면목이 없지만 다들 아무 말 하지 않는다.

아홉시 이십분에 타임카드를 찍고 황급히 옷을 갈아입은 뒤라인 작업에 들어간다. 충전 라인에서 하는 일은 뚜껑 닫기와 스티커 붙이기다. 단순 작업이지만 방심할 수 없다. 옆 사람과 대화하는 일도 없이 몸이 기억하는 동작에 따라 작업을 한다. 연달아 눈앞에 도착하는 화장품 병들. 끊임없이 계속되는 작업이지만 가나는 착실히 하나씩 완성해가며 소소한 성취감을 느낀다.

교대 시간이 되어 점심을 먹는다. 장시간 서 있는 일에는 적응됐지만 계속 같은 자세로 작업을 하니 온몸이 굳는다. 가나는 팔과 고개를 천천히 돌리고 몸을 앞뒤로 구부려 스트레칭을 한다. 서서히 혈액이 몸 전체를 순환하는 게 느껴진다.

"가나 씨, 점심 먹어야지."

파트타임 동료인 고바야시가 가나의 어깨를 톡톡 친다. 사십 대인 고바야시는 언제나 활기차다. 체격이 좋고 머리가 짧아 종 종 남자로 오해받기도 하는 모양이다.

"가나 씨 도시락은 항상 남자가 싼 것 같다니까."

고바야시가 큰 소리로 웃는다. 가나의 점심은 두툼한 식빵 두 장과 삶은 달걀 두 개, 그리고 토마토 한 개. 유의 아침식사와 똑 같은 메뉴다. 아침에는 밥 먹을 시간이 없어서 지금 먹는 게 오 늘의 첫 끼다.

"그러게요. 아빠 몫까지 하다보니 점점 남자 같아지나봐요."

가나도 웃으며 대답했다. 오전 다섯시에 일어나 나갈 채비를 하고 빨래를 너는 것만으로도 벅차다. 자기 도시락쯤이야 배만 채울 수 있다면 뭐든 괜찮다.

유의 오늘 급식은 뭘까. 급식에 고마움을 느끼는 것에 비해 가 나는 식단표를 제대로 보지 않는다. 오늘은 꼭 봐야지 했는데 분 주히 움직이다보면 깜빡 잊어버린다.

"캐릭터 모양으로 도시락을 싸는 사람이 바보지."

고바야시가 한층 더 큰 목소리로 말하자 주변 사람들이 웃는다.

"먹을 걸 그렇게 주물럭거리면 불결하잖아. 더 맛없어 보인다 고."

고바야시는 그렇게 말하며 큼직한 주먹밥을 입안 가득 먹고 있다. 파트타임 사람들은 다들 다정하다. 나이 지긋한 이들이 많기도 해서 혼자 아이를 키우는 가나를 딸처럼 예뻐한다.

"가나, 신문 가져왔어."

"고맙습니다. 잘 쓸게요."

한발 먼저 식사를 끝낸 오십대 오와다가 어제자 신문을 가나에게 건넨다.

"재활용 쓰레기로 안 버려도 되니까 내가 고맙지. 모아서 묶기만 하면 되는 거라 일도 아니야."

가나는 다시 한번 고맙다는 인사를 하고 오와다에게 신문을 받았다.

"가나는 성격도 밝고 일도 열심히 해서 보고 있으면 기분이 좋다니까. 우리 딸이 손톱의 때만큼이라도 가나를 본받았으면 좋겠다."

오와다는 가나 또래인 독신 딸에 대해 한바탕 넋두리를 늘어놓았다.

가나는 집에서 신문을 구독하지 않는다. 읽고 싶단 생각도 없고 읽을 시간도 없다. 무엇보다 돈이 든다.

유가 만들기 수업이나 붓글씨 수업에서 신문지를 사용할 때면 이제껏 편의점에서 샀는데, 그 얘기를 했더니 오와다가 이렇게 전날 신문을 갖다준다. 신문에 끼여 있는 광고 전단지까지 함께 줘서 동네 마트의 세일 상품도 알 수 있고, 전단지로 간단히 휴지통을 만들거나 메모지로 쓸 수도 있어 여러모로 꽤 도움이 된다.

"자, 이제 배도 불렀겠다. 오후에도 어디 달려볼까!"

고바야시가 올챙이 같은 배를 통통 두드리며 말하자 다들 웃으며 자리에서 일어났다.

그후 가나는 오후 다섯시 삼십분까지 묵묵히 작업을 마치고 초등학교로 향했다. 방과후 돌봄교실에 있을 유를 데리러 가기 위해서다. 아이 혼자 알아서 귀가하면 좋겠지만 저녁 여섯시까지는 보호자가 데리러 가야 한다는 규칙이 있다.

하늘은 잿빛 구름으로 덮여 있어도 비는 그쳤다. 얼굴에 닿는 바람에 기분이 좋다.

학교 건물 뒷문의 초인종을 누른다. 네, 하는 돌봄교실 교사의 목소리가 들린다.

"3학년 2반 이시바시 유 엄마입니다."

인터폰에 입을 가까이하고 아이의 이름을 댄다. 네, 하고 다시 한번 대답이 들리더니 "유! 엄마 오셨다" 하는 잡음 섞인 목소리가 들린다. 잠시 기다리자 유와 중년의 여자 교사가 나왔다.

가나의 얼굴을 본 유가 수줍은 듯 웃는다. 오늘 처음으로 엄마 얼굴을 본 셈이다.

"아들, 오늘 잘 지냈어? 수고했어."

가나의 말에 "엄마도" 하고 유가 대꾸한다.

"매번 아슬아슬하게 와서 죄송합니다. 늘 감사합니다."

교사가 웃으며 봉투를 건넨다. 다음달 돌봄교실의 간식비 1천 500엔을 담아 보낼 봉투다.

"잘 가, 유. 내일 만나자."

유는 손을 흔들며 "안녕히 계세요" 하고 달려나갔다.

"아, 장화 안 신었네!"

유는 시치미떼는 얼굴로 물웅덩이를 뛰어넘고 있다.

"운동화는 그거 한 켤레뿐인데. 젖으면 내일 축축한 채로 신고 가야 된단 말이야."

"이제 작은데."

"작아? 장화가 작다고?"

"다."

"벌써 다 작아졌어? 우리 아들 엄청 컸네."

운동화와 장화가 작다는 건 당연히 실내화도 작아졌다는 뜻이리라. 그러고 보니 주말에 가져오는 실내화의 뒤축이 항상 구겨져 있다.

"그럼 토요일에 신발 사러 갈까? 일요일은 축구 시합도 있으니까."

가나의 말에 유는 뒤를 돌아보지 않은 채로 고개를 끄덕였다.

"얼른 집에 가자. 책가방은 엄마 자전거 바구니에 실을 테니까 유는 달리기."

유는 가나의 자전거 바구니에 책가방을 넣고 달리기 시작했다. 페달을 밟는 가나를 따라 있는 힘껏 좇아온다. 내리막길이라 브레이크를 밟으며 바퀴가 움직이는 대로 두었더니 순식간에 유에게 추월당했다.

"위험하니까 조심해."

앞서가는 유가 손을 올린다.

"엄청 빠르네."

달리기로는 이제 아이를 따라잡을 수 없겠다고 가나는 생각했다. 어릴 때는 도로로 뛰어나간 유를 황급히 따라가 붙잡았던 적도 있는데 이제는 그렇게 못할 것이다.

"언제 이렇게 훌쩍 컸지."

크게 외쳤지만 유는 이미 훨씬 앞서가버려 가나의 목소리가 들리지 않는 듯했다.

집에 도착해 가나는 부랴부랴 저녁을 차렸다. 냉동해둔 밥을 해동하고, 돼지고기와 양배추를 볶고, 두부와 양파를 넣어 된장국을 끓인다.

"다 됐어."

유는 학교에서 빌려 온 책에 푹 빠져 있다.

"엄마 먼저 먹는다!"

큰 소리로 말하자 그제야 유는 책장을 덮고 식탁에 앉았다. 자그마한 이인용 식탁. 중고품 매장에서 2천 엔에 샀는데 만듦새가 탄탄해 마음에 든다.

"잘 먹겠습니다."

가나가 말하자 뒤따라 유도 "잘 먹겠습니다" 하고 젓가락을 든다. 가나는 오 분 만에 식사를 마치고 먼저 자리에서 일어섰다. 간단히 입을 헹구고 겉옷을 걸친다.

"그럼 엄마 다녀올게. 깨끗이 목욕하고 먼저 자고 있어."

"응."

입을 오물거리며 유가 손을 흔든다.

가나는 밖으로 나와 유가 문을 잠근 것을 확인한 뒤 자전거에 올라탔다. 저녁 일곱시부터 밤 열시까지 다시 편의점 아르바이트다.

유가 3학년이 되고 나서 평일은 대개 이런 스케줄로 일한다. 오전 여섯시부터 아홉시까지 편의점. 아홉시 삼십분부터 다섯시 삼십분까지 화장품 업체. 저녁 일곱시부터 밤 열시까지 편의점. 하루 열세 시간의 노동이다. 몸은 힘들지만 익숙해지니 할 만했다. 밤에 푹 잘 수 있고 규칙적인 생활 덕분에 예전보다 컨디션도 좋았다.

창고에서 물건을 꺼내고, 상품 발주를 하고, 카운터에서 계산을 한다. 지친 얼굴을 한 직장인이 퇴근길에 도시락과 맥주를 사간다. 매일 보는 사람도 있다.

돈을 받고 상품을 건네면 그만인 점원과 손님의 관계이지만, 가나는 종종 상상하곤 한다. 이 사람들은 어떤 집에 살고, 어떤 생활을 할까. 가족은 있을까? 씻을 땐 입욕을 할까 아니면 샤워만 할까?

상상의 나래를 펼치는 게 점원들끼리 나누는 영혼 없는 대화보다 훨씬 위안이 되었다.

밤 열시. 자전거를 타고 어두운 밤길을 달려 집으로 향한다. 이제 곧 오늘 하루도 마감이다. 그리고 금세 내일이 찾아오겠지.

집에 도착하니 유는 아직 안 자고 있었다.

"뭐야, 아직 안 잤어? 아홉시에는 자야 한다고 말했을 텐데. 왜 아직 안 잤어?"

가나의 질문에 유가 곤란한 얼굴로 말했다.

"흰색 물감이 없는데 어쩌지. 아까 말한다는 걸 깜빡했어. 내일 만들기 시간에 쓸 건데."

"하나도 안 나와?"

"안 나와."

가나가 묻자 유가 작은 목소리로 대답했다. 분명 아이는 가나가 편의점에서 일하는 동안에 물감이 생각났을 테고, 내일 만들기 수업이 걱정돼 잠이 오지 않았을 것이다.

친구한테 빌려 써, 하고 말하려다 단념했다. 가나는 친구한테 물건을 받거나 빌리지 말라고 말하는 편이었다.

"할 수 없지. 옆 동네에 24시간 영업하는 100엔 숍이 있으니까 엄마가 얼른 갔다 올게."

현재 시각 열시 십오분. 한 시간이면 다녀올 수 있다. 유가 울 것 같은 얼굴로 가나를 바라본다. 이 시간이 되어서야 물감이 없다는 게 생각난 자신을 책망하는 것이리라. 유는 울 것 같은 표정을 짓기는 해도 실제로 우는 일은 없다.

"괜찮아. 금방 갔다 올게. 엄마가 얼른 사 올 테니까 유는 먼저자. 약속이야. 늦게 자면 내일 아침에 못 일어나."

"……응."

자꾸 눈을 내리깔며 유가 고개를 끄덕였다.

"걱정하지 마. 금방 갔다 올 테니까. 먼저 자. 문 잘 잠그고."

가나는 그렇게 말하고 밖으로 나왔다. 구름이 걷혔는지 별이 보였다.

"분명 버티고 버티다 말한 거겠지. 흰색 물감을 짜고 또 짜서 아껴 쓰다가 도저히 안 되겠다 싶어서. 정말이지 참기도 잘 참는

다니까."

크게 혼잣말을 하며 가나는 자전거를 굴렸다. 유는 상당히 인내심이 강한 아이다. 집안 형편이 어려운 걸 아니까 갖고 싶은 게 있어도 먼저 말을 꺼내는 일이 좀처럼 없다. 학교에서 쓰는 건 뭐든지 바로 말하라고 했지만 그럼에도 눈치를 본다.

"미안해, 미안해, 유."

이렇게 유에게 사과하지 않아도 되도록, 유가 자책하지 않도록 야무지게 생계를 꾸려가고 싶다는 생각을 하면서 가나는 더 힘차게 페달을 밟았다.

술만 마셨다 하면 엄마와 가나 남매에게 폭력을 휘두르는 아버지를 피해 도망치듯 오사카로 온 건 가나가 초등학교 1학년 때였다.

평소에는 온순하고 다정한 아버지였지만 술이 들어가면 손에 집히는 대로 물건을 던지고 엄마를 두들겨 팼다. 엄마를 보호하려고 막아선 가나와 세 살 어린 남동생에게도 손찌검을 했다. 아버지한테 걷어차여 어린 남동생이 휙 날아갔던 일을 기억한다.

가나의 이마에는 작은 흉터가 있는데 그것도 아버지가 발로 찼을 때 유리창에 부딪혀 찢겨서 생긴 것이었다. 그 상처에 대한 기억은 없지만 그렇다고 하니 그런 것도 같았다.

당시의 일은 아주 어렴풋하게만 기억하지만, 아무 저항도 하지 않는 엄마를 쉬지 않고 때리는 아빠가 가나의 눈에는 인간이 아닌 것처럼 보였다. 사람이 아닌 뭔가에 빙의됐고, 그 뭔가의 명령을 충실히 따르는 것 같았다.

그후 엄마는 혼자 힘으로 가나와 남동생 마사키를 키웠다. 아침 신문배달부터 시작해 밤늦게까지 소독원으로 일하고 집에 있을 때는 가내 부업을 했다.

식사 준비와 빨래는 거의 가나가 도맡았다. 평소 생활하면서 불편하다고 느끼는 일은 딱히 없었지만, 겨울이 무척 추웠던 것만은 지금도 기억난다. 고타쓰*만으로는 추위를 완전히 녹일 수 없었다.

가나는 공부하는 걸 좋아했고 어린이집 선생님이 되고 싶다는 꿈도 있었지만 대학 진학은 포기했다. 자신의 장래희망을 이루려면 어떻게 해야 하는지 그에 관한 정보를 얻지 못했고, 고등학교까지 보내준 엄마에게 그 이상은 말하기가 어려웠다.

상업고등학교를 졸업하고 운송회사에 사무직으로 취직했다. 기숙사가 갖춰졌다는 데 무엇보다 마음이 이끌렸다. 비좁은 연립주택에서 엄마와 고등학생인 남동생과 셋이서 사는 일에 모두

* 온열 장치가 설치된 탁자 위에 담요를 덮어 사용하는 일본의 난방기구.

가 스트레스를 느끼고 있었다.

같은 직장에서 운전기사로 일하는 히데아키와는 만난 지 얼마 안 돼 사랑에 빠졌다. 동갑이라 얘기가 잘 통했고 자연스레 결혼까지 생각했다. 둘 다 스물세 살이 되면 결혼하자고 마음을 먹었는데 스물한 살 때 가나가 임신한 걸 알게 됐다. 결혼이 조금 앞당겨진 것뿐이라고 생각하고 서둘러 혼인신고를 한 뒤 함께 살기 시작했다.

가나는 입덧이 심해 안정기에 접어들어도 전혀 나아지지 않았다. 일도 자꾸 쉬게 되어 더는 직장에 피해를 줄 수 없어 운송회사를 그만뒀다. 히데아키도 아내가 집에 있기를 바라던 사람이라 일을 그만두는 것에 찬성했다.

지금 돌아보면 그 무렵이 가장 행복했는지도 모른다. 히데아키는 몸 상태가 안 좋은 가나를 배려해 솔선해서 집안일을 도왔고, 태어날 아이의 장래를 생각하는 일은 즐거웠다.

출산 과정은 무척 힘들었다. 사십 시간이나 진통으로 고생하다 제왕절개 준비를 시작하려는데 가까스로 유가 태어났다. 출산 뒤에도 몸 상태가 좋지 않았고 누워 있는 날도 많았다. 아이는 귀여웠지만 모든 게 다 처음이라 당황스럽고, 호르몬 불균형 때문인지 이유도 없이 자주 눈물이 났다.

"좋아하는 사람이 생겨서 이혼하고 싶어."

느닷없이 히데아키가 말을 꺼낸 건 가나의 몸 상태가 간신히 회복되고 유를 향한 애틋함도 커지기 시작한 무렵이었다.

"가나도 소중하지만, 참을 수 없을 만큼 아이미를 좋아하게 됐어."

히데아키는 말했다. 들어보니 아이미라는 사람은 가나 다음으로 운송회사에 들어온 사무직 사원이었다.

"그게 무슨 소리야. 그렇게 못해. 유가 있는데."

"그야 알 바 아니지. 네가 마음대로 낳았잖아."

히데아키도 유를 예뻐한다고 생각했기에 그 말은 충격이었다.

"네 아들이야."

"지금 나한텐 아이미가 제일 중요해. 함께 못 산다면 죽어버릴 거야. 누가 뭐래도 별수 없어."

히데아키는 미안한 기색도 없이 그렇게 말했다.

그는 딱 십만 엔을 놓고 나갔고, 그 돈은 집세와 기저귀 값으로 한 달 만에 사라졌다. 양육비도 위자료도 못 받았다. 한동안은 일하면서 모아둔 돈을 헐어 쓰며 생활했지만, 집세를 낼 수 없게 되자 가나는 유를 데리고 엄마가 사는 다세대주택으로 들어갔다. 남동생 마사키는 고등학교를 졸업하고 규슈 지역에 취직한 상태였다.

그 무렵의 엄마는 매우 지쳐 있었다. 일을 줄이고 집에서 누워 있을 때가 많았다. 원래도 가나의 결혼이 너무 이르다며 반대했던 엄마다. 임신인 걸 알자 아이를 지우는 것도 고려해보라고 했을 때는 귀를 의심했지만, 갖은 고생을 했던 엄마로서는 나름대로 생각한 바가 있었을 것이다.

동네 어린이집에 모조리 신청해서 결원이 생긴 곳에 유를 보냈다. 유가 어린이집에 가 있는 동안 집 근처 마트에서 일했으나, 갑작스러운 호출이나 유가 열이 나서 일할 수 없는 날이 많아 수입은 용돈 정도밖에 되지 않았다. 엄마는 나름대로 유를 귀여워했지만 본인 건강에 문제가 있어선지 아이가 내는 소리를 싫어하는 날이 늘어갔다.

가나는 마음을 다잡고 유가 학교에 들어가는 걸 계기로 이사를 결심했다. 그때 사금융으로 대출을 받았다. 그 돈으로 보증금을 내고 유의 입학 준비를 하고 최소한의 생활 공간을 정비했다.

가나는 닥치는 대로 일할 것을 첫번째 목표로 삼고 유와 새로운 생활을 시작했다.

토요일은 화장품 업체가 쉬는 날이라 편의점에서 오전 여섯시부터 정오까지 일한다. 일손이 부족할 때는 저녁이나 밤에 투입될 때도 있는데 기본적으로는 오전 중에 마친다. 일요일 하루는 휴일로 한다.

월수입은 실수령액으로 23만 엔 정도다. 고용보험은 화장품 업체에서 내준다. 아동 수당과 아동부양 수당이 대략 4만 엔. 소득을 낮추면 아동부양 수당을 더 받을 수 있지만 그만큼 생활비가 줄어든다. 일할 수 있는 동안은 자기 힘으로 일해서 돈을 벌고 싶다.

집세는 6만 8천 엔. 대출 상환액이 7만 엔. 금리가 생각한 것보다 올라 있었다. 올해부터 상환액을 대폭 늘렸기 때문에 두 달이면 다 갚을 예정이다.

모자 가정의 60퍼센트가 연소득 200만 엔 미만의 빈곤층이라고, 지난번 오와다한테 받은 신문에 쓰여 있었다. 신문을 받아서 항상 읽는 건 아닌데 마침 눈에 들어온 기사였다. 가나는 빈곤 가정에서 자랐다는 자각은 없었지만, 아마 자신이 빈곤 가정이었으리라 생각했다.

또한 빈곤은 대물림되기 쉽다고도 쓰여 있었다. 그 배경에는 이혼이나 학대가 있다고. 그 기사를 읽었을 때 가나는 속으로 발끈했다. 자신은 절대 유를 그렇게 만들지 않겠다고 생각했다. 한 부모 가정이 유복하지 않은 경우가 많을지 몰라도 아들을 배 곯게 하는 일만은 하지 않을 것이다.

생활하는 데서 가장 중요한 건 돈이다. 무엇을 하든 돈이 든다. 몸을 움직일 수 있는 동안은 일을 많이 하고 싶다. 부지런히 일해서 돈을 모으고, 유가 원한다면 대학도 보내주고 싶다. 당장의 목표는 자동차 구입과 저축 100만 엔이다. 아직은 한참 못 미치더라도 이렇게만 일한다면 언젠가 반드시 달성할 수 있다고 가나는 생각한다.

일을 마치고 집에 돌아오니 집 앞 공터에서 유가 축구공을 차고 있었다.

"유, 엄마 왔어."

큰 소리로 말하며 손을 흔드니 유도 손을 흔들었다.

"오늘 축구 연습 있지? 밥 차릴 거니까 이제 슬슬 들어와."

"알았어"라고 말하면서도 유는 여전히 공을 찼다.

유는 3학년이 되고부터 축구를 시작했다. 지역 축구클럽이라 학교와는 직접적인 관계가 없지만 월·수·금·토요일에 초등학교 운동장에서 연습을 한다. 일요일에는 연습시합이 많아 보호자들이 당번을 정해 움직이는데, 이를 위해 가나는 일요일에 일을 하지 않기로 한 것이다.

유는 어릴 때부터 공 차기를 좋아했다. 1학년 때부터 축구클럽에 들어가고 싶다면서도 3학년이 될 때까지 기다렸다. 미안하게도 도저히 축구를 시켜줄 여유가 없었다.

가나는 조금씩 저축해서 축구공과 유니폼, 축구화를 겨우 올

봄에야 아이에게 사주었다.

유를 축구 연습에 보내놓고 가나는 밀린 집안일을 했다. 청소하고 장을 보러 가고 냉동보관할 수 있는 반찬을 몇 가지 만들었다. 세탁물 정리도 주말에 한다.

"아이고, 티셔츠가 이렇게 많이 해졌구나. 새로 사야겠다."

3학년이 되고 유는 키가 쑥쑥 자랐다. 옷, 속옷, 신발을 새로 사는 데 돈이 들지만 유의 성장이 그 무엇보다 기쁘다.

요즘 세상의 서른 살 여성이 어떤 생활을 하는지, 가나는 모른다. 최근 몇 년간 옷도 신발도 새로 사지 않았다. 미용실에도 오랫동안 가지 않았다. 매일 거울도 제대로 보지 않는다.

가나는 세면대 앞에 서서 거울에 비친 자신을 향해 억지로 웃음을 지었다.

"와, 이 아줌마는 누구래? 도저히 서른 살로 안 보이는데."

오늘은 유를 데리러 갔다가 그길로 함께 쇼핑을 하려고 한다. 가나는 오랜만에 화장을 하고 머리도 매만졌다. 평소 샘플용 화장품이나 샴푸, 헤어크림을 꼭 받아둔다.

"이렇게 하면 조금은 제 나이로 보이려나?"

눈썹을 그리고 립스틱을 바른 뒤 가나는 거울을 향해 중얼거렸다.

요즘 들어 유는 점점 더 헤어진 남편을 닮아간다. 닮았다는 생각은 들지만 그를 떠올리는 일은 없다. 아무 감정도 없다. 히데아키가 행복하게 지내든, 설령 사고를 당해 죽었다 한들 가나와는 전혀 상관없는 일이었다.

파운데이션 바른 볼을 양손으로 톡톡 두드린다.

"자, 그럼 이제 새 운동화랑 장화랑 실내화를 사러 가볼까나. 옷도 괜찮은 게 있으면 사고. 오랜만에 외식도 할까?"

거울 속 자신에게 씩씩하게 말을 건넸더니 자연스레 미소가 지어졌다.

일요일인 내일은 축구 연습시합이 있다. 가나가 당번이다. 큼직한 주먹밥을 만들어 가야지! 하고 온 집에 울릴 만한 소리로 외쳐본다.

해가 저물기 직전, 서쪽 하늘이 은은한 오렌지빛으로 물들어 있다.

📖

오늘은 가정방문일이다. 유의 담임 선생님이 오기에 아스미는 아침부터 의욕이 넘쳐 온 집안을 청소했다.

1학년 때 젊은 남자 교사는 거실까지 들어왔는데, 2학년 때 중년 여자 교사는 현관 앞에 서서 얘기했다. 안으로 들어오세요,

하고 아스미가 몇 번이나 권했지만 어느 집이든 가정방문은 현관에서 마친다며 딱 잘라 거절당했다.

올해는 어떨까. 아스미는 화장실을 닦으면서 생각한다. 집안까지 들어오려나. 선생님에게 물어보고 싶은 것이 많다. 유가 학교에서 어떻게 보내는지, 학습 면에서는 어떤지, 교우관계는 원만한지 등을 자세히 물어보고 싶다.

1, 2학년은 반 변동이 없었고 남녀 학생 모두 사이가 좋고 밝은 분위기였는데 이번에는 학부모들 사이에서 '망했다'는 말이 많았다. 소란스럽고 눈에 띄고 싶어하는 개구쟁이 남자아이들이 모여 있다는 점에서, 개중에는 이러다 학급 통제가 불가능해지는 건 아닐까 불안하게 생각하는 사람도 있는 모양이었다.

유가 얌전한 편이라서 아스미는 걱정이었다. 4월에 있었던 참관수업 때 보니 활발한 아이들보다 우노 고이치라는 남자아이의 존재가 신경쓰였다.

고이치에 대한 소문을 들은 적이 있었지만 실제로 같은 반이 되고 보니 행동이 몹시 눈에 띄었다. 출석번호 순으로 유의 뒤에 앉아 더욱 인상에 남았다.

그날의 수업 과목은 산수였고, 2학년 때 배운 것을 복습하는 차원에서 구구단 칠단을 다 함께 확인했다. 선생님의 선창에 이어 모두가 큰 소리로 칠단을 외우고 그런 다음 선생님이 한 명씩

지목했다. 칠단은 구구단 중에서 아이들이 제일 자신 없어하는 단이다.

출석번호 1번인 아이가 "칠 일은 칠"이라고 하고, 유가 "칠 이 십사"를 하고, 그다음 순서인 고이치가 "칠 삼 이십일"을 하긴 했는데 그대로 이어서 "칠 사 이십팔, 칠 오 삼십오, 칠 육 사십 이, 칠 칠 사십구, 칠 팔 오십육, 칠 구 육십삼"이라고 혼자서 전 부 대답을 해버렸다. 뒤에서 기다리던 아이들이 비난의 소리를 질렀다. 아스미는 놀라긴 했지만 아이는 아직 3학년이다. 자신의 욕구를 제어하지 못할 때도 있는 것이다.

그런 고이치를 보호자들도 미소 지으며 바라보고 있었는데, 그후 조금이라도 멈칫하는 아이가 있으면 고이치가 매우 재빠르 게 칠단을 전부 읊어댔다. 순서를 빼앗겨 속상한 마음에 우는 아 이도 있어 선생님이 부드러운 어조로 주의를 주자 고이치는 갑 자기 복도로 뛰쳐나갔다. 다들 어리둥절히 바라보는 와중에 아 이는 다시 돌아와 "죽고 싶어!"라고 큰 소리로 외쳤다.

아스미는 그저 놀라울 뿐이었다. 초등학교 3학년 아이가 "죽 고 싶어!"라는 표현을 쓴다는 건 상상도 못했다.

그런 상태를 목격하고는 그애의 존재를 몰랐던 학부모들도 자 연히 고이치의 특징을 파악했다. 어쩔 수 없다는 분위기였다. 그 뒤에도 고이치는 한시를 가만히 있지 못했다.

"저기, 저기 있는 사람이 고이치 엄마예요."

안면이 있는 옆자리의 한 엄마가 아스미에게 귓속말을 해줬다. 고이치의 엄마는 아들의 행동에 별로 개의치 않는 듯 선생님이 하는 얘기에 태연히 소리 높여 웃고 있었다.

예전에 아스미는 발달장애에 대해 나름대로 공부한 적이 있다. 유가 앞으로 다양한 유형의 친구들을 만나게 되리라 생각했기 때문이다. 책과 인터넷으로 많은 사례를 섭렵하며 그들이 겪는 곤란함을 이해해봤지만, 그래도 역시 아스미에게는 자기 자식을 보호하는 게 최우선이다.

수업중 고이치는 앞자리에 앉은 유의 등을 몇 번이나 콕콕 찔렀다. 처음에는 일일이 뒤를 돌아보던 유도 딱히 용건이 있는 게 아니라는 걸 안 뒤로는 그애가 찔러도 그냥 두었다.

아스미는 그날의 참관수업 후 가끔씩 유에게 고이치의 상황을 묻곤 했다. 자리를 바꿔 지금은 고이치와 떨어진 모양이지만 앞으로 또 자리가 가까워질 수도 있다. 손이 먼저 나가는 일도 많은 듯하고, 고이치 때문에 우는 아이도 있다고 했다.

아스미는 오늘의 가정방문에서 고이치에 관한 일을 슬쩍 물어보고 싶기도 하고, 현재 유가 친하게 지내는 레온에 대해서도 묻고 싶다. 아는 엄마들한테 레온네에 대한 좋은 얘기는 별로 듣지 못했다.

"어머, 이런. 벌써 시간이 이렇게 됐네."

아스미는 부랴부랴 청소를 마무리하고 간단히 점심을 때운 뒤 선생님이 도착하기를 기다렸다.

3학년 1반의 사에키 미도리 선생님은 서른두 살의 독신 여성이다. 수업 시간에는 엄격하다지만 성격이 밝아 아이들에게도 인기가 있다. 사에키 선생님과 제대로 대화를 해보는 건 오늘이 처음이다.

오후 두 시 정각에 초인종이 울렸다. 정확히 약속한 시간이다. 현관문을 열자, "유의 담임 사에키입니다" 하고 선생님이 고개를 숙였다.

"유 엄마입니다. 아이를 맡겨놓고 신세 많이 지고 있습니다. 안으로 들어오세요."

아스미는 실내용 슬리퍼를 꺼내고 선생님을 안으로 들어오도록 재촉했다. 선생님은 "실례합니다" 하고 순순히 안으로 들어와 아스미가 안내한 거실 소파에 앉았다.

"선생님, 녹차랑 커피, 홍차 중에서 어떤 게 좋으세요?"

괜찮다고 신경쓰지 마시라며 손을 흔들면서도 "그럼 커피로" 하고 빙그레 웃으며 말을 덧붙이는 모습이 호감이었다. 아스미는 커피 메이커를 준비하고 자리에 앉았다.

"유의 학교생활은 어떤가요?"

한 가정당 할애된 시간은 십오 분에서 이십 분 정도다. 아스미는 묻고 싶은 것들을 머릿속에 정리해뒀다.

"3학년이 되고 반이 바뀐 지 이제 한 달 조금 지났지만 유는 반 아이들 모두와 사이좋게 지내고 있는 것 같습니다."

"최근에는 레온이랑 잘 노는 것 같더라고요."

"네, 맞아요. 레온이랑도 사이가 좋아요. 점심시간 같은 때 항상 함께 밖에서 놀아요."

레온네 가정에 대해 알고 싶은 점이 있지만 차마 거기까지 물을 순 없다.

"레온이는 형이랑 누나가 있는 거죠?"

"네, 맞습니다."

"유가 하교하고 레온네 집에서 놀 때가 많은데 레온 엄마는 집에 안 계실 때가 잦은 것 같아서요……"

"아, 그래요? 일하시느라 사정이 있나봐요."

무던한 대답이 돌아온다. 웬만해선 다른 가정의 얘기를 밝히지 않도록 되어 있겠지. 알고는 있었지만 아스미는 약간 낙담했다.

마침 추출이 끝나서 커피를 내놓았다. 감사히 마시겠습니다, 하고 선생님이 잔에 입을 댄다.

"와, 역시 맛있네요. 저는 늘 인스턴트 커피만 마셔서."

아스미는 미소를 지으며, 고향이 어딘가요? 하고 물었다.

"시마네현이에요. 대학 때 떠나서 그후로 쭉 혼자 살아요."

시마네. 아스미는 학창 시절에 한차례 이즈모 신사에 갔던 일이 떠올랐다.

"유가 공부는 어떻게 하나요? 집에서는 아무것도 안 하는데요."

선생님이 가방에서 인쇄물을 꺼내 아스미에게 보여줬다.

"3학년 되고 봤던 시험 점수예요. 유는 국어도 산수도 매번 만점에 가깝습니다."

시험 본 건 꼭꼭 확인하므로 그건 아스미도 잘 안다.

"유는 숙제도 빠짐없이 제출하고, 지금껏 준비물을 빠뜨린 적도 없었어요."

그것도 전부 아는 바지만 새삼스레 선생님에게 들으니 역시 뿌듯하다.

"집에서는 어떤가요?"

"집에서요?"

"네. 뭔가 달라졌다 싶은 점은 없었나요?"

집에 문제라도 있다는 듯한 질문이라 의아했지만 아마 각 가정마다 묻는 내용일 것이다.

"지금까지와 같다고 할까요, 특별히 달라진 건 없습니다. 3학년이 되고부터는 행동반경이 넓어졌고 친구들이랑 노는 시간도 많아졌어요."

"어떤 놀이를 하나요?"

"게임을 많이 해요. 공원에서 공놀이 같은 것도 하는 듯하지만."

그렇군요, 하고 선생님이 일정한 톤으로 대꾸한다.

"저기, 유가 체구가 작아서 좀 걱정스러운데요."

"이 시기에는 여자아이들이 빨리 크니까요. 남자아이들은 이제부터 많이 클 거예요."

그런 걸 묻고 싶은 게 아닌데, 하는 마음이 얼굴에 드러났던 모양이다.

"유는 발도 빨라요" 하고 선생님이 덧붙였다. 아스미는 유가 발이 빠른 것도 안다. 운동에 대한 걸 묻고 싶은 게 아니다.

"그게 그러니까, 뭐랄까, 덩치 큰 아이들이 많은 것 같던데 괴롭힘을 당하거나 하진 않을까 싶어서요."

"아, 아뇨, 그런 일은 없습니다. 유는 리더십이 있고 모두에게 생글생글하기 때문에 아이들도 유를 인정하는 분위기예요."

그런가요, 하고 아스미는 온화하게 호응한 다음 호흡을 가다듬었다. 그러고는 단숨에 물었다.

"우노 고이치 군 말인데요, 친구를 때리거나 하진 않나요?"

선생님이 조금 놀란 듯한 표정으로 아스미를 바라본다. 그녀가 어떻게 생각하든 상관없다. 아스미는 유를 위해서라면 강해질 수 있다고 믿으며, 몸속에서 끓어오르는 듯한 용기 또는 격려라고도 할 수 있는 감정을 느꼈다. 이런 순간이지만 내 아이에게 감사하고 싶어졌다.

"유가 고이치 군에게 무슨 일을 당했다고 하던가요?"

"아뇨, 그런 얘기는 없었지만, 지난번 참관수업 때 보니 고이치 군이 유의 등을 계속 찌르더라고요."

아스미의 말에 사에키 선생님은 무슨 말인지 이해했다는 듯 고개를 끄덕였다.

"그런 일은 종종 있습니다. 고이치 군은 저도 신경써서 살펴보는 아이 중 한 명이고요."

네, 하고 아스미는 고개를 끄덕이며 그다음 말을 기다렸으나 선생님은 그걸 끝으로 아무 말도 하지 않는다.

"'죽고 싶다'라고 소리쳤었죠?"

"네, 가끔 그럴 때도 있습니다."

"교실을 뛰쳐나가는 건 자주 있는 일인가요?"

"고이치 군한테는 전담 보조 선생님이 있어서 괜찮아요."

뭐가 괜찮다는 걸까, 아스미는 생각한다.

"저는 다양한 아이들이 있어서 좋다고 봐요. 반 친구들도 고이치 군을 이해하고 다들 서로 도우며 공부도 하고 활동도 합니다."

학교에는 '해바라기반'이라는 특별지원 학급이 있다. 고이치의 행동이 지나치게 눈에 띈다 싶으면 그쪽으로 정식 이동해도 되지 않을까.

"1반에는 소란스러운 남자아이가 많은 것 같아요."

아스미가 웃으며 말했다.

"네. 아주 기운이 넘치죠. 다들 목소리가 커서 여름방학 전에 열리는 합창대회에서 1반이 우승할지도 모르겠어요."

선생님이 기쁜 듯 웃는다.

"그럼 저는 이만 가보겠습니다."

선생님이 자리에서 일어나며 "커피 잘 마셨습니다" 하고 잔을 아스미 쪽으로 밀었다.

"아, 저기, 사소한 것이라도 좋으니 유에 대해 마음에 걸리는 일이 있다면 바로 알려주시겠어요?"

"네, 알겠습니다. 연락장도 있으니 어머님께서도 걱정되는 일이 있다면 뭐든 적어주세요."

유가 다니는 초등학교에서는 한 사람당 한 권씩 연락장이 배부되는데 그걸 육 년간 사용한다. 결석이나 지각, 조퇴 연락, 몸 상태, 가정의 일 등 뭐든 적어도 된다. 가정에서 적어 보낼 때도 있고 선생님한테 연락이 올 때도 있다. 확인했으면 서명해서 돌려보낸다.

아스미는 지금껏 아이의 몸 상태에 관한 것밖에 써본 적이 없었다. 유가 독감에 걸렸을 때와 이가 아파서 약을 먹어야 했을 때 정도다.

커피잔을 치우면서 절로 깊은 한숨이 나왔다. 알고 싶은 답을 하나도 얻지 못했다. 선생님은 순진한 걸까, 아니면 일부러 얘기를 피하고 싶어 얼버무린 걸까.

어차피 사에키 선생님은 미혼이다. 자식 키우는 엄마 마음을 이해하지 못할지도 모른다. 아스미는 그런 식으로 고약하게 생각해버리는 자신이 못나게 느껴져 가볍게 고개를 저었다.

일단 유의 학교생활은 자신이 상상했던 대로라 안심해도 된다는 건 확실했다. 아이의 교우관계에 간섭하지는 않겠지만 무슨 일이 생기면 곧바로 대응할 수 있어야 하니 마음의 준비는 해둬야 한다.

"있잖아, 유. 이제 슬슬 입시학원에 가는 게 어떨까?"

『세계의 위인』이라는 만화를 읽고 있던 유가 고개를 든다. 전에 아스미가 사다준 책이다.

"학원? 응, 좋아."

"다니고 싶은 곳 있어? 아니면 엄마가 정해도 돼?"

"응. 아무데나 괜찮아."

시내에 중학교 입시학원이 몇 군데 있다. 아스미는 이미 조사를 마친 뒤 평이 좋고 유명 사립 중학교 합격자를 많이 배출한 학원을 골라뒀다.

"월요일은 수영 교실이고, 수요일은 미술학원이니까 금요일이면 딱 좋겠네."

"응."

아스미는 유의 머리를 살짝 쓰다듬었다. 공부하는 걸 싫어하지 않고 순순히 학원에 가주는 아이가 기특하다.

"오늘 사에키 선생님이 오셨었어. 가정방문으로."

"뭐라고 하셨어?"

"유가 반 친구들하고 사이좋게 지내고 공부도 잘한대."

아스미가 대답하자 유는 쑥스러운 듯 고개를 돌렸다.

"그거, 가루이자와 사진이야?"

테이블 위에서 사진을 정리하는 아스미를 보고 유가 말했다.

"맞아. 골든위크 때. 그때 재밌었지?"

지금은 뭐든지 다 디지털화되어 있지만 잘 나온 사진만은 이렇게 앨범에 붙여 한 줄 감상을 적어두곤 한다.

가루이자와에서는 쾌적한 호텔에 묵으며 맛있는 음식을 먹고 푸르른 들판에서 신나게 놀았다. 매년 가고 싶지만 유가 언제까지 함께 가줄지. 초등학생일 동안만이라도 셋이서 함께 다니고 싶다.

"고이치는 요즘 어때?"

"뭐가?"

"좀 차분해졌어?"

"툭하면 '죽어줄게'라고 말해."

아스미는 순간 숨을 죽였다가 "어……" 하고 말았다. 현재로선 유가 괴롭힘을 당하는 기색이 없고, 아스미와 함께 목욕할 때 보면 몸에 상처나 멍도 없다.

자식을 지키는 일은 부모의 사명이다. 아스미는 그 생각을 더욱 굳건히 했다.

서예 수업 전 점심식사나 수업 후 티타임. 그것이 아스미와 나나의 화요일 행사가 되었다.

오늘은 유의 하교 시간이 일러서 점심을 먹기로 했다. 나나는 다양한 가게를 알고 있었다. 이런 외진 동네에도 숨은 맛집이 몇 군데나 있다. 오늘은 이탈리안 요리다. 수프, 샐러드, 파스타나 피자, 디저트와 음료로 구성된 런치 세트가 1,580엔.

"아스파라거스 맛있다!"

아스미는 파스타 세트를 골랐다. 아스파라거스와 봄양배추, 잔멸치가 들어간 파스타다. 담백하면서 자꾸 당기는 맛이라 요즘 같은 계절에 딱이다.

"마르게리타 피자도 맛있어. 한 조각 먹어봐."

나나가 아스미의 접시에 피자를 놓으며 말했다.

"그런데 그 아이 말이야. 학교는 매일 즐겁게 다닐까?"

근심어린 얼굴로 나나가 말한다. 아스미는 지난번 가정방문과 유의 학급 얘기를 하는 중이었는데, 고이치가 '즐겁게' 등교하는지는 생각해본 적 없었다.

"죽고 싶다는 게 본심인지 아닌지 모르겠지만 툭하면 내뱉는 건 뭔가 문제가 있다는 걸지도 모르잖아."

아스미는 자신의 편협한 사고방식이 부끄러웠다.

"아스미가 뭘 말하고 싶은지도 충분히 이해해. 그야 당연히 내 자식이 제일 소중한걸. 괜한 피해가 미치진 않을까 걱정되니까."

"……응, 그치만 내가 참 이기적이라는 생각이 드네. 사려 깊은 생각을 하는 나나 씨가 대단해. 존경스러워."

무슨 소릴 하는 거야, 하고 나나가 웃는다.

"쇼안은 그런 문제 없었어?"

쇼안은 나나의 아들이다. 시가 선조들의 위패를 모신 절의 주지 스님이 붙여준 이름이라고 한다.

"반에 고이치 같은 아이는 없지만 그래도 괴롭힘은 있는 듯해. 겉으로 드러나지 않아도 학부모들 사이에 이런저런 소문이 있거든. 그런데 쇼안은 뭐랄까, 좀 멍한 구석이 있는 아이라서 그런 걸 잘 몰라."

나나는 그렇게 말하고 난감하다는 듯 눈썹 끝을 내렸는데, 그렇다고 마음에 담아두는 것도 아닌 듯 보였다. 아스미가 만난 적은 없지만, 쇼안은 분명 너그럽고 솔직하며 현실과는 조금 거리를 둔 천재 기질의 아이일 것이다. 발레에 푹 빠졌다는 것도 납득이 간다.

"우리 애, 드디어 학원에 보내기로 했어."

"어머 정말? 유는 공부를 좋아하니까 기대해볼 만하지."

괜찮은 학원 정보도 나나한테 들었다. 나나와 이렇게 만나게 되면서 아스미는 점점 더 쇼안이 다니는 도쿠호 재단의 학교에 유를 입학시키고 싶어졌다. 학교 시설도 잘 갖추어졌고 교사들의 자격도 우수하다. 학교 친구들도 일정 수준 이상일 것이다. 거기서 유가 자신에게 맞는 무언가를 찾으면 좋겠다.

"어머, 벌써 시간이 이렇게 됐네."

서예 수업이 임박했다. 나나와의 대화는 해도 해도 끝이 없어 매번 시간이 부족하다. 아스미와 나나는 디저트로 나온 크레마 카탈라나*를 서둘러 먹고 식당을 나섰다.

---

* 커스터드크림을 오븐에 굽고 식힌 뒤 얇은 캐러멜을 올린 스페인식 디저트.

모르는 번호로 전화가 걸려온 건 장마가 막 시작된 무렵이었다. 밤 열시를 넘긴 시각이었다. 이 시간에 집으로 전화를 거는 사람은 친정엄마 정도이리라 아스미는 생각했는데, 화면에 뜬 건 처음 보는 전화번호였다.

유의 학교나 남편의 업무와 관련된 전화겠거니 하고 아스미는 별다른 의문 없이 수화기를 들었다.

"이시바시 씨?"

"여보세요"도 하기 전에 수화기에서 목소리가 들렸다.

"누구시죠?"

"이시바시 씨네 맞나요?"

"맞습니다만."

"아, 저 다케우치예요. 레온 엄마."

아스미는 무심코 '앗' 하는 소리가 나왔다.

"안녕하세요, 유 엄마예요. 유가 늘 신세 많이 지고 있습니다."

놀랐다. 대체 우리집 번호는 어떻게 알았을까. 비상연락망도 개인정보보호 문제로 학급 전체가 아니라 비상시 연락할 앞뒤 두 집의 번호만 알려준다. 거기에 레온네 집은 포함되지 않는다.

"저기요, 레온이 울어요. 학교에 가기 싫다고. 이유를 물어봤더니 유가 싫다는데."

"……싫다고요?"

"네. 싫대요. 때리고 발로 차고 꼬집고 그런다고. 등을 봤더니 꼬집힌 자국이 있는데, 유가 했다고 그러던데요?"

"네?"

"허벅지에도 멍이 있어요. 애들끼리 그런 거니까 어쩔 수 없지만. 이건 좀 심하지 않나요?"

"……정말 유가 한 게 맞아요?"

"뭐? 지금 의심하는 거예요? 그럼 유한테 물어봐요."

"이미 잠들었어요."

"깨우면 되잖아요."

침착해야 해, 하고 아스미는 생각했다.

"유가 그런 거라면 사과하겠습니다. 그런데 오늘은 늦었으니 내일 저희 쪽에서 연락을 드려도 괜찮을까요? 연락처를 알려주시겠어요?"

아스미의 말에 레온 엄마는 속사포로 자신의 전화번호를 말했다.

"유 엄마 번호도 알려줘요."

아스미는 순순히 응했다.

"그런데 저기, 저희 집 번호는 어떻게 아셨어요?"

아스미가 묻자 순간 정적이 흐르다가 큰 소리가 들려왔다.

"뭐? 그게 무슨 뜻이지? 지금 그게 중요해요? 좀 어이가 없네.

저기요, 나랑 친한 엄마가 알려줬어요. 뭐 잘못됐어요?"

"……아뇨, 죄송합니다."

그럼 내일 연락해요, 하고 말하며 레온 엄마는 전화를 끊었다.

아스미는 수화기를 든 채 한동안 넋이 나가 있었다. 이게 대체 무슨 일이지? 유가 레온을 때렸다는 말인가? 그럴 리가 없는데. 레온이 유를 때렸다면 모를까, 유가 다른 사람을 다치게 하는 일은 절대 없는데.

유치원 시절, 유가 친구에게 물린 적이 있었다. 그때는 선생님이 개입했다. 상대 아이 엄마는 진심으로 사죄했고, 그후에도 유를 무척 신경써줬다. 그렇지만 이번에는 상황이 반대다. 게다가 상대는 그 레온 엄마.

일단은 유 본인에게 확인해야겠지. 아니, 그보다 먼저 사에키 선생님에게 의논하는 편이 좋으려나. 유에게는 내일 제대로 물어봐야겠다고 생각했다. 자는 아이를 깨워서 물어본들 상황이 좋은 방향으로 전개될 것 같지 않다. 아스미는 정수기에서 물을 따라 단숨에 들이켠 뒤 의식적으로 심호흡을 했다.

레온 엄마한테 들은 말이 머릿속을 빙글빙글 맴돈다. 사실일까. 설령 만에 하나 유가 레온에게 손을 댔더라도 그렇게 말하는 건 아니다 싶었다. 이 시간에 전화한다는 것 자체가 비상식적이고 말투도 너무 천박하다.

시어머니가 자주 언급하는 '출신을 알 만하다'라는 말을 별로 좋아하지 않았는데, 지금 처음으로 그 말을 써도 좋을 것 같았다.

현관문 열리는 소리가 났다. 아스미는 다리가 꼬여 휘청일 만큼 허둥지둥 현관으로 향했다.

"여보!"

"나 왔어. 왜 그래? 무슨 일 있어?"

아스미의 얼굴을 보며 다이치가 말했다.

"응, 좀 할 얘기가 있어."

다이치는 입을 뾰족 내밀고 익살스러운 표정을 한 횻토코 가면 같은 얼굴로 너스레를 떨 듯 고개를 끄덕였다.

옷을 갈아입은 뒤 출출하다는 다이치에게 아스미는 매실장아찌를 올린 오차즈케*를 내었다. 후루룩 매실 오차즈케를 먹는 다이치를 보니 문득 슬슬 올해 매실을 따야겠구나 싶다. 마당의 매화나무에 매년 풍성하게 열매가 열린다.

"자기가 해주는 매실 오차즈케는 진짜 맛있다니까. 얼마든지 먹을 수 있을 것 같아. 그래도 오늘은 한 그릇으로 끝내야지."

다이치가 그렇게 말하고 젓가락을 내려놓는다. 저녁은 밖에서 먹고 오는 일이 많지만 집에 와서도 이렇게 뭔가를 먹기 때문에

---

* 녹차를 우린 물에 밥을 말아 간소하게 고명을 올려 먹는 음식.

다이치의 배 둘레는 작년보다 확연히 불어나고 있다.

"그래서, 무슨 일인데?"

다이치가 묻는다. 아스미는 호흡을 가다듬었다.

"아까 레온 엄마한테 전화가 왔었어."

"레온이 누군데?"

"유랑 친하게 지내는 친구야."

아하, 하면서 다이치가 TV를 켜려고 하기에 아스미는 잠깐, 하고 리모컨을 빼앗았다. 다이치가 또 홋토코 가면 같은 표정을 지으며 과장되게 놀란 시늉을 한다.

"있잖아, 유가 레온을 때렸대. 꼬집은 상처도 있고, 아이가 학교에 가기 싫다고 한대."

아스미의 말에 다이치는 괴상한 소리로 "뭐라고?" 하며 미간을 찡그렸다.

"그럴 리가 없잖아."

"응, 그렇긴 한데."

"유한테는 물어봤어?"

"자니까 내일 물어보려고."

아스미는 레온 엄마와의 통화에 대해 자세히 얘기했다.

"진상 부모네."

다이치는 한 마디로 그렇게 말했다.

"레온 엄마라는 사람, 예전에 날라리였지? 상대하지 않는 게 좋지 않아?"

"그치만 만약 레온이 학교에 가기 싫다는 이유가 진짜 유 때문이라면……"

"부모가 자식을 못 믿으면 어떡해? 레온이 거짓말한 걸지도 모르잖아. 그리고 말이 나와서 말인데, 부모 없을 때 애들 아지트처럼 되는 집에 유를 놀러가게 하는 것도 막는 게 좋지 않아? 나쁜 품행이 물든다고."

다이치는 그렇게 말하더니 "나 씻을게" 하고 자리를 떴다.

나도 유를 믿는다. 아이가 누군가에게 상처를 주는 모습은 상상도 할 수 없다. 아스미는 다이치가 한 말을 곱씹으며 유를 사립 초등학교에 보내지 않은 걸 진심으로 후회했다. 자식을 지킬 수 있는 건 부모밖에 없다. 유를 지킬 수 있는 건 나뿐인 것이다.

아스미는 약해지려는 마음을 다잡으며 스스로를 격려했다.

"애들아! 너희 오늘 소풍 가는 날이잖아. 얼른 일어나! 뭐하고 있어?"

루미코는 주방에 선 채 아이들 방을 향해 큰 소리로 외쳤다.

오랜만에 싸는 도시락. 순서를 까먹어 몹시 고생중이다. 게다가 새벽녘까지 원고를 쓰느라 오늘 아침은 늦잠을 자버렸다.

"악, 어떡해! 망했다!"

기름을 충분히 예열해야 했는데 성급했다. 달걀이 프라이팬에 달라붙고 말았다.

"할 수 없지. 스크램블드에그로 변경!"

조리용 젓가락으로 달걀을 휘젓는다.

"왜 안 깨웠어!"

유가 잠에서 깨 소리치면서 나왔다. 그 뒤를 이어 다쿠미도 눈을 비비며 방에서 나온다.

"무슨 소리야. 몇 번이나 깨운 줄 알아? 유, 너도 이제 3학년이니까 스스로 일어날 줄 알아야지."

튀김을 할 시간은 없다. 요즘은 자연해동으로도 먹을 수 있는 냉동식품이 있어 정말 편리하다. 이걸 생각해낸 사람한테 감사의 절이라도 하고 싶다.

"빨리 아침 먹어."

유와 다쿠미가 느릿느릿 식탁에 앉더니 먹기 시작한다. 도시락은 데친 브로콜리와 방울토마토, 냉동 닭튀김과 쓰쿠네*, 다쿠

---

* 다진 닭고기를 완자처럼 빚어 구운 요리.

미가 넣어달라고 요청한 캐릭터 가마보코*, 그리고 달걀말이에서 변형된 스크램블드에그. 좋아, 색 조합도 괜찮고. 담기면 하면 완성이다.

으앙!

느닷없이 다쿠미의 비명과 울음소리가 들려온다.

"왜, 무슨 일이야!"

주방에서 급히 나와 식탁으로 갔더니 다쿠미가 배를 붙잡고 울고 있다.

"형이 발로 배를 찼어. 아야. 아파, 아파, 아프다고!"

다쿠미가 꺼이꺼이 울면서 다리를 버둥거리고 바닥을 데굴데굴 구른다.

"괜찮아? 어디가 아픈 거야? 설 수 있겠어?"

"아무 짓도 안 했는데 형이 발로 때렸어."

다쿠미가 배를 붙잡고 울면서 소리쳤다.

"유! 왜 다쿠미를 발로 차고 그러는 거야! 이유를 말해봐."

유는 히죽히죽 웃으며 밥을 먹고 있다.

"왜 찼냐고!"

"일부러 그런 거 아냐. 다리 올리기 연습하다가 부딪힌 것뿐이

---

* 생선살을 갈아 소금 등으로 간하고 찌거나 튀긴 것.

야."

"뭐라고? 다리 올리기 연습을 왜 하는데! 다쿠미한테 제대로
사과했어?"

유가 히죽거리며 고개를 흔든다.

"사과해!"

유가 모기만한 소리로 미안, 하고 중얼거린다.

"더 큰 소리로!"

"미.안.하.다!"

유가 빈정대는 투로 소리를 지른다. 여전히 얼굴을 히죽거리
는 채.

"다쿠미. 형이 사과하는 거 받아줄 거야?"

다쿠미가 눈을 비비며 고개를 끄덕였다. 배는 이제 괜찮은 모
양이다.

정말이지 항상 이런 식이다. 유는 툭하면 손이 나가고, 다쿠미
는 툭하면 운다.

"시간 없어! 얼른 먹어!"

루미코가 도시락과 물통을 배낭에 넣은 뒤 아이들이 뭘 하나
보았더니 TV를 보며 둘이서 깔깔대고 있다.

"지금 TV 볼 시간이 어디 있어! 다 먹었으면 얼른 옷 갈아입
어! 빨리 서둘러!"

루미코가 TV를 *끄*자 둘은 꼭 이럴 때만 의기투합해 "끄. 지.
마! 끄. 지. 마!" 하고 입을 맞춰 노래하기 시작했다.

"어머, 벌써! 얘들아 시*끄*러워! 이러다 늦겠어! 빨리해!"

시계를 본 유가 "이런!" 하고 소리치더니 단숨에 밥을 입안에
그러넣는다. 그 모습을 본 다쿠미도 형을 따라 밥을 먹어보지만
유처럼 빨리 먹을 수 없어 우물거리며 울기 시작한다.

"이제 못 먹겠어! 안 먹을래!"

"하나도 안 먹었잖아. 이러면 힘없어서 소풍 가서 못 놀아."

"다 먹으면 늦는단 말이야! 엄마는 바보야! 으앙!"

하아. 깊은 한숨이 나온다.

"알았어, 다쿠미. 그럼 반만 먹어."

루미코는 엉거주춤 서서 밥그릇을 들고 다쿠미의 입에 숟가
락을 가져간다. 갓난아기도 아니고, 언제까지 이렇게 해야 하는
걸까.

"이제 그만 먹을래."

도중에 다쿠미가 자리에서 일어나 세면대로 뛰어간다. 먼저
옷을 갈아입은 유가 "다녀오겠습니다!" 하고 현관으로 향한다.

"안 돼! 형아, 기다려! 으앙!"

다쿠미가 울면서 발을 동동 구른다.

"유, 잠깐 기다려줘! 동생도 챙겨야지. 자, 다쿠미도 서둘러!"

"싫어, 내가 왜 다쿠미를 챙겨야 하는데."

"당연하지, 네가 형이니까."

"나는 1학년 때 혼자서 갔었어. 다쿠미도 혼자 가."

그건 유의 말이 맞다. 말 그대로다. 루미코도 잘 안다. 형이니까, 라는 말은 쓰지 말자고 다쿠미가 태어났을 때 결심했는데 이렇게 자주 내뱉는다.

다쿠미는 옷도 갈아입지 않은 채 대놓고 엉엉 울고 있다.

"다쿠미! 빨리 준비해! 울고 있을 시간 없다고. 진짜로 지각한단 말이야!"

루미코의 말에 다쿠미의 울음소리가 더 커진다. 안 울고 준비하면 금방 끝날 텐데, 왜 그런 간단한 사실을 모르는 걸까.

"유, 미안. 그래도 다쿠미 좀 기다려줘."

"으음, 어떻게 할까."

"다쿠미! 빨리해! 이러다 형 진짜 간다."

루미코가 진지한 어조로 말하자 분위기가 확 바뀌어 다쿠미도 부리나케 옷을 갈아입기 시작했다.

"뭐 빠뜨린 거 없지?"

"없어."

그렇게 울던 다쿠미가 지금은 아무 일도 없었다는 듯 태연하다.

"다녀오겠습니다!"

"잘 다녀와!"

달려나가는 두 아이에게 "위험하니까 뛰지 마!" 하고 말을 건네지만 귓등으로도 듣지 않는다. 둘이서 교모를 휘휘 돌린다.

"하아."

아까보다 한층 더 깊은 한숨이 나왔다. 정말이지, 아침부터 밤까지 이런 식이다. 아이들이 있으면 한시도 쉴 수 없다. 계속 으르렁거리기만 한다. 빨리해, 서둘러, 그 말만 날마다 반복하고 떠들어댄다.

"우아 진짜, 아침부터 정신이 하나도 없네……"

유타카가 뭉그적뭉그적 일어나서 나왔다.

"애들, 드디어 간 거야? 나 새벽 두시에 들어왔는데. 좀 봐주라……"

"술 먹고 들어와서 일어나자마자 한다는 소리가 그거야? 난 네시까지 일했거든."

머리를 벅벅 긁으면서, 고생했네, 하고 유타카가 중얼거린다.

"하암, 목말라. 차 한 잔 줘. 차 없어?"

하품하며 말하는 유타카를 향해 루미코는 깊은 한숨을 토했다.

"차가 왜 없어? 당연히 있지. 거기 찻주전자 있고 찻잎도 들어 있네요. 전기포트로 뜨거운 물만 부으면 되는걸. 나 지금 설거지 하느라 손이 거품투성이잖아. 미안하지만 직접 해서 드시겠어요?"

"뭐야, 말투가 뭐 그래. 됐어, 샤워나 할게."

"잠깐만."

루미코가 손을 닦고 차를 막 끓이기 시작한 순간, 유타카는 그렇게 말하고는 가버렸다.

지긋지긋한 한숨이 나온다. 이제 막 하루가 시작됐을 뿐인데 대체 나는 한숨을 몇 번이나 쉬었을까.

아이들 잠옷이 거실에 널브러져 있다. 식탁 아래에는 아침을 먹으며 흘린 부스러기가 잔뜩이다. 요 며칠 바빠서 제대로 청소기도 못 돌렸네. 오늘은 꼭 청소해야지, 하고 생각하는데 하품이 크게 나온다.

잠깐 눈 좀 붙이자. 머리를 쓰려면 자야 한다. 루미코는 한 시간반 자기로 했다.

눈을 떴을 때는 오전 열시가 지나 있었다. 두 시간 반이나 잔 것이다. 루미코는 세수하고 콘택트렌즈를 꼈다. 외출할 예정은 없었지만 안경을 쓴 채로 있으면 왠지 모르게 후줄근한 기분으로 하루를 보낼 것 같았다.

유타카의 모습은 보이지 않았다. 오늘 쉬는 날이라더니 어딜 간 거지. 루미코는 자기 전에 돌려둔 세탁기 속 세탁물을 꺼내

서둘러 베란다에 널었다. 날씨가 좋다. 이 집은 이층이지만 볕이 잘 들어 기분이 좋다. 오늘 유는 동물원으로, 다쿠미는 수족관으로 소풍을 갔다. 즐거운 시간을 보내겠지.

육층짜리 아파트. 일층은 공유 공간으로 쓰이고 있어 주거는 이층부터다. 집값과 아이들이 위험에 노출되기 쉬운 엘리베이터를 타지 않게 하려고 이층으로 결정했는데 그 선택이 옳았다. 이렇게 시끄러운 남자아이 둘이 온 집안을 휘젓고 다니니 아무리 방음 설계가 되어 있대도 아래층에서 매일 항의가 빗발쳤을 것이다.

세탁물을 다 넌 뒤, 루미코는 꼼꼼히 청소기를 돌렸다. 방 네 개짜리 집에서 10제곱미터가 조금 안 되는 방 두 개를 아이들 용으로 쓰는데, 실제로는 한쪽 방만 쓴다. 그 방에 이층침대와 두 아이의 학용품을 두는 수납 선반을 놓았다.

나머지 방은 고가츠 인형*과 선풍기, 스노보드와 스쿠버다이빙 용품 같은 계절 용품과 평소 사용하지 않는 물건들이 자연스레 쌓여서 어느새 창고처럼 됐다.

아이들이 입학할 즈음에 책상을 살까 고민했는데 결국 아직도 사지 않았다. 둘 다 거실에서 숙제를 하기 때문에 유가 고학년이

* 남자아이의 건강과 행복을 바라는 의미로 갑옷과 투구를 입힌 장식용 인형.

되기 전까지는 이대로도 괜찮을 것 같다. 형제끼리 싸우기만 하면서도 각자 다른 방을 쓰는 건 싫은 모양이다.

그 외에 10제곱미터 크기의 다다미방과 마루방이 있다. 마루방은 부부 침실로 쓰느라 세미더블 침대가 놓여 있지만 지금은 거의 루미코 혼자 쓴다. 유타카는 다다미방을 작업실로 사용하는데 요즘에는 그 방에서 이불을 깔고 자는 일이 많다.

다다미방은 발 디딜 틈이 없을 정도로 다양한 물건이 어질러져 있다. 유타카는 이래 봬도 자기 나름대로 사용하기 좋게 배치해둔 거라며, 루미코가 어설프게 손댔다가는 화를 내기 때문에 제대로 청소를 할 수 있는 건 연말 정도다. 우선 창문을 열어 환기하고 내내 깔아둔 유타카의 이불을 걷어 다다미 바닥이 보이는 부분만 청소기를 돌렸다.

거실을 정리하고 청소기를 다 돌렸더니 그제야 기분이 개운했다. 식탁에 앉아 신문을 읽으며 아이들 도시락을 싸고 남은 반찬으로 밥을 먹는다. 그러고 나서 한숨 돌린 뒤 노트북을 열었다.

자신만의 방을 갖고 싶지만 물리적으로 어려워서 포기했다. 거실에 있는 작은 서가 주변의 한 귀퉁이가 루미코의 작업 공간이다.

루미코는 블로그 댓글을 확인하고 답글을 몇 개 달았다. 그런 다음 오늘 아침에 있던 난리법석 극의 자초지종을 썼다.

글을 쓰는 도중에 메일 수신음이 울려 화면을 여니 '요시유키 출판의 나리타입니다'라는 제목이 보였다. 외주편집자 시절에 많은 도움을 받았던 동갑내기 편집자다.

블로그 재밌게 보고 있어요. 루미코 씨가 슬슬 일할 때가 되지 않았나 싶어 연락했어요. 라며 여전히 꾸밈없고 솔직한 문장이 있고 이어서 자세한 일의 내용이 적혀 있었다.

일하는 기혼여성을 대상으로 하는 잡지 〈할렐루야〉의 '요즘 나의 관심사'라는 코너. 반 페이지 분량이고, 독자 설문조사에 서 평도 좋아요. 지금까지 연재해온 작가님의 건강이 나빠져 급히 대신 글을 써주실 분이 필요해 루미코 씨한테 연락했어 요. 일단 이번 회차를 수락해주면, 기사 완성도에 따라 루미코 씨한테 전적으로 배턴 터치를 할 수도 있어요!

"말도 안 돼!"
얼떨결에 소리쳤다.
"너무 좋아! 나리타 씨, 정말 고마워요!"
혼자 있는 거실에서 루미코는 천장을 올려다보며 큰 소리로 말했다. 굵직한 일이기도 하고 내 이름을 세상에 널리 알릴 수도 있다.

"이 연재, 반드시 내 걸로 만들 거야!"

루미코는 연이어 말하고 덩달아 주먹까지 치켜들었다.

'요즘 나의 관심사'는 편집부에서 주는 주제를 받아 칼럼을 써서 싣는 코너다. 이번 회차에는 목요일 밤 열시에 방영하는 총 10화 분량의 TV 드라마 〈다니 씨〉에 관해 써야 한다. 시청률은 낮지만 사오십대 여성들 사이에서 은근히 입소문이 났다.

〈다니 씨〉는 루미코도 보았다. 블로그에도 몇 차례 글을 쓴 적이 있다. 루미코의 블로그를 보고 있다는 나리타 씨. 혹시 그 글을 보고 연락을 준 걸지도 모른다.

〈다니 씨〉는 주인공 다니 마사코가 소속된 주부 합창단과 주부 배구단 이야기다. 극적인 전개도 없고 뮤지컬 같은 스타일도 아니다. 이야기가 잔잔히 진행되는 가운데 매회 등장하는 인물들 저마다의 소소한 기쁨과 고민이 펼쳐진다. 합창과 배구에 진지하게 임하는 주부들이 사소한 일에 일희일비하고, 우스꽝스러우면서도 어쩐지 가슴이 뜨거워지는 다큐멘터리 같은 드라마다.

루미코는 곧장 감사인사와 함께 이 일을 흔쾌히 수락한다는 의사를 담아 나리타에게 회신했다. 마감은 나흘 뒤다.

나리타의 메일에 첨부된 '요즘 나의 관심사'의 지난 칼럼을 여러 편 훑어보고, 드라마 〈다니 씨〉를 1화부터 다시 보기로 했다. 이미 5화까지 방영됐다.

컴퓨터로 〈다니 씨〉를 보면서 루미코는 자신에게 행운이 오고 있음을 강력히 느꼈다. 오늘 새벽까지 했던 일은 화장품 관련 설문조사를 정리해 기사로 쓰는 거였는데, 새로 거래하는 출판사에서 준 일이었다.

올봄 루미코는 자신의 포트폴리오를 만들어 몇몇 출판사에 돌렸다. 명함을 붙이고 간단한 경력과 과거에 쓴 기사를 모았고, 블로그에 대해서도 썼다.

화장품 모니터링 담당자가 그 파일을 보고 루미코에게 연락한 것이었다. 직접 자기 발로 뛰어 일을 따낸 기쁨은 컸다.

〈다니 씨〉를 3화까지 집중해서 연달아 보고 있는데 새 메일 수신음이 울렸다. 화장품 설문조사 기사에 대한 답장이었다. 오늘 아침에 마무리해서 이미 보내놓은 상태였다.

실례되는 말씀이지만, 완성도가 기대 이상이었습니다. 앞으로 계속 잘 부탁드리겠습니다.

라고 쓰여 있었고, 앞으로의 기획 내용이 기재되어 있었다.

"어머, 웬일이야!"

루미코는 의자에서 벌떡 일어나 그 자리에서 폴짝폴짝 뛰었다. 확실히 운이 트이기 시작했다고 실감했다.

남향 베란다의 커다란 창문으로 파랗고 깨끗한 하늘이 보인
다. 루미코는 크게 팔을 뻗어 심호흡했다. 돌고 돌아 기회가 온
것이다. 이 기회를 놓쳐서는 안 된다.

"나 왔어."

유타카다.

"어디 갔었어?"

루미코가 묻자, 라면 먹고 왔어, 하는 대답이 돌아왔다. 이것
저것 하고 싶은 말이 많지만 루미코는 그 말들을 꿀꺽 삼키고
"차라도 마실래?" 하고 물었다.

"내가 끓일게."

유타카의 말에 아침에 있었던 언쟁이 떠올랐다. 오늘 아침 일
인데도 아득히 먼 옛날 같다.

"사모님두 드실래요?"

유타카가 찻주전자를 들고 묻길래 고개를 끄덕였다. 루미코는
함께 먹을 과자를 꺼내고 오랜만에 둘이 마주 앉아 차를 마셨다.

"나 있잖아, 글 쓰는 일이 늘어날 것 같아. 오늘 또 일이 들어
왔어."

루미코의 말에 유타카는 입을 오므리고는 오호, 하더니 "잘됐
네" 하고 말했다.

"마지막 기회일 것 같으니까 열심히 하려고. 그러니까 당신도

협조 좀 해줘."

"협조?"

눈썹을 올리며 되묻는 유타카에게 루미코는 결심하고 말했다.

"아이들 돌보는 거랑 집안일 좀 도와줬으면 좋겠어."

그렇게 말하면서 '도와줬으면 좋겠어'라는 표현은 틀렸어, 라고 루미코는 생각한다. 지금까지는 루미코 혼자서 육아와 집안일을 떠맡았다. 생활에 필요한 수입을 유타카가 책임졌으니 어쩔 수 없다고 여겼다. 하지만 앞으로는 루미코도 돈을 버는 입장이 된다. 부양자가 둘이면 집안일과 육아도 두 사람 분으로 나눠어야 한다. 애초에 유와 다쿠미는 두 사람의 자식이니 육아도 당연히 둘이서 책임져야 한다.

"아, 그렇지."

루미코는 깔끔하게 답한 유타카를 물끄러미 쳐다보았다. 가볍게 넘어가든 장난스럽게 얼버무리는 대답이 돌아오든, 둘 중 하나일 거라고 생각했었다.

"나 제법 장하지 않아?"

"〈골드 문〉일, 잘렸어."

"……응?"

루미코가 멍하니 되묻자, 유타카는 뭐가 웃긴지 하하, 하고 웃었다.

"무슨 소리야?"

"깜짝 놀랐다니까. 내 사진이 낡았다는 둥, 시대에 안 맞는다는 둥. 후임은 이십대 애송이래."

"……언제부터?"

"마침 계약 만료라서 이번 달로 끝이야."

루미코는 '앞으로 어떻게 할 거야?!' 하는 말이 목구멍까지 나올 뻔했지만 간신히 참았다. 제일 속상한 사람은 유타카 본인일 테니까.

〈골드 문〉 수입이 없어지면 우리집 가계는 어떻게 되는 건가. 지금 당장 무슨 일이 벌어지는 상황인 건 아니지만 다른 일을 찾지 않으면 생활이 유지되지 않는다.

"그렇게 됐어. 미안해."

루미코는 자조 섞인 웃음을 짓는 유타카에게 해줄 말을 찾지 못했다. 어설픈 위로는 자존심 센 유타카에게 상처만 더 줄 테고, 다음 일에 대해서는 아직 언급하면 안 되겠지.

"나 좀 잘게."

"어, 응."

의자에서 일어난 유타카에게서 담배 절은 내와 알코올이 뒤섞인 듯한 냄새가 났다. 라면을 먹으러 간 게 아니라 대낮부터 술을 마셨던 건지도 모른다.

"아, 미안. 이불 널어놨는데. 얼른 걷을게."

"그럼 먼저 샤워부터 할게."

유타카는 그렇게 말하고 욕실로 향했다. 저렇게 냄새나는 채 자면 어쩌나 했는데 루미코는 내심 안도했다.

다다미방에 유타카의 이불을 깔아주고 루미코는 〈다니 씨〉를 이어 보면서 머릿속으로 계산했다. 〈골드 문〉으로 벌던 돈이 없어지면 생활비는 지금의 절반이 된다. 대출금도 아직 남았고, 아이들 양육비는 앞으로 점점 더 들어갈 것이다.

일단 유타카가 시급히 새로운 일을 구해야 한다. 한창 성장기인 아이가 둘이나 있다.

루미코 스스로도 마음을 더욱 단단히 먹었다. 열심히 일하고 싶다고 절실히 생각했다.

"다녀왔습니다."

다쿠미가 돌아왔다. 벌써 시간이 그렇게 되었다.

"어서 와. 소풍은 어땠어?"

"재밌었어!"

그렇게 말하면서 배낭 안에서 빈 과자 봉지와 도시락통을 꺼내 거실 바닥에 휙휙 내던진다. 음식물이 묻은 포크도 카펫 위에 놓여 있다.

"어디다 꺼내는 거야! 똑바로 정리해야지."

배낭을 확인하자 도시락통 뚜껑을 똑바로 안 닫았던 모양인지 포일과 남은 반찬 찌꺼기, 초콜릿 포장지까지 그대로 뒤섞여 나뒹굴고 있었다. 배낭 안쪽이 끈적끈적하다.

루미코는 "아, 진짜" 하고 중얼거리고는 "손 씻고 입 헹구고 와" 하고 말했다.

그러는 사이 유도 돌아왔다. 거실에 우뚝 버티고 선 채, 배낭에서 팔을 뺀 다음 연극이라도 하듯 과장되게 어깨에서 풀썩 아래로 떨어뜨린다.

"인사는 해야지."

유는 루미코를 보며 히죽히죽 웃기만 한다.

"소풍 재밌었어?"

"기린 혀는 완전 징그러워! 시커멓고 엄청 길어!"

남자아이들은 보는 관점이 다르다는 생각을 하면서 루미코는 그렇구나, 하고 고개를 끄덕였다.

"코끼리 오줌이랑 똥도 굉장했어! 쏴아! 뿌지직 부앙!"

"그래, 재미난 발견이네. 앗, 근데 잠깐! 바지가 새까맣잖아! 양말도 진흙투성이고! 빨리 세면대로 가!"

루미코의 외침이 무색하게 유는 카펫 위에 벌러덩 눕는다.

"유! 당장 세면대로 가! 갈아입을 옷 줄 테니까! 으악! 손도 새까매! 대체 어디서 뭘 하고 온 거야. 빨리 손 씻고 와!"

말이 끝나기가 무섭게 다쿠미와 술래잡기를 시작한다.

"야!"

루미코는 두 아이의 손을 잡고 세면대로 데려가 세수와 가글을 시키고 유는 옷을 갈아입게 했다. 유타카가 샤워 후에 쓴 듯한 목욕 타월이 다 젖은 채로 욕실 앞 탈의 공간에 아무렇게나 놓여 있었다. 루미코는 그것을 말없이 세탁기에 넣는다.

유타카는 다다미방에서 이미 잠든 듯하다. 집에 있으면 소풍 다녀온 아이들한테 얼굴 정도는 보여주지 싶다가도, 오늘은 가만히 내버려두자고 마음먹었다.

"아, 빨래!"

루미코는 베란다로 나가 세탁물을 걷었다. 해가 길어지긴 했지만 이제 저녁이다. 식사 준비도 해야 한다.

〈다니 씨〉이어 보기는 포기해야겠다. 아주 불가능한 건 아니지만, 아이들이 잠든 후가 아니면 아무래도 일이 잘 안 된다. 루미코는 아쉬운 마음으로 노트북을 닫았다.

애써 청소한 거실은 아이들이 돌아온 순간 빈집털이라도 당한 듯 어질러졌다. 어느새 토미카와 레고가 사방에 널렸다.

"얘들아, 정리 좀 하면서 놀아."

주의를 주지만 두 아이의 귀에는 전혀 들리지 않는다. 루미코는 가볍게 고개를 저었다. 그러고는 빨래를 개고 저녁식사 준비를 시작했다.

글 쓰는 일이 날아들어온 건 기쁘지만, 유타카의 큰 일거리가 하나 줄어든 게 타격이 컸다. 좋은 일만 있을 순 없다. 좋은 일과 나쁜 일은 언제나 동시에 찾아온다. 루미코는 지금껏 항상 그렇게 가슴에 새기며 지내왔다.

그래도 작가 일을 할 수 있다는 게 지금 루미코에게는 무엇보다 기뻤다. 오랜만에 고양감을 느꼈다. 드디어 본래의 자신을 만난 것 같았다. 본격적으로 다시 시동을 걸겠다고 결심한 이상 조금도 타협하지 않고 성실히 일해야 한다고 단단히 마음에 새겼다.

식탁 위에 학교에서 보낸 가정통신문이 놓여 있다. 공지사항은 반드시 여기에 두라고 했더니, 유는 1학년 때부터 엄마가 한 말을 잘 듣는다. 급한 공지가 아닌 것은 이렇게 주말에 한꺼번에 확인한다.

이달 일정표와 식단표, 그리고 서예 세트 신청서. 가나는 일정표를 대강 훑어본 뒤 클리어파일에 넣고, 냉장고에 붙여둔 지난달 식단표와 교체했다. 그런 다음 서예 세트 신청서를 집는다.

"서예 세트는 전에 샀던 것 같은데."

가나가 고개를 갸웃거리자 "이건 족자로 만드는 거래" 하고
유가 덧붙였다.

"웬 족자?"

"신춘휘호*용 긴 거."

"이제 여름인데 벌써 신춘휘호 얘기가 나오는 거야?"

가나가 그렇게 말하며 웃자 유도 작게 웃었다.

"여름방학 숙제로 한대."

"엄마는 어떤 게 좋은지 모르니까 유가 동그라미 쳐."

족자용 큰 붓과 받침 세트. 물론 이 신청서로 사지 않고 다른
곳에서 구입해도 되고 집에 있다면 그걸 써도 된다. 여러 군데를
돌면 싼 물건을 찾을 수 있을지 모르지만 대부분 이 신청서로 살
것이다.

유가 연필로 동그라미를 친다. 가장 저렴한 세트 1,650엔. 제
일 비싼 건 3천 엔이다. 고급이라 적힌 붓으로 글자를 쓰고, 잘
밀리지 않는다는 받침을 사용하면 더 멋지게 쓸 수 있을까. 그렇
지는 않을 것이다.

공립 초등학교라지만 매달 지출하는 비용이 의외로 많다. 급
식비, 학부모회비, 교재비, 방과후 돌봄 비용에 간식비…… 소

---

* 새해를 맞이해 첫 붓글씨를 쓰는 행사.

풍이나 교외 체험학습 때면 또 별도로 돈이 들고 축구팀 회비도 있다.

"내일 축구는 연습만 하는 거지? 시합은 아니고."

"응. 내일은 연습만 해."

"그럼 엄마도 모처럼 늦잠 좀 자볼까."

가나의 말에 "그래도 돼" 하고 유가 고개를 끄덕였다. 유의 진지한 얼굴이 귀여워서 가나는 소리 높여 웃었다. 내일은 일요일이라 일이 없다. 축구 시합이 없는 것 같으니 가나가 나갈 필요는 없다.

"아, 맞다. 그리고 이거. 도장 찍어 가야 돼."

유가 책가방에서 꺼낸 것은 건강수첩이었다. 신체 측정 결과가 적힌 건강수첩은 육 년간 사용한다. 1학년 때부터의 기록이 있다.

"와, 유. 작년보다 키가 10센티미터나 컸네! 몸무게도 7킬로그램 늘었고. 기특하네."

신장 139센티미터, 몸무게 32킬로그램. 시력은 양쪽 모두 1.5. 키와 몸무게가 둘 다 3학년 평균을 웃돈다. 그 숫자를 보니 가나는 온몸으로 혈액이 퍼져나가는 것 같다. 이 순간, 자신이 마치 새것이라도 된 듯했다.

'유는 잘 크고 있다. 나는 유를 잘 키우고 있어.'

스스로 인정받은 듯한 기분이었다.

"충치도 없어."

유가 V자 사인을 만들며 하얀 이를 활짝 드러내 보인다.

"우리 유는 매일 양치도 잘하잖아. 이는 진짜 중요한 거야. 의치를 하면 제대로 먹지도 못해."

겉으로는 차분히 말하면서도 가나는 내심 한층 더 큰 기쁨을 음미하고 있었다. 예전에 오와다한테 받은 신문에서 빈곤 가정 아이들의 상태는 치아를 보면 쉽게 알 수 있다고 쓰여 있던 것이 떠올랐기 때문이다.

가나가 양치에 대해 집요하게 말한 적은 없지만 유는 언제나 시간을 들여 정성껏 이를 닦는다. 꼼꼼히 닦지 않으면 찝찝하다고 한다. 가나도 치아 건강에는 자신이 있어 유전적인 부분도 크겠지만, 내 아이의 충치 제로 소식은 순수하게 기뻤다.

"유는 정말 효자야."

가나의 말에 유는 다시 V자 사인을 만들었다. 가나는 그런 유의 손가락과 팔을 보고, 팔꿈치와 어깨를 보고 아이가 정말로 많이 컸음을 절실히 느낀다. 유가 건강하게 자라주는 것이 무엇보다 기뻤다.

오랜만의 늦잠은 무산됐다. 어젯밤에 편의점 점장에게 연락이

와서 이른 아침 시간대에 교대해줄 사람이 도저히 없으니 나와 달라고 부탁을 받았기 때문이다. 가나는 흔쾌히 수락했다. 몸이 피곤하면 일 끝나고 와서 낮잠을 자면 된다.

동트는 시간이 나날이 일러지고 있다. 이 시간이면 벌써 하늘은 하얗게 밝았고 공기는 맑고 깨끗하다. 자전거 페달을 힘껏 밟아 비탈길을 오르자 등이 땀으로 흠뻑 젖었다. 오전 다섯시 오십분. 타임카드를 찍고 평소 잘 알지 못하는 심야 아르바이트생인 젊은 남자와 교대했다.

일요일 이른 아침 근무는 꽤 오랜만이었다. 평일은 통근이나 통학하는 손님이 많은데 일요일 이 시간에는 나들이 차림의 사람들이 많았다.

커플이나 가족들이 재잘재잘 얘기하면서 음료와 주먹밥을 사간다. 기니는 그런 손님들은 흐뭇한 미소로 바라보며 문득 유도 어딘가 데려가고 싶다는 생각을 했다. 지금까지는 고작해야 집 근처 공원이었고 놀이공원이나 수족관조차 가본 적이 없었다. 유와 둘이서 자고 올 예정으로 여행을 갈 수 있다면 참 즐거울 텐데.

유의 여름방학. 화장품 업체의 하계휴가에 맞춰 멀리 가볼까. 해수욕장도 좋고 동물원도 좋겠다. 이런저런 상상을 해봤더니 너무 좋아서 자연스레 얼굴에 웃음이 지어졌다.

"뭐야! 어묵이 없잖아!"

계산대 앞에서 여자 손님이 느닷없이 큰 소리를 냈다. 몇몇 손님이 고개를 돌린다. 구불구불한 웨이브 머리에 화려한 화장, 발목까지 오는 레이스 원피스에 카디건을 걸쳤다.

나들이 가는 사람들과 대조적으로 아침에 귀가하는 듯 보이는 손님도 드문드문 있다. 이 여자 역시 퇴근길일지도 모른다. 아침 분위기 속에서 목에 한 화려한 펄 화장이 한층 더 눈에 띄었다.

"죄송합니다, 손님. 지금은 어묵을 판매하지 않습니다. 골든위크 무렵에 끝났어요."

점장이 응대한다.

"네? 그렇게 한참 전부터 안 했다고요? 바로 지난주쯤에 산 것 같은데."

"대단히 죄송합니다. 다음 일정은 9월입니다."

점장의 말에 여자는 과장되게 한숨을 쉬며 말했다.

"그럼 어묵 만들어줄 남자는 안 팝니까?"

"정말 죄송합니다. 그것도 안 팔아요."

점장이 그렇게 대답하자 여자는 "그건 당연하죠" 하고 소리 높여 웃었다. 가나도 웃음이 났다. 여자는 담배와 샌드위치, 채소주스, 그리고 푸딩을 산 뒤 또 올게요, 하고 나풀나풀 손을 흔들며 나갔다.

그녀는 이제 혼자 사는 집으로 가서 주스를 마시고 샌드위치
와 푸딩을 먹겠지. 그다음에는 화장을 지우고 오후까지 잠을 자
려나.

가나는 상상의 나래를 펼친다. 그리고 그녀와 그 밖의 많은 누
군가를 향해 마음속으로 "힘내" 하고 말을 건넨다.

"어서 오세요."

여자와 교대하듯 스치며 자동문으로 들어온 사람은 남녀 커플
이었다. 술에 취했는지 서로 엉겨붙어 걷고 있다.

남자는 여자보다 훨씬 어려 보였다. 찢어진 청바지에 앞코가
뾰족한 웨스턴 부츠. 흰색으로 아랍어 같은 게 적힌 검은색 티셔
츠. 굵은 은목걸이를 몇 개나 두르고, 반지랑 귀걸이도 큼직하고
투박하다.

여자는 얇은 재질의 꽃무늬 원피스를 입고 있었다. 길이가 짧
아 걸을 때마다 하얀 허벅지가 다 드러난다. 큰 소리로 웃으면서
남자에게 거의 기대다시피 해 통로를 걷는다. 느슨하게 파마한
긴 머리가 앞뒤로 흔들린다.

여자가 과자를 고르고 있던 아이와 부딪힐 뻔해 아이 엄마가
황급히 아이의 손을 끌어당겼다. 밤의 분위기를 그대로 품은 요
란스러운 두 사람을 다른 손님들이 거슬린다는 듯 쳐다본다.

여자가 손뼉을 치며 웃고 긴 머리를 쓸어올린 순간, 가나는

어? 하고 고개를 갸웃거렸다. 어디선가 본 적 있는 얼굴이었다. 잠시 생각해보다가 그제야 떠올랐다. 유와 같은 학년 아이의 엄마였다. 입학식 후 반별 간담회에서 본 기억이 있다. 간단히 자기소개를 할 때 예쁘게 생긴 사람이라 인상에 남았었다.

1, 2학년 때는 유와 같은 반이었는데 지금은 어떻지? 가나는 유의 학교와 관련한 일들을 전혀 모르는 자신이 어이가 없었다.

1학년 때는 유에게 학교생활을 자주 묻곤 했는데 요즘은 그러지 않았다. 3학년이 되니 걱정이나 불안이 줄기도 했지만, 바쁘다는 이유로 그저 아이에게 맡겨두기만 한 걸지도 모르겠다.

몸은 컸어도 아직 3학년이다. 일 핑계 대지 말고 좀더 아이를 제대로 마주해야 한다. 유를 위해서 일하는 건데 이대로라면 본말전도다.

올해부터 방과후 돌봄 제도가 바뀌어서 6학년까지 이용할 수 있다지만 아이를 계속 돌봄교실에만 보내는 건 왠지 안쓰럽다. 내년에는 4학년이다. 방과후에는 친구들과 자유롭게 놀고 싶겠지. 그때 일도 미리 대비할 겸 유와 사이좋게 지내는 친구의 이름 정도는 머릿속에 입력해야겠다고 가나는 생각했다.

허리에 달린 체인을 짤랑거리며 남자는 계산대 앞에 바구니를 놓았다. 캔커피와 발포주, 고기구이 도시락, 중화덮밥, 초콜릿 그리고 생리대가 들어 있다.

"그리고 세븐스타 세 갑."

가나는 네, 하고 뒤쪽 선반에서 담배를 꺼낸다.

여자는 남자의 허리에 팔을 두른 채 계산대 앞 딸기 찹쌀떡을 들고 바라본다.

"3,462엔입니다."

가나의 말에 남자가 지갑을 막 꺼낸 찰나, "잠깐. 이것도 사줘. 다이어트중이지만 이 정도쯤이야 뭐" 하고 여자가 딸기 찹쌀떡을 계산대에 놓는다. 그때 문득 여자와 눈이 마주쳤다. 마스카라가 번졌는지 눈 주위가 검다.

"총 3,630엔입니다."

남자가 돈을 낸다. 여자는 가나를 알아보지 못한 것 같다. 수업 참관이나 학부모회 활동 등이 있어도 가나가 거의 학교에 얼굴을 비치지 않기 때문에 아마 기억하지 못할 것이다.

"4천 엔 받았습니다. 거스름돈 370엔 드리겠습니다."

남자는 잔돈을 그대로 바지 뒷주머니에 넣고 여자의 어깨를 힘주어 안고 나갔다.

"감사합니다."

들어올 때와 마찬가지로 서로 엉겨붙어 나가는 두 사람을 가나는 조용히 배웅했다.

잠에서 깼더니 시곗바늘이 다섯시를 가리키고 있었다. 순간 지금이 오전 다섯시인지 오후 다섯시인지 분간되지 않았다. 창 밖으로 시선을 돌려도 그 밝기가 아침인지 저녁인지 판단하기 어려웠다.

가나는 주방에서 수돗물을 마시고 세수를 했다. 유의 모습은 보이지 않았다. 머릿속이 조금씩 맑아진다. 유는 축구 연습을 하 러 갔다. 그렇다면 지금은 오후 다섯시. 유는 한시 넘어서 나갔 고, 가나는 두시쯤 이불에 누웠다. 삼십 분만 눈을 붙이려고 했 는데 세 시간이나 자버린 것이다.

여섯시에는 유가 돌아온다. 빨래를 걷고 청소기를 돌려야지. 가나는 팔을 크게 쭉 펴고 숨을 깊이 들이마셨다 내쉬었다.

축구 연습을 끝내고 유가 집에 온 건 여섯시가 넘었을 무렵이 었다.

"다녀왔습니다" 하는 목소리가 어쩐지 들떠 있다.

"뭐야? 좋은 일 있었어?"

가나가 묻자 "내가 골을 넣었거든" 하는 유의 나직한 대답이 돌아왔다.

"대단하네!"

유는 입술을 다물고 있지만 눈꼬리가 내려가고 양볼이 올라가 있다. 말수가 적은 아이지만 기쁨을 음미하고 있다는 걸 알 수 있다.

"골키퍼가 5학년이었는데, 내 골만 들어갔어."

"진짜 대단한데! 우리 아들 멋지다!"

유가 눈을 반짝거린다. 분명 아주 기뻤을 것이다. 가나도 덩달아 마음이 들떠 기쁘다.

"엄마는 운동을 잘하지 못했거든. 그래서 더 유가 자랑스러워."

유가 검지로 코끝을 긁적인다. 쑥스러울 때 하는 버릇이다.

"엄마, 못 쓰는 천 있어? 축구공이랑 축구화 닦고 싶은데."

"엄청 많지."

사이즈가 맞지 않아 못 입게 된 유의 옷을 가나는 가위로 잘라 걸레로 쓰고 있다. 가나가 천을 건네자 유는 축구공과 축구화를 안고 밖으로 나갔다. 물건을 소중히 다루는 모습이 기특하다.

저녁밥 준비를 하려고 냉장고 안을 확인했더니 거의 텅 비어 있었다. 오전에 장을 보러 가려다가 가지 못한 게 생각났다.

"잠깐 장 보고 올게. 유는 집 보고 있어. 집에 들어가면 꼭 문 잠그고."

집 앞 돌계단에 앉아 축구화에 묻은 흙을 닦고 있는 유에게 말했다. 유가 가볍게 팔을 든다.

6월. 저녁 여섯시 삼십분이지만 아직 하늘이 밝았다. 슬슬 장마가 시작되겠지. 저물어가는 서쪽 하늘을 바라보면서 일곱시부터는 반찬 할인이 시작되겠네, 하고 가나는 생각한다. 하지만 그때까지 기다리는 것도 피곤하다. 배고플 유를 생각하며 가나는 자전거 페달을 밟는 다리에 힘을 주었다.

마트에 도착해서 보니 닭다리살이 100그램당 78엔으로 특가 판매중이다. 양배추도 98엔에 싸게 샀다. 반짝 할인으로 달걀이 한 팩에 100엔이라 그것도 타이밍 좋게 손에 넣었다. 오늘 운이 좋은걸. 가나는 중얼거리며 남는 돈으로 패밀리팩 아이스크림을 사기로 했다. 유가 무척 좋아하는 소다맛이다.

마트에서 집으로 돌아가는 길. 하늘이 어두컴컴해지기 시작했다. 어디선가 까마귀 울음소리가 들린다. 가나는 불쑥 불안한 기분이 들었다. 어릴 때부터 해질녘이 되면 왠지 모르게 마음이 싱숭생숭했다. 마치 자신이 돌아갈 장소가 없는 듯한, 그런데도 돌아가고 싶은 마음. 하지만 막상 돌아간 곳은 자신이 있을 곳이 아닌 것만 같은 뒤죽박죽인 기분.

요즘은 바빠서 해질녘 하늘을 보아도 아무 생각이 나지 않았지만, 어쩐지 오늘은 유난히 서글펐다. 빨리 유를 보고 싶었다. 조금 전까지 함께 있었으면서 희한한 감정이다. 가나는 억지로 웃어본다. 행복해서 웃는 것이 아니라 웃으니까 행복한 거라고, 어디선가 그 말을 들은 후로 가나는 의식적으로 웃으려 한다.

집에 도착해 자전거를 세웠다. 에코백을 들고 여느 때처럼 현관문에 열쇠를 꽂으려는 순간, 가나는 숨이 멎었다.

안에서 남자 목소리가 들려왔다. 현관문 문고리를 잡자 쉽게 열렸다. 심장박동이 빨라졌다. 현관 바닥에 남자용 스니커즈가 있었다. 들어가서 바로 보이는 부엌에는 아무도 없다.

"아악, 유!"

가나는 비명 같은 소리를 지르며 안쪽 다다미방으로 뛰어 들어갔다. 한 남자가 등지고 앉아 있다.

"당신 누구야! 유! 어디 있니, 유!"

가나의 목소리에 유가 놀란 듯 벌떡 일어난다. 남자에 가려 보이지 않았던 모양이다.

"뭘 그렇게 호들갑을 떨고 그래?"

남자가 뒤를 돌아보았다.

"어……?"

"누나, 나야."

좌식 의자에 앉아 가나를 향해 손을 들어올린 건 남동생 마사키였다.

"오랜만이지. 잘 지냈어?"

"……마사키, 너였어? 하아, 정말!"

큰 소리를 지른 것에 비해 다리에는 힘이 풀려 가나는 그 자리에 풀썩 주저앉았다.

"엄마, 신발."

유가 가나의 발밑을 가리킨다. 가나는 신발을 신은 채였다. 정신이 없어서 전혀 알아채지 못했다.

"나 때문에 놀랐나보네. 미안, 미안."

"난 또! 모르는 남자 목소리가 들리길래 유한테 무슨 일이 생긴 줄 알고……"

말을 하자마자 목이 잠겼다. 마사키와 유가 눈을 휘둥그레 뜨고 가나를 바라본다. 참을 새도 없이 눈물이 흘렀다. 그런 자신의 모습에 스스로도 몹시 놀랐다.

"미안해, 엄마……"

유가 옆으로 다가와 말하고는 가나의 신발을 현관에 놓고 왔다.

"뭐야, 누나. 그런 일로 울면 어떡해."

"몰라. 이게 다 너 때문이잖아."

가나는 눈을 비비며 자리에서 일어났다. 심장이 아직도 콩닥콩닥 뛰었다. 유에게 무슨 일이 생겼을지 생각만 해도 죽을 만큼 공포를 느꼈다.

"엄마, 달걀 깨졌어."

유가 장바구니를 들어올린다. 너무 당황한 나머지 에코백을 현관 밖에 떨어뜨린 모양이다. 달걀팩 속에서 노른자가 출렁거렸다.

"어머, 달걀 다 깨졌네. 그럼 오늘 저녁은 오므라이스로 할까."

유가 작은 소리로 앗싸! 한다. 오므라이스는 유가 제일 좋아하는 음식이다. 마침 닭고기도 샀으니 오늘 저녁은 케첩으로 맛을 낸 치킨 오므라이스로 해야겠다.

"아이스크림 사 왔는데, 빨리 안 넣으면 다 녹겠다."

가나는 부랴부랴 아이스크림을 냉동실에 넣었다. 간신히 심장 박동이 진정되고 있다.

"마사키, 너도 먹고 갈 거지?"

"나야 고맙지."

"그건 그렇고, 웬일이야, 연락도 없이 갑자기."

"오늘이 무슨 날인 줄 알아?"

가나의 물음에 마사키는 역으로 질문을 던졌다.

"뭐? 아무 날도 아닌데."

가나가 대꾸하자 마사키는 과장되게 한숨을 쉬었다.

"참고로 오늘은 6월 4일."

유가 말했다.

"곤충의 날*인가?"

그렇게 말하며 냉장고를 열었더니 내부가 꽉 찰 만큼 큼직한

---

* 일본어에서 6은 '무', 4는 '시'로 발음할 수 있는데, '무시'는 곤충이란 뜻이다.

케이크 상자가 눈에 들어왔다.

"이게 뭐야?" 하고 중얼거린 순간, 가나는 오늘이 자신의 생일이라는 게 생각났다.

"누나, 진짜 너무한 거 아니야? 자기 생일도 잊어버리고!"

마사키가 웃는다.

"마사키 삼촌이 사 왔어. 오므라이스 먹고 나서 먹자."

유가 신난 듯 웃는 얼굴로 말했다.

"이야, 이게 웬일이야. 고마워."

정말로 까맣게 잊고 있었다. 작년에도 재작년에도 몰랐다. 생일이 한참 지났을 무렵에야 그러고 보니 생일이었네, 하고 기억나는 정도였다.

"누나, 이제 서른한 살이지?"

"응. 이제 아줌마지. 그런데 너도 완전 아저씨 다 됐네."

그렇게 말하고 둘은 서로 웃었다. 마사키는 가나보다 세 살 어리지만, 햇볕에 그을고 덥수룩하게 수염을 기른 모습이 가나보다 연상으로 보일지도 모르겠다.

사이좋은 남매라고 가나는 생각한다. 마사키는 학교 공부는 못했지만 밝고 순수해서 미워할 수 없는 남동생이었다. 어렸을 적부터 엄마가 일하러 간 오랜 시간 동안 둘이서 보냈기에 끈끈한 유대감 같은 게 있었다. 아마 마사키도 마찬가지일 것이다.

잘 까불고 쾌활한 남동생이다.

마사키는 가나의 이혼 사유를 듣고 격렬히 화를 냈다. 전남편 히데아키를 한 대 패야지 속이 풀릴 것 같다고 말하는 마사키를 진정시키느라 힘들었다.

가나는 오므라이스와 된장국을 재빠르게 만들어 식탁에 차렸다.

"다 됐다. 유, 의자 가져와."

방 세 개짜리 다세대주택. 현관으로 들어오면 바로 마룻바닥이 깔린 부엌이 있고, 안쪽의 10제곱미터 크기 다다미방에 TV와 서랍장을 두었다. 그 옆 6제곱미터쯤 되는 다다미방은 유의 방이다. 중고 매장에서 구색 맞춰 산 책상과 책장, 철제 침대가 비좁게 들어가 있다.

유가 자기 방에서 철제 의자를 가져왔고, 이인용 식탁에 의자셋이 나란히 놓였다. 몸집이 큰 마사키에게는 비좁아 보인다.

"진짜 오랜만에 먹었네, 누나가 해준 오므라이스."

순식간에 오므라이스를 다 먹어치운 마사키가 말했다.

"더 해줄까?"

가나가 묻자 케이크도 먹어야 하니까 괜찮아, 하고 마사키는 고개를 저었다.

"그건 그렇고, 마사키. 일은 어쩌고 왔어?"

마사키는 고등학교를 졸업하고 가고시마에 있는 건설회사에 취직했다.

"관뒀어."

"왜? 뭐 때문에?"

"뭐, 여러 가지 일이 있었어."

묻고 싶은 건 많았지만 오랜만에 만난 동생에게 딱딱거려봐야 소용없다.

"마사키. 엄마한테는 들렀어?"

"아니, 아직. 먼저 유가 보고 싶어서. 마침 누나 생일이기도 하고."

마사키는 유를 무척이나 예뻐한다. 매년 설날이면 찾아와 유에게 세뱃돈을 주고 여기저기 데리고 놀러가기도 한다. 유도 마사키를 굉장히 좋아한다. 삼촌이라기보다 형처럼 따른다.

"이제 케이크 먹을까?"

유와 가나가 식사를 마치자 마사키가 냉장고에서 케이크를 꺼냈다.

"이렇게 큰 케이크를 어떻게 다 먹어?"

말은 그렇게 하면서도 오랜만에 본 홀 케이크에 가나는 마음이 설렜다. 유도 감탄의 소리를 지른다. 유의 생일에는 늘 조각 케이크를 먹었다.

노란색 스펀지케이크에 새하얀 생크림과 새빨간 딸기. 정말 행복한 색 조합이 아닌가, 하고 가나는 생각한다. 마사키가 큰 양초 세 개와 작은 양초 한 개를 꽂고 라이터로 불을 붙인다.

"유, 불 꺼."

딸칵. 유가 스위치를 누르자 오렌지빛 촛불이 둥실 떠올라 일렁거렸다.

"생일 축하 노래해야지. 유, 노래해."

유는 주뼛주뼛했지만 마사키가 해피 버스데이 투 유, 하고 힘차게 노래를 시작하자 함께 부르기 시작했다. 가나도 큰 소리로 따라 불렀다.

"하나, 둘!"

구령에 맞춰 촛불을 불어 껐다. 불꽃의 여운과 연기가 푸른빛 어둠 속에서 천천히 궤적을 그린다.

"누나, 생일 축하해."

"생일 축하해, 엄마."

유가 불을 켜고 마사키가 케이크를 잘라 나눠줬다.

"정말 고마워. 이렇게 기쁜 생일이 또 어딨겠어."

딸기 케이크는 보드랍고 달콤해 아주 맛있었다.

남편의 기분이 언짢다. 아까부터 아스미가 무슨 말을 해도 "아"나 "웅"으로만 대꾸해 대화가 이어지지 않는다. 와이퍼가 내리치는 빗물을 밀어내고 매끄러운 물결을 만든다. 어쩌면 장마가 시작됐는지도 모르겠다고 아스미는 생각한다.

다이치는 어젯밤 얘기에 짜증이 나 있는 게 틀림없다. 유가 레온에게 폭력을 썼다는 레온 엄마의 전화 때문이다.

그렇다면 남편은 누구에게 짜증이 난 걸까. 전화를 건 레온 엄마? 유의 이름을 들먹인 레온? 자식의 교우관계를 꼼꼼히 살피지 않은 나? 아니면 레온에게 폭력을 썼을지도 모를 유?

"다녀와, 여보. 비 오니까 조심하고."

역 로터리에 도착해서 아스미가 말하자 "유 일 말인데" 하고 남편이 갑자기 아스미를 돌아보며 입을 열었다.

"당신이 우선 유에게 사실관계를 확실히 물어봐. 유가 그런 짓을 할 리 없으니까."

남편은 빠른 어조로 화난 듯 말했다. 기분이 언짢았던 건 짜증이 나서가 아니라 다이치 나름대로 유를 걱정했기 때문이다.

"고마워, 여보. 맞아, 그래야지. 유한테 확실히 물어볼게."

다이치는 살짝 고개를 끄덕이고는 평소처럼 오른쪽 검지로 아스미의 뺨을 어루만졌다.

"다녀올게."

"잘 다녀와."

다이치의 뒷모습을 웃으며 지켜본 뒤 아스미는 집으로 돌아갔다.

집에 도착해 손을 씻고 앞치마를 막 둘렀을 때 유가 일어나서 나왔다.

"어머나, 웬일이야. 알아서 일어나다니. 잘 잤어?"

안녕히 주무셨어요, 하고 하품 섞인 인사가 돌아온다. 부스스하게 머리카락이 뻗쳐 있다.

"이제 슬슬 미용실에 가야겠네. 먼저 세수하고 와. 아침 준비해둘 테니까."

아스미는 밥공기에 밥을 담으려다가 급히 주먹밥으로 변경했다. 유는 아침에 주먹밥을 해주면 잘 먹는다. 손에 소금을 묻히고 후리카케*를 뿌린 밥을 김으로 감싼다. 두부와 만가닥버섯을 넣은 된장국과 어젯밤에 먹고 남은 다쓰타아게**와 지쿠젠니***.

유가 식탁 앞에 막 앉기에 아스미도 자리에 앉았다.

---

* 밥에 뿌려 먹는 조미료.

** 어류나 육류를 간장 등으로 간하고 녹말가루를 묻혀 기름에 튀긴 요리.

*** 일본식 닭고기 채소 조림.

"유, 학교생활은 어때? 재밌어?"

"응."

"유가 반에서 제일 친한 친구가 레온이었던가."

"다른 애들하고도 친해."

"요즘은 레온네 집에 자주 놀러가잖아. 거기선 주로 뭐하고 놀아?"

"이것저것."

유가 귀찮다는 듯 대답했다.

"레온네 엄마 만난 적 있어?"

"없어. 항상 일하시는걸."

아스미는 웃는 얼굴로 고개를 끄덕이면서 지금 물어야 할지 아니면 아이가 학교를 다녀온 뒤에 물어야 할지 망설였다. 그런데 어쩌면 오전에 레온 엄마한테 전화가 걸려올지 모른다. 아직 물어보지 않았다고 하면 어제보다 심하게 폭발할 수도 있다.

"레온은 어떤 애야? 운동 잘해?"

"왜 그래. 갑자기 그런 건 왜 물어?"

잘 먹었습니다, 하고 유가 자리에서 일어선다. 기회는 지금뿐이다. 지금 물어야 한다.

"유, 잠깐만."

아스미는 생각지도 못하게 큰 소리가 나와서 자신이 몹시 긴장하고 있음을 알았다. 유가 의아하다는 듯한 표정으로 아스미를 보았다.

"있잖아, 유. 네가 레온을 때렸다는 말을 들었어."

순간적으로 유의 눈이 휘둥그레진다.

"누구한테? 누구한테 그런 얘길 들은 거야?"

"그게 진짜야? 네가 레온을 때리거나 발로 찬 적이 있어?"

유는 아스미에게서 눈을 떼지 않는다.

"저기, 유……"

"누가 그래? 누가 그런 말을 했냐고!"

유는 매서운 눈빛으로 아스미를 노려보며 쾅 소리가 나게 양손으로 테이블을 쳤다. 깜짝 놀랐다. 유의 그런 행동은 처음이었다.

"……유."

유의 어깨에 손을 올렸다. 가늘고 연약해서 힘주면 부러져버릴 것만 같은 어깨.

"내가 그런 짓을 할 리 없잖아."

유가 소리치며 아스미의 손을 뿌리친다.

"안 그랬지?"

"안 그랬어! 안 그랬다고!"

유는 분노하듯 말하고 이층으로 뛰어올라갔다.

아스미는 후, 하고 숨을 내뱉은 다음 의식적으로 심호흡했다. 유가 그런 짓을 할 리가 없다. 저런 가냘픈 몸으로 어떻게 레온을 때릴 수 있단 말인가. 레온이 키도 더 크고 몸무게도 더 나간다.

유가 이층에서 내려왔다. 교모를 깊이 눌러 썼다.

"유, 미안해."

유는 아스미를 무시하고 현관으로 향한다.

"엄마는 유를 믿어."

가만 보니 유가 눈을 비비고 있다. 울고 있는 거였다. 아스미는 저도 모르게 유를 왈칵 끌어안았다.

"미안해, 유. 엄마는 알아. 유는 그런 행동하지 않는다는 거 알아. 괜한 걸 물어서 미안해."

으앙, 하고 유가 소리를 높인다. 그 소리를 들으니 도저히 참을 수 없어 아스미의 뺨에도 눈물이 타고 흘렀다.

"미안해, 정말 미안해."

아스미는 그렇게 말하고 유를 꼭 끌어안고는 눈물을 닦아줬다.

"유, 씩씩하게 학교 가야지. 오늘도 분명 즐거울 거야."

유가 고개를 끄덕인다.

"잘 다녀와, 우리 아들."

"응, 다녀올게."

붉은 눈을 한 채 유가 손을 흔든다. 애처로운 그 모습을 보니 아스미의 눈에 다시 눈물이 고였다.

이미 아스미는 몹시 후회하고 있었다. 귀한 내 자식을 의심하다니. 아무리 레온 엄마한테 그런 전화가 왔더라도 그걸 곧이곧대로 받아들여 유를 추궁하듯 굴었다. 상처받았을 게 분명하다.

"미안해, 미안해, 유. 사랑하는 내 아들……"

아스미는 눈물을 흘리며 몇 번이고 유에게 사과했다.

막 오전 열시가 되었을 때, 아스미는 레온 엄마에게 전화를 걸었다. 유가 그러지 않았다고 얘기해봐야 믿어줄 리 없으리라. 레온은 당한 입장이니까. 순순히 이해해줄 것 같지 않다.

그래도, 그렇더라도 일단은 유가 한 말을 전달해야 한다고 아스미는 생각했다. 그후 대응은 선생님의 중재하에 진행하는 게 좋을 것이다.

아스미는 긴장된 마음으로 통화연결음을 듣고 있었다.

"여보세요. 다케우치입니다."

"아, 여보세요."

말을 해놓고 보니 그게 자동응답용 목소리라는 걸 알았다. 레온 엄마 본인 목소리로 녹음한 자동응답 메시지였다. 아스미는 자신의 이름을 밝히고 다시 전화하겠다는 메시지를 남겼다. 자동응답기가 아니라 레온 엄마와 직접 얘기하는 편이 좋을 것 같았다.

기분상으로는 전혀 진정되지 않았지만, 유의 입으로 진실을 들었으므로 마음속 불안과 동요는 사라졌다. 이제는 내가 유를 지킬 수밖에 없다.

점심에 다시 레온 엄마에게 전화를 걸어, 혹시 괜찮으시면 전화 주세요, 하고 메시지를 남겼다.

어쩌면 레온 엄마는 휴대폰을 볼 수 없는 환경에 있는 걸지도 모른다. 어디서 일하는 걸까. 혹시 휴식시간에 전화를 걸어올 가능성도 있다.

집안일을 하면서도 아스미는 안절부절못하고 휴대폰을 손에서 놓지 않았다. 장을 보러 가고 싶었지만 레온 엄마한테 전화가 올까봐 나갈 수도 없었다.

그러나 결국 레온 엄마에게서 전화는 걸려오지 않았고 어영부영하는 사이에 유가 하교했다.

"다녀왔습니다."

"어서 와, 유."

아이의 상태가 어떨지 걱정했는데 유는 평소와 다름없었다. 아스미는 안도하며 가슴을 쓸어내린다.

"유가 좋아하는 쿠키 구웠어."

"딱딱한 거? 초콜릿 들어갔어?"

아스미가 고개를 끄덕이자 아이는 "앗싸!" 하고 환호했다.

"오늘 좀 이따 레온이 올 거야."

"어?"

"레온이랑 놀기로 약속했어. 조금 있으면 우리집에 올 거야."

유는 그렇게 말하고 이층으로 총총 올라갔다.

레온이 놀러온다고? 레온 엄마는 알고 있을까. 혹시 유는 아침 일이 신경쓰여서 그 오해를 풀려고, 나를 안심시키려고 레온이랑 우리집에서 놀 약속을 한 건가.

이런저런 마음에 걸리는 것은 있었지만 어쩌면 이게 오히려 나을 수도 있다고 아스미는 생각했다. 레온네 집으로 놀러가는 것보다는 자신이 두루 살필 수 있는 곳에서 놀았으면 한다. 그러고 보면 애초에 아스미는 레온을 잘 모른다. 직접 보고 어떤 아이인지 확인하고 싶다.

아스미는 서둘러 세탁물을 걷어 빠르게 갠 뒤 서랍장에 넣었다.

딩동딩동.

인터폰이 울린다.

"레온이다!"

아스미보다 먼저 유가 현관으로 뛰어나간다. 들어와, 하는 유의 목소리. 아스미가 마중나가자 레온은 현관 바닥에 우두커니 서 있었다.

"안녕, 레온. 어서 오렴. 안으로 들어와."

레온은 고개를 꾸벅 숙이고는 스니커즈를 벗었다. 유보다 훨씬 크다. 머리는 염색한 걸까. 제 머리색 같아 보이지 않는 밝은 밤색에 목덜미 쪽 머리칼이 길었다. 검은색 해골 무늬가 들어간 티셔츠에 데님 반바지. 뒤쪽 호주머니 부분에는 은색 별 모양 못이 잔뜩 박혀 있다.

레온이 입고 있는 것과 다르지만 해골 무늬 티셔츠는 유도 좋아하는 것이다. 이 또래의 남자아이들은 이런 거친 느낌의 일러스트를 좋아하는 모양이다.

"내 방에서 놀자."

유가 레온을 이층으로 이끈다. 레온은 머뭇거렸다.

"간식 먹고 올라가는 게 어때? 레온, 쿠키 좋아하니?"

아스미가 물으니 레온이 살짝 고개를 끄덕였다. 거실 테이블에 앉으라고 하자 둘 다 순순히 앉았다.

초코칩쿠키와 오렌지주스를 내고 아스미도 함께 자리에 앉았다.

"있잖아, 레온. 엄마는 오늘 집에 계시니?"

레온이 애매하게 고개를 끄덕인다.

"오늘 여기 놀러온 건 아셔?"

그렇게 묻자 이번에는 분명하게 고개를 가로저었다.

"걱정하실 것 같으니까 일단 전화부터 할까?"

아스미의 말에 "자고 있어서"라는 대답이 돌아왔다.

"자고 있어?"

"아, 근데 이제 일하러 갔을 것 같아요."

아스미는 "그렇구나" 하고 고개를 끄덕이면서 그녀가 자동응답 메시지를 들었을지 궁금했다. 레온네 집의 평소 생활방식을 잘 모르겠다.

"쿠키, 어때? 맛있어?"

아스미가 묻자 유는 고개를 끄덕이고, 레온도 "맛있어요" 하고 대답했다.

훨씬 개구쟁이이리라 상상했는데 굳이 말하자면 레온은 얌전한 아이인 것 같았다. 아니면 이 집에 처음 방문해서 긴장한 걸까.

레온 엄마는 레온의 등과 허벅지에 꼬집힌 자국과 멍이 있다고 했는데 옷을 입고 있으니 확인할 수 없다.

"레온은 형이랑 누나가 있다면서. 형제가 있으니까 좋지?"

레온이 또 고개를 갸웃거리듯 애매한 동작을 한다.

"미안. 그런 걸 물어보면 대답하기 어렵지?"

레온은 오도독오도독 쿠키를 씹고 있다.

"저기, 유랑 레온은 반에서 제일 친하니?"

아스미의 질문에 유와 레온이 동시에 고개를 들고는 둘이서 얼굴을 마주본다.

"그렇지? 레온."

유의 말에 레온이 작게 고개를 끄덕인다.

아스미는 걱정되기 시작했다. 둘의 모습을 볼 때 주도권을 쥔 쪽은 아무래도 유인 것 같았다. 레온은 겉보기에만 개구쟁이 같지 친구를 상대로 억지를 부린다거나 난폭하게 굴 것 같지 않았다.

"이층으로 가자. 레온, 닌텐도 3DS 가져왔어?"

"응."

"쿠키 이층으로 가져가도 되지?"

아스미는 고개를 끄덕이고는 엄마가 이따 가져다줄게, 하고 덧붙였다.

둘이 이층으로 올라간 뒤 아스미는 레온 엄마에게 다시 한번 전화를 걸었다. 또 자동응답이었다. 레온이 말한 것처럼 일하러 갔을지도 모른다. 일단 현재 상황을 알려야겠다 싶어 레온이 지금 우리집에 놀러와 있다고 자동응답기에 남겨뒀다.

그런 다음 아스미는 쟁반에 주스와 쿠키를 담아 발소리를 죽이고 이층으로 올라갔다. 유의 방문이 살짝 열려 있었다. 아스미는 복도에 서서 귀를 쫑긋 세웠다. 둘이서 게임을 하는지 시끌벅적한 소리가 들린다. 짬짬이 들리는 둘의 웃음소리. 대화 내용도 게임에 관한 것뿐이라 특별히 신경쓸 만한 건 없었다.

문을 똑똑 두드리고 안으로 들어가 책상 위에 쟁반을 두었다. 둘 다 아스미가 들어온 걸 신경쓰는 기색도 없이 시선이 게임기를 향해 있다.

"사이좋게 놀아."

아스미가 조금 큰 소리로 말하자 유가 고개를 들고 "응" 하며 끄덕였다. 레온은 게임기에만 시선이 가 있었다. 아스미는 방에 들어왔을 때보다 약간 더 문을 열어두고 아래층으로 내려갔다.

커피를 내리고 몸을 던지듯 소파에 털썩 앉는다. 아스미는 마음이 무척 차분해졌음을 느꼈다. 어젯밤부터 걱정했던 것 대부분이 말끔히 해소됐다.

안심하기에는 아직 이를지도 모르지만 지금 두 아이의 모습을 보면 괜찮을 것 같은 기분이 들었다. 레온이 무슨 생각으로 유가 폭력을 휘둘렀다고 했는지는 모르겠지만, 유는 때리지 않았다고 했고 아스미로서는 그 말을 믿을 수밖에 없다.

아스미는 새삼 자기 자식이 자랑스럽고 사랑스럽게 느껴졌다. 바로 오늘 아침, 레온을 때렸다는 의심을 받는데도 같은 날 그 장본인인 레온을 불러 같이 놀다니. 보통 아이였다면 그리하지 못할 것이다. 유는 정말로 착하고 배려심 있는 아이라고, 아스미는 지금껏보다 더 깊이 그렇게 느꼈다. 조금이라도 아이를 의심했던 자신이 한심했다.

레온 엄마한테 전화가 온 건 밤 열한시가 다 되어서였다. 전화가 걸려오면 바로 알아챌 수 있도록 음량을 제일 크게 해놨기에 식탁 위에 놓아둔 휴대폰이 갑자기 쩌렁쩌렁하게 울리자 맥주를 마시고 있던 다이치의 어깨가 화들짝 올라갔다.

아스미는 황급히 주방에서 나와 휴대폰을 집었다. 레온 엄마라고 발신자가 떴다.

"여보세요."

"아, 유 엄마? 나, 다케우치. 레온 엄마예요."

목소리가 밝았다.

"안녕하세요, 유 엄마예요."

"전화를 많이 했던데 미안해요. 시간은 늦었지만 지금 통화 괜찮아요?"

"네, 저기, 오늘⋯⋯"

"아 맞다, 오늘이죠! 레온이 유네 집에 놀러갔다고 하더라고요. 부재중 메시지로 들었고 레온한테도 들었어요. 쿠키가 맛있었다네요. 고마워요."

"아, 아뇨⋯⋯"

"그건 그렇고, 어제 했던 얘기, 유한테 물어봤어요?"

아스미는 호흡을 가다듬었다.

"네, 유한테 오늘 아침에 물어봤어요. 유는 레온을 좋아하기 때문에 그런 짓은 하지 않았다고 했어요. 하지만 설령 유에게 그런 의도가 없었더라도 레온이 불쾌한 기분을 느낀 건 사실인 듯해서……"

"역시 그렇군."

아스미의 말이 채 끝나기도 전에 레온 엄마가 말을 끊었다.

"네?"

"아니, 레온이 바로 어제 그런 얘기를 하고 오늘 유랑 놀았다길래 뭔가 이상한 생각이 들어서. 나도 다시 한번 레온에게 물어봤거든요. 정말로 유가 그런 거 맞냐고."

레온 엄마의 말투가 몹시 가벼웠다. 술을 마시고 있는 걸까.

"그랬더니 때린 애가 유가 아니라는 거야."

"네?"

"거짓말을 했다는 거야, 글쎄. 정말 미안해요!"

아스미는 순간적으로 사고가 정지한다.

"유가 아니었어요……?"

"응, 그렇대요."

아스미는 선 채로 얘기하다가 무릎에 힘이 풀려 의자에 털썩 주저앉았다. 다이치가 미간을 찌푸리고 아스미를 본다.

"레온도 반성하고 있으니까 좀 봐줘요. 거짓말하지 말라고 한

대 쥐어패났으니까."

벌어진 입이 다물어지지 않는다. 무의식적으로 큰 한숨이 새어나왔다.

이대로 물러나면 안 될 것 같았지만 그렇다고 여기서 정색하고 화를 내봐야 별 도리도 없다. 유가 폭력을 행사한 게 아님을 안 것만으로도 다행이라 여기자고 생각했다.

"그래도 유가 아니라서 정말 다행이죠?"

레온 엄마가 쾌활하게 말했다.

"네?"

"아니, 친구한테 폭력이나 쓰는 애라니, 그건 인생 끝난 거잖아."

어이가 없었다. 뭐 이런 표현이 다 있담. 무례해도 정도가 있지. 우리 쪽에는 죄가 없다.

"어머, 미안해요. 이상한 뜻이 아니라. 레온이랑 유랑 친하니까. 이런 일로 사이가 틀어지면 아쉽잖아요."

"그러니까 결국 레온이 누군가한테 맞았다고 한 건 거짓말이었나요?"

괘씸한 생각이 들어 아스미는 그렇게 물어봤다.

"거짓말은 아니야! 다른 애가 그런 거예요!"

다른 아이한테 당한 걸 유의 탓으로 돌렸다는 건가. 낮에 놀러

왔을 때 태도를 보고 레온을 좋게 봤는데 이런 말을 들으니 역시 안 되겠다. 거짓말을 하다니, 그야말로 최악이지 않은가.

"저기, 유 엄마, 이건 비밀로 해줄래요?"

아스미는 아무 대답을 하지 않았지만 그런 태도도 개의치 않는 듯 레온 엄마는 계속 말했다.

"내가 레온을 추궁했거든요. 누가 그랬냐고. 실제로 꼬집힌 자국이나 멍이 있으니까. 처음에는 전혀 입을 안 열더니…… 있죠, 범인이 누구일 것 같아요?"

"……글쎄요."

"절대로 아무한테도 말하지 마요. 그게 저기, 레온을 때린 범인은……"

레온 엄마는 젠체하고 연기하는 양 뜸을 들였다.

"우노 고이치였어요! 놀랍지 않아요?!"

아스미는 우노 고이치의 이름을 듣고는 그다지 놀라지 않았다. 오히려 남의 아이 이름을 말할 때 '군'을 붙이지 않는 레온 엄마에게 아스미는 더 놀랐다. 분명 이 사람은 뒤에서 유의 이름도 이렇게 부를 것이다.

"왜, 우노 고이치라고 원래 좀 특이한 애 있잖아요. 아무리 그래도 폭력은 안 되지. 우선 선생님한테 말하려고 해요."

"그래요?"

그후 레온 엄마는 우노 고이치의 험담을 귀가 아프게 늘어놓고 전화를 끊었다.

통화 종료 버튼을 누르자마자 아스미는 식탁 위에 와락 엎드렸다.

"뭐야? 뭐래?"

한쪽 눈썹을 추켜올리고 다이치가 묻는다. 오늘 다이치는 평소보다 이르게 귀가했다. 오늘 있었던 이런저런 일은 이미 말해뒀다.

아스미는 방금 걸려온 전화 내용을 얘기했다. 정말이지 어이가 없었다.

"진상 부모네. 고소해도 될 수준이야."

다이치가 벌게진 얼굴로 말했다. 알코올이 들어가면 금세 얼굴과 목이 붉어진다.

"유가 그럴 리 없지."

다이치가 말을 잇자 아스미도 고개를 끄덕였다.

"애먼 물벼락을 맞았네. 레온과는 이제 못 놀게 하는 게 좋지 않아?"

"그래도 유는 레온을 좋아해."

아스미가 말하자 다이치는 "그런 건 다 한때야" 하고 고개를 저었다. 물론 그럴지도 모른다. 레온과 노는 건 3학년인 지금뿐일지도 모르고, 어쩌면 여름방학이 끝나면 그만일 수도 있다. 하지만 어린이에게는 그 '한때'가 소중한 거라고 아스미는 생각한다.

그건 그렇고, 레온은 왜 유한테 당했다고 한 걸까. 아까는 그점이 무척 분하고 괘씸했는데 차분히 생각해보니 어쩌면 레온이 착해서였는지도 모른다.

반 친구들과는 조금 다른 고이치를 지켜주려고 순간적으로 친한 유의 이름을 꺼냈을지도 모른다. 유가 상처받은 것을 생각하면 용서하기 힘들지만 아이가 한 일이니 어쩔 수 없기도 했다.

"진짜 별의별 부모가 다 있네. 역시 중학교는 사립으로 보내야지 않겠어?"

다이치의 말에 아스미는 크게 고개를 끄덕였다.

다양한 친구들과 지내는 일도 물론 중요하지만, 사춘기라 점점 어려워질 중학 시절에 유에게 악영향을 끼칠 만한 건 최대한 배제하고 싶다. 평소 품행이 좋지 않은 학급 친구가 좋은 영향을 줄 리 없다. 역시 학력이나 경제 상황 등이 일정 수준 이상인 친구들 속에서 유가 지냈으면 한다. 그 부모들의 의식 수준도 현격히 높을 것이다.

이제 곧 날짜가 바뀌는 시각이다. 레온 엄마의 전화를 기다리느라 아직 목욕도 못했다. 아스미는 크게 기지개를 켜고, 오늘은 특별히 아끼는 장미향 입욕제를 넣어야겠다고 마음먹었다. 팔다리를 쭉 뻗고 느긋하게 욕조에 몸을 담그고 싶었다.

다음날은 유의 학원 수업이 있었다. 레벨 테스트 결과 상위반에 들어갔고, 학교 진도보다 훨씬 앞선 문제를 배우고 있는 듯했다. 아직 수험 준비를 시작한 지 얼마 안 되었지만, 요전에 본 모의고사에서도 상위권 성적을 받아 아스미는 든든했다.

토요일. 아침부터 레온이 놀러왔다. 다이치는 골프를 치러 가고 없었다. 레온은 여전히 얌전했고, 이층에서 둘이 조용히 놀았다. 점심때가 되어 일단 집에 갔다가 이후에 다시 놀러왔다. 레온은 아스미가 만든 컵케이크가 맛있다며 세 개나 먹었다. 유는 레온과 놀 수 있어서 기쁜지 내내 기분이 좋았다.

일요일은 가족 셋이서 사파리파크에 갔다. 백호의 새끼가 태어나 직접 안아볼 수 있는 이벤트에 참가해 기념사진을 찍었다.

월요일은 유의 수영 강습, 화요일은 아스미의 서예 교실이 있었다. 서예 수업 전 나나와 점심을 먹으며 아스미는 레온과 있었던 일을 얘기했다. 시간이 조금 지나기도 해서 재밌고 우습게 각색해서 들려줄 수 있었다.

나나가 실컷 웃으면서도 마지막에는 "아스미, 힘들었겠다. 고생했어" 하고 진지한 얼굴로 말해줘서 아스미는 하마터면 울 뻔했다. 일부러 가볍게 얘기했는데 나나는 아스미의 고뇌를 정확히 이해해준 것이다.

서예 교실에서 돌아와 마당을 바라보면서 정성껏 우린 홍차를 마시고 있을 때 전화가 울렸다. 휴대폰 화면에 레온 엄마, 라는 글자가 떴다.

여보세요, 하고 아스미가 전화를 받았다.

"이 악마!"

그 순간 느닷없이 괴성이 들렸다.

"당신, 대체 애 교육을 어떻게 시킨 거야! 당신 아들, 완전 악마야!"

엄청난 고함이 귀청을 찢을 기세다.

"갑자기 왜 이러세요? 무슨 일 있어요?"

"시치미떼지 마! 레온이 또 당했다고!"

아스미는 레온 엄마가 무슨 말을 하는 건지 알 수 없었다. 왜 나한테 전화를 걸었지?

"그건 유가 그런 게 아니잖아요."

"당신네 아들이 했어! 전부 이시바시 유가 꾸민 일이었다고! 당신은 부모가 돼서 아무것도 몰랐던 거야? 우노 고이치는 이시바시 유한테 명령을 받고 레온에게 폭력을 휘두른 거였다고! 어떻게 이럴 수 있어!"

귓속이 삐― 하고 울렸다. 유가 우노 고이치한테 명령을 했다고? 그래서 고이치가 레온에게 폭력을 썼고? 이게 무슨 상황인지 도무지 이해되지 않는다.

"저기, 저, 무슨 말인지 잘 모르겠는데요……"

"당신네 아들은 악마야! 악마!!"

귓속에서 삐— 소리가 그치지 않는다. 레온 엄마는 전화기 너머에서 길길이 날뛰고 있다. 컵에 오른손이 부딪혀 홍차가 쏟아졌다. 레온 엄마의 욕설을 들으며 아스미는 식탁보를 따라 흐르는 호박색 액체를 멍하니 응시하고 있었다.

고여 있던 봇물이 단숨에 터지듯 신기하리만치 루미코에게 일감이 쏟아져 들어왔다. 때가 온 것이다. 기력과 체력, 그리고 자신을 둘러싼 환경도 지금이 딱이라고 루미코는 생각했다. 지금 할 수 있는 건 뭐든 할 것이다. 나이를 고려해서라도 이 기회를 놓친다면 다음은 없을 것 같다.

아이들을 보내고 난 뒤 세탁기를 돌리고, 그사이 신문을 훑어본다. 그런 다음 빨래를 널고 블로그를 확인한다. 시동이 걸리고 에너지가 막 끓어올랐을 때 일을 시작한다.

드라마 〈다니 씨〉에 대해 쓴 〈할렐루야〉의 대타 칼럼은 호평이었다. 지나치게 허세를 부려 글이 과장되지 않도록 쓸데없는 미사여구를 제거한 점이 좋았던 것 같다.

  아주 좋았어요. 루미코 씨, 연재 잘 부탁해요.

  나리타에게서 온 메일에 루미코는 뛸듯이 기뻤다. 연재 일을 손에 넣은 것이다. 새 거래처의 설문조사 일도 정식 계약을 맺었다. 그렇게 쓴 기사들을 보고 연락을 준 출판사도 있었다.
  집필뿐 아니라 인터뷰나 취재 의뢰도 들어왔다. 루미코는 일주일과 한 달 간격으로 일정을 짜고, 비는 날에 단발성 일을 넣어 될 수 있는 한 의뢰를 수락하기로 했다.
  〈할렐루야〉의 '요즘 나의 관심사'에서 이번 호 주제는 자외선 차단 용품이었다. 양산, 모자, 선글라스, 토시, 선크림 등에 대해 칼럼을 쓴다. 이런 경우에는 미리 정해진 상품이 있어 그것을 사용하고 글을 쓰는데, 상품 하나하나에 대해 상세히 썼더니 글자수가 넘어가고, 아무래도 기사가 광고처럼 되어버리는 점도 마뜩잖다.
  루미코의 시선으로 솔직하고 자유롭게 글을 쓰는 게 이 연재의 기본 방침이다. 루미코는 그 점이 기뻤다. 작가의 실력이 시험대에 올랐다는 뜻이다. 더 나아가서는 쓰는 사람, 즉 자신의 인격까지 인정해줬다는 뜻이다. 단 400자의 글로도 글쓴이의 인품이나 꿍꿍이는 독자에게 쉬이 전해진다.

물론 애초에 광고 목적으로 쓰는 글도 있다. 그 경우에는 절대 노골적으로 보이지 않게 유의해서 자연스럽고 냉정하게 쓴다.

"성실하게 응하고 성실하게 일하기. 어떤 일도 결코 소홀히 하지 않을 것."

벽에 부딪혔을 때, 루미코는 그렇게 되뇌며 자신의 사기를 북돋았다.

집중해서 키보드를 두드리고 있는데 느닷없이 주방 싱크대에서 물소리가 나 루미코는 화들짝 고개를 들었다. 주방 조리대 너머에 유타카가 서 있었다. 루미코는 전혀 눈치채지 못했었다.

"잘 잤어?"

루미코가 말을 걸었다. 유타카는 "어어" 하는 한 마디로 대꾸한다. 아침인사도 할 줄 모르나. 일부러 생각해서 말을 걸었건만. 유타카가 자는 동안 루미코는 아이들을 챙겨 학교에 보내고 집안을 정리한 뒤 일을 하고 있다. 그사이 남편은 코를 골고 잤을 뿐이다.

"오늘은?"

마음을 다잡고 루미코가 물었다. 유타카는 정수기 물을 컵에 따라 벌컥벌컥 마시고 있다.

"응? 뭐라고 했어?"

어젯밤에도 늦게까지 술을 마시고 온 모양인지 얼굴이 부었다.

"오늘 일정은?"

루미코가 다시 묻자 유타카는 훗, 하고 웃더니 말했다.

"오후에 광고 전단지 촬영이 있습니다."

그 말투에 발끈 화가 났지만 루미코는 꾹 참고 작게 고개를 끄덕였다.

"뭐 먹을 만한 거 없어?"

"밥솥에 밥 있고 냄비에 카레 있어."

"아침부터 카레라니……"

"이제 곧 열한시야."

루미코는 그렇게 대꾸하고 그후로는 유타카의 존재를 잊기로 했다. 영양가 없는 대화나 나누고 있을 여유가 없다. 눈 깜짝할 새면 아이들이 하교할 것이다. 루미코는 묵묵히 키보드를 두드렸다.

일 하나를 막 끝마치고 블로그에 새 글을 썼다. 글을 쓰는 건 다를 바 없지만 일이 아니라서 마음이 편하고 기분전환도 된다.

어젯밤 루미코가 읽어준 무서운 그림책에 대한 아이들의 반응을 썼다. 나리타가 그림책을 몇 권 보내줬는데, 언젠가 이것에 대해서도 〈할렐루야〉에 글을 쓸 일이 있을지도 모른다는 생각이

들어 침대에서 안 자고 장난치는 아이들에게 읽어줬다.

다쿠미는 "무서워, 무서워" 하더니 중간에 풀썩 잠들어버렸다. 유는 처음에는 웃고 까불거리더니 이야기가 절정에 이르자 머리 끝부터 이불을 뒤집어쓰고 떨기 시작했다.

"장난 아니다. 무서워. 나 못 잘 것 같아. 못 자겠어."

"3학년이나 돼서 뭐가 무섭다고 그래. 세상에 유령이 어딨어. 아주 겁쟁이 도련님이네."

그렇게 놀리자 유는 버럭 화를 내며 루미코를 치더니 끝내 정말로 울기 시작했다. 결국 잠들 때까지 옆에 있어줬다. 거기서 끝이 아니라 한밤중에 일어나 화장실까지 따라가야 하는 지경이었다. 전날도 늦게까지 일한 루미코는 간신히 침대에 누웠을 때 유가 깨우는 바람에 진절머리가 났지만, 지금 이렇게 글로 쓰고 있자니 루미코에게 찰싹 붙어 화장실에 가서 "닫지 마, 열어놔!" 하며 문을 활짝 열어둔 채 용변을 보던 유가 웃겨서 키득키득 웃음이 났다.

점심을 먹으려고 주방에 서서 카레 냄비에 불을 올렸다. 두둑 소리를 내며 고개를 풀고 팔과 허리를 돌린다. 밥을 전자레인지에 데우고 카레를 담았다.

"내 것도 해줘."

"어머, 깜짝이야!"

갑작스러운 목소리에 깜짝 놀랐다. 유타카가 복도에 우두커니 서 있었다.

"나간 줄 알았어."

"다시 잤어."

유타카는 그렇게 말하고 크게 기지개를 켰다. 바지가 흘러내려 배꼽이 보였다. 루미코는 말없이 유타카 몫의 카레를 담았다.

"촬영은 몇시부터야?"

"아, 그거. 내일이었어. 달력을 잘못 봤어."

어이가 없어서 말이 안 나온다. 루미코는 후다닥 카레를 먹었다. 얼마 전까지는 남편과 가끔씩 같이 먹는 점심이 기다려졌는데 지금은 괴로울 뿐이다.

〈골드 문〉 계약 종료를 시작으로 유타카의 일은 삽시간에 줄어들었다. 분명 여성 패션지 일을 잘린 건 충격이었을 테고, 유타카는 갑작스러운 해고 통보를 불합리하게 여겼을지도 모른다.

하지만 그런 일은 어느 업계에서든 종종 일어난다. 언제까지 멈춰 서 있을 순 없다. 유타카의 이런 무기력함은 대체 뭐란 말인가. 심기 불편한 마흔여섯 살 중년 사진가를 누가 쓰고 싶어할까. 늘 기회를 노리는 젊고 실력 좋은 사진가가 지천으로 있다.

"……저기, 영업을 좀 하면 어때?"

"뭐어?"

말끝이 올라가는 유타카의 어투로 보아 이대로 대화를 이어가면 안 좋게 흘러갈 게 뻔했지만 루미코는 물러날 수 없었다.

"나도 포트폴리오를 만들어서 출판사에 돌렸어. 그랬더니 그걸 본 사람이 연락을 줬고, 그걸 계기로 일이 단숨에 늘었거든."

"호오, 그거 잘됐네."

"그러니까 당신도……"

"뭐? 장난하나. 내가 이제 와서 그런 걸 어떻게 해."

"왜 못하는데? 다들 그렇게 해. 일이 없으면 어쩔 수 없잖아……"

쾅.

꺼내뒀던 잡지로 유타카가 식탁을 내려쳤다. 나리타가 보내준 〈할렐루야〉다.

"뭐하는 거야!"

유타카가 말없이 방으로 들어가더니 곧바로 옷을 갈아입고 나와 그대로 나갔다. 현관문이 큰 소리를 내며 닫힌다.

"뭐야, 저 태도! 아, 열받아!"

유타카가 나가버린 뒤, 루미코는 가슴에 담아뒀던 말을 큰 소리로 내뱉었다.

"일이 없으면 자기 발로 가서 따 오는 게 당연하지! 지금 폼이나 잡고 있을 때야? 알아서 일을 주던 시대는 한참 전에 끝났다고! 일이 없으면 어쩌려고! 생활은 어떻게 해나갈 건데!"

홀로 있는 거실에서 루미코는 마구 쏘아붙였다.

"자각이 없어도 너무 없어! 바보 멍청이!"

한층 더 크게 소리치자 아주 조금 속이 후련했다. 유타카가 남긴 카레를 쓰레기통에 버리고 수돗물을 최대로 틀어 설거지를 했다.

그러고는 어깨를 돌리고 몸을 앞뒤로 구부려 스트레칭을 하고 커피를 내렸다. 심기일전이다. 해야 할 일이 잔뜩이다. 쓸데없는 것에 신경을 빼앗길 시간이 없다. 유타카 일은 일단 미뤄두고 눈앞에 있는 것에 집중하자며 루미코는 자기 일로 돌아갔다.

글이 한창 잘 써지는 참에 다쿠미가 돌아왔다.

"어머, 뭐야. 벌써 왔어?"

루미코는 저도 모르게 그런 말이 나왔다.

"집에 오면 안 되는 거야?"

다쿠미가 눈을 치켜뜨며 중얼거렸다. 둘째라 눈치가 빨라 이런 연기를 자주 한다. 어떻게 하면 동정표를 얻을 수 있는지 잘 안다.

"그런 거 아냐. 미안, 미안. 엄마가 지금 한창 일하고 있었거든."

"엄마, 일하는 거 재밌어?"

"응. 엄청 재밌어."

"다행이네."

다쿠미가 만면에 미소를 띠고 말해 무심코 웃음이 났다.

"자, 얼른 손 씻고 입안 헹구고 와."

"응."

아이가 혼자 있으면 말을 잘 듣는다. 그건 유도 마찬가지다. 혼자 있으면 인간다운데 둘이 모이면 괴수가 된다. 말썽이 두 배가 아니라 세제곱은 되는 것 같다.

"엄마가 이 일만 좀 해놓고 싶으니까 다쿠미 조금만 얌전히 있어줄래?"

"응, 알았어."

그러고는 숙제를 하기 시작했다. 숙제는 매일 있는데 형인 유는 잘 시간이 다 될 때까지도 숙제를 하지 않아 늘 루미코에게 혼난다. 그 모습을 봐온 눈치 빠른 다쿠미는 어느샌가 얼른 숙제를 해치우는 습관을 익혔다.

부족한 자식일수록 귀엽다는 말이 있는데, 루미코는 서툴고 요령 없는 유가 안쓰러운 나머지 너그럽게 봐주는 경우가 있다. 하지만 그러면 안 된다는 생각에 오히려 더 매섭게 대하고 만다. 그러고 나면 이번에는 죄책감이 들어 괜히 더 살갑게 굴었다가 스스로도 대체 뭐하는 짓인가 싶어 고개를 절레절레 흔들 때가 있다.

"다녀왔습니다!"

잠시 후 유가 돌아왔다. 다쿠미가 현관으로 뛰어나간다.

"나만 아이스크림 먹었다!"

다쿠미가 자랑하듯 말하는 게 들린다.

"치사해! 비켜!"

유의 목소리 뒤에 들려오는 다쿠미의 울음소리. 현관 앞에서 양팔을 벌려 가로막는 다쿠미를 유가 밀어버렸을 것이다.

"나도 아이스크림 먹고 싶어!"

"잘 다녀왔어? 먼저 손 씻고 입 헹구고 와."

"엄마, 형아가 밀었어. 난 아무 짓도 안 했는데!"

"시끄러워. 네가 길을 막으니까 그렇지! 툭하면 울지 마. 이 고자질쟁이야!"

"으앙. 형아가 심한 말 했어! 나빴어. 으앙. 부딪힌 데가 아파. 아프다고."

아, 또 시작이다. 어째서 둘이 모이면 수습이 안 되는 걸까. 다쿠미도 당할 걸 뻔히 알면서 일부러 유의 신경을 거스르는 행동을 하니까 어찌할 도리가 없다.

"가글하고 손 씻은 다음에 먹으라고 했지!"

유가 벌써 아이스크림을 먹고 있다. 그러고는 곧장 TV를 켠다.

"이 시간에 너희들이 볼 만한 프로그램은 없으니까 일일이 채널 돌리지 마."

"나 놀러 나갈 거야."

채널을 바꾸면서 유가 말한다.

"어디로?"

"도모키네 집. 히로토랑 류세이도 가."

"도모키네 집에서 말썽 피우지 말고 놀아."

유랑 친한 반 친구 4인방. 방과후 도모키네 집에서 놀 때가 많다. 도모키 엄마한테는 미안하다는 생각을 하면서 루미코는 마음을 놓았다. 되도록 우리집에는 오지 않았으면 하는 게 솔직한 심정이다. 아이들 친구가 놀러오는 일이 종종 있는데, 잠시 다른 일을 하는 사이에 커튼레일을 망가뜨리지 않나 화장실을 물바다로 만들지 않나, 정말이지 너무 지친다. 특히 요즘은 잠깐이라도 시간이 나면 일을 하고 싶다. 아이들 놀이에 맞춰주고 있을 때가 아니다.

"나도 가고 싶어."

다쿠미가 눈을 반짝거린다.

"어쩌지이. 다쿠미는 툭하면 울어서 싫은데에."

"절대로 안 울게! 야마토도 올 거잖아?"

야마토는 류세이의 남동생이고 다쿠미와 같은 1학년이다. 류세이는 대개 야마토를 데리고 나와 같이 논다. 동생을 잘 챙기는 류세이를 보면 형제끼리 사이가 좋아 부럽다. 나이도 같은데 우리집 아이들과는 어디가 다른 걸까.

"다녀오겠습니다!"

둘이서 희희낙락하며 나갔다. 아이들이 즐거워하는 얼굴을 보고 있으니 저도 모르게 미소가 지어진다. 무엇보다 친구랑 노는 게 제일 좋을 때다.

"자, 그럼."

루미코는 다시 기운을 이어서 내 일을 시작한다.

그런데 두 아이가 나간 지 삼십 분도 채 안 되어 딩동딩동 하고 연달아 초인종이 울렸다. 무슨 일인가 싶어 현관문을 여는 순간 아이들이 우르르 몰려 들어왔다.

"뭐야, 무슨 일이야?"

"도모키네 집에 손님이 있어서 우리집으로 변경!"

유가 큰 소리로 말했다. 실례합니다, 하는 소리와 함께 도모키, 히로토, 류세이, 야마토가 들어온다. 루미코는 관자놀이를 지그시 누르며 눈을 감고 체념했다.

맙소사, 하고 거실로 돌아왔더니 식탁 위에 둔 노트북을 야마토가 만지고 있었다.

"앗, 안 돼! 그거 만지지 마!"

키보드를 타닥타닥 누르던 야마토가 손을 멈춘다.

"이거 일하는 거라서 만지면 안 돼. 지금 치울 거야."

알았어요! 하고 야마토가 씩씩하게 대답한다.

저장해뒀기에 망정이지 화면에는 아무렇게나 친 글자들이 나열되어 있다. 루미코는 조심스럽게 글자들을 지우고 윈도우 종료 후 노트북을 닫았다.

아이들 친구가 놀러오면 결국 거실이 놀이터가 된다. 유와 다쿠미가 쓰는 방은 침대가 차지하고 있는데 이층침대에 정글짐처럼 매달렸다가 망가지기라도 하면 곤란하다.

루미코는 식탁 위를 정리하고 아이들에게 음료와 과자를 내줬다. 루미코가 함께 거실에 있으면 아이들도 나름대로 불편할 것 같고, 하던 일도 계속하고 싶었다. 루미코는 침실에 작은 좌식 테이블을 놓고 거기서 일하기로 했다.

"얘들아, 난 다른 방에서 일하고 있을 테니까 너무 시끄럽지 않게 놀아줘. 장난감은 잘 정리하기. 집안에서 공놀이는 하지 않기. 그리고 다른 방에는 들어가지 않기. 다들 알았지?"

루미코가 짐짓 엄격한 투로 말하자 아이들은 "네에!" 하고 순순히 대답했다. "화장실은 가도 되죠?" 하는 히로토의 말에 모두가 웃는다.

"바지에 싸면 큰일이니까 화장실은 참지 말고 가도록."

루미코의 말에 아이들이 폭소한다. 웃음 장벽이 이토록 낮은 아이들 때문에 루미코도 덩달아 웃고 말았다.

"유, 다쿠미, 부탁해."

낮은 목소리로 말하자 유도 다쿠미도 진지한 얼굴로 고개를 끄덕였다.

거의 귀를 막고 싶을 지경인 남자아이들의 목소리를 들으면서 루미코는 침실에서 노트북을 펼치고 이어서 글을 쓰기 시작했다.

한차례 일을 마무리하고 다리를 뻗는다. 무릎을 꿇고 꼿꼿이 앉아 있었더니 다리가 아프다. 루미코는 다리를 굽혔다 편 다음 천천히 고개를 돌렸다. 뚜두둑 소리가 난다.

그때 복도를 쿵쾅쿵쾅 달려오는 소리가 들렸다.

"엄마! 애들이랑 밖에서 놀다 올게!"

유가 침실 문을 열고 얼굴을 빼꼼 내민다.

"어디로 갈 건데? 다쿠미도?"

"제2공원! 다쿠미도 갈 거야. 다 같이."

말하는 시간도 아깝다는 듯 유가 발을 동동 구른다.

"알았어. 조심해서 갔다 와. 여섯시까지는 집에 와야 해."

루미코의 말이 채 끝나기도 전에 유는 현관으로 달려가며 오케이! 하고 큰 소리로 말했다. 쿵, 쿵 하고 문을 여닫는 소리가 난다. 다들 밖으로 나간 모양이다.

"이제 슬슬 빨래를 걷어야겠네."

이제 아이들은 안 오겠지 싶어 루미코는 노트북을 들고 거실로 나왔다. 발을 내디딘 순간, 그만 말문이 막혔다. 그러고는 "뭐야, 이게!" 하고 소리를 질렀다.

"유! 다쿠미!"

허둥지둥 밖으로 나가 이름을 불러봤지만 아이들 모습은 이미 보이지 않는다.

거실은 아주 처참한 꼴이었다. TV 화면에는 게임기가 그대로 연결된 채였고, 여기저기 과자 봉지와 연필과 종이가 어질러져 있다. 보리차가 든 컵 속은 스낵 과자와 쿠키로 꽉 차 있는데, 수분을 흡수해 걸쭉해진 그것들이 엎어진 컵에서 흘러나오고 있다.

"뭐야, 이게······"

루미코는 끈적하게 뭔가를 밟은 느낌이 들었고 발바닥이 젖었다. 걸쭉해진 과자가 카펫 위에 넘쳐흘렀다. 소리를 지르고 싶은 것을 꾹 참고 양말을 벗은 뒤 서둘러 카펫을 닦았다. 그때 웬 검은 물체가 시야에 들어왔다.

"꺅!"

비명을 지르다 식탁 모서리에 머리를 부딪혔다. 식탁 밑에 바퀴벌레가 있었다.

"어? 어?"

벌벌 떨며 다가가보니 바퀴벌레가 아니라 풍뎅이였다. 이미 죽은 것 같았다.

"못살아 진짜! 왜 집안에 죽은 풍뎅이가 있는 거야!"

정말이지 진절머리가 난다. 곤충을 좋아하는 다쿠미의 소행이리라. 집안에 절대 곤충을 들이지 말라고 했는데도 가끔씩 이렇게 가져온다. 지난번에는 주머니 속에 공벌레가 몇 마리 들어 있어 진짜로 졸도할 뻔했다. 루미코는 소름이 돋은 팔을 쓰다듬으며 광고 전단지를 접어 풍뎅이를 집었다.

일어나려고 의자에 손을 짚으니 불쾌한 감촉이 들었다. 몸이 흔들리는 바람에 그 반동으로 반대쪽 손에 든 풍뎅이를 떨어뜨릴 뻔했다. 가만 보니 의자 쿠션에까지 불어터진 과자가 붙어 있다.

"아 진짜! 정말 너무 싫다!"

루미코는 풍뎅이 사체를 쓰레기통에 버린 뒤 카펫을 물걸레로 닦고 스프레이 세제를 뿌린 다음 다시 물걸레로 닦았다. 쿠션 커버를 벗겨 손으로 대충 헹구고 세탁기에 돌린다. 쿠션 솜까지 얼룩이 묻어 충분히 물수건으로 닦은 다음 밖에 말렸다. 여기저기 어질러진 것들을 정리하고 청소기를 돌렸다. 거기까지 하는 데 한 시간도 더 걸렸다. 그러고 나서야 간신히 빨래를 걷을 수 있었다. 화가 나는 걸 넘어서 참담한 심정이었다.

빨래를 개기 시작했을 때 현관에서 소리가 났다.

"유! 다쿠미!"

루미코가 현관으로 뛰어나가자 유타카가 들어온다.

"왜 이렇게 급히 나와. 무슨 일 있어?"

유타카의 태평한 얼굴을 보니 부글부글 분노가 끓어오른다.

"당신 대체 어딜 갔었어? 오늘 일 없잖아?"

유타카를 노려보며 루미코는 거센 어조로 말했다.

"애들이 뭘 했는지는 모르겠지만 나한테 화풀이하진 말아줘."

그렇게 말하고 유타카가 옆을 지나치는데 알코올냄새가 코를
찔렀다.

"설마, 술 마셨어?"

"그러면 안 돼?"

유타카는 주눅드는 기색도 없이 대꾸하고 거실 의자에 앉는
다. 루미코는 빨래도 그대로 두고 유타카 앞에 앉았다.

"단도직입적으로 묻겠는데, 지금 일이 어느 정도 있어?"

루미코의 질문에 유타카가 피식 웃는다.

"〈골드 문〉 일이 없어진 후로 계속 줄어들지?"

"그래서 뭐?"

"앞으로 다시 예전처럼 일이 늘어날 것 같아?"

"그야, 늘면 좋겠지만."

아무래도 일부러 그러는 듯 유타카가 유쾌한 척 웃는다.

"그런데도 늘리려고 하지 않지? 노력 안 하고 있지?"

"지금 나랑 싸우자는 거야? 당신이 뭘 알아."

베테랑이랍시고 현장에서 여유나 부릴 유타카의 모습이 눈에 선하다.

유타카는 요시유키 출판사 일도 한다. 지난번에 루미코는 나리타에게 유타카의 상황을 얘기해봤다. 나리타는 솔직히 말하겠다고 서두를 떼더니 "어려울 것 같다"라고 딱 잘라 말했다.

사진이 낡았다는 말을 들으면 끝이라는 것. 작업료가 싸면서도 젊고 재능 있는 사진작가가 수두룩하다는 것. 과거의 영광만으로 일을 따낼 수 있을 만큼 업계가 호락호락하지 않다는 것. 각 분야에 특화된 사진작가들이 있어서 유타카의 전문인 '인물 사진' 외에 새로운 일을 구하려 해도 어렵다는 것.

나리타는 마지막으로 "인간성도 중요해요" 하고 덧붙였다. 태연히 한 말처럼 들렸지만 나리타는 그 점을 가장 말하고 싶었던 게 아닐까. 인간성. 정말 그렇다. 그런 걸 가뿐히 능가할 만큼 재능이 있는 사람이라면 모를까, 평범한 실력을 운으로 메꿔온 인간은 열외가 될 수 없다. 비슷한 실력이라면 누구나 인품이 좋은 사람에게 일을 맡기고 싶은 게 당연하다.

그런데도 유타카로 말할 것 같으면, 자존심만 팽팽하게 살아서 남에게 고개를 숙이지도 못한다. 이토록 불경기인데도 일은 상대 쪽에서 의뢰해오는 거라고 지금도 그렇게 생각한다.

"현실적인 문제야. 이대로는 먹고살 수 없어. 한참 성장기인 아이가 둘이나 있다고."

"나도 다 아는 걸 일일이 말하지 마."

"노력할 마음은 있어?"

유타카는 답하지 않는다. 돌출창에 놓아둔 신문을 집어서 TV 편성표를 보기 시작한다.

"알았어."

루미코는 낮은 목소리로 말했다.

"이제 됐어. 당신은 노력할 마음이 없다는 뜻이지?"

유타카는 여전히 입을 다물고 있다.

"그럼 앞으로는 내가 일할게. 내가 돈을 벌게. 그 대신 당신은 집안일이랑 아이들 챙기는 걸 해줘."

루미코의 진지한 음색에 유타카는 순간 눈이 휘둥그레졌지만, 이어서 느닷없이 웃기 시작했다.

"일이 잘 풀리시는가 봅니다. 네네, 알겠습니다, 사모님. 소인이 모든 가사를 도맡으면 되는 거지요?"

웃긴다는 듯 말하는 유타카에게 "웃기라고 한 말 아니야. 진심으로 하는 얘기야" 하고 루미코는 단호하게 말했다.

"전에 당신이랑 얘기한 적 있었지. 가정을 회사 조직처럼 생각하자고. 당신이 꺼낸 말 아니었어?"

루미코와 유타카는 이시바시가家라는 회사에서 일하는 사원이다. 회사를 키우기 위해 두 사람이 어떻게 움직이면 효율적이고 이익이 늘어날까. 서로 부족한 부분을 보완하고 협력하며 쌍방이 자신의 역할에 책임을 진다. 남자도 여자도 없다. 자신들은 동등한 사원이다. 이전에 그런 것들을 유타카와 얘기한 적이 있었다.

루미코가 경제적인 부분을 맡는다면, 수입을 안정화하고 또한 늘려가기 위해서라도 집안일과 육아는 유타카가 주로 담당하면 된다.

"네네, 알겠습니다."

유타카는 건성으로 대답한다.

"그럼, 우선 거기 있는 빨래를 개주세요. 넣을 장소는 나중에 알려주겠습니다."

루미코는 최대한 차분히 말했다.

"까불지 마."

유타카가 자리에서 일어선다.

"내 일이 좀 줄었다고 해서 그 태도는 뭐야!"

"착각하지 마. 난 당신의 일이 줄어든 걸 탓하는 게 아니야. 노력할 생각이 없는 게 싫은 거지. 남에게 고개를 숙일 줄도 모르고 감사할 줄도 몰라. 당신의 그런 면, 이제 안 고쳐질 것 같아."

이제껏 유타카의 일은 여러모로 순조로웠다. 자존심이 셀 뿐 실력이 특출난 것도 아닌데 언제든지 타이밍 좋게 일이 들어왔다. 유타카가 지닌 매력 때문인가 했지만 그게 아니라는 걸 최근 들어 느끼고 있었다. 우연히 그랬던 거다. 마침 상황이 좋은 시기였던 것뿐이다.

"나는 지금 몇 군데서 일을 맡고 있어. 그것 말고 새 의뢰도 많이 들어와. 그런데 지금 이대로 생활한다면 모처럼 들어온 일을 거절할 수밖에 없어. 일할 시간이 없거든. 하지만 당신이 집안일을 해준다면 그만큼 내가 더 일할 수 있잖아. 지금은 남자 여자 구별 짓는 시대가 아니야. 게다가 당신은 지금껏 아이들과 별로 놀아주지도 못했으니까 이번 기회에 좀더 가까워지면 좋겠어."

침착하게 말하는 루미코를 무시하고 유타카는 일어섰다. 다다미방으로 들어가려는 유타카를 향해 "좀더 건설적이고 합리적으로 생각해!" 하고 루미코는 말했다. 유타카는 아무 말 없이 문을 닫았다.

오늘 중 가장 큰 한숨이 나왔다. 분했다. 대화도 할 수 없다니 이렇게 한심할 수가. 루미코는 주먹을 꽉 쥐었다. 자신의 의견이 틀렸다고는 생각하지 않는다. 여자가 모든 걸 떠맡을 필요는 없다.

"다녀왔습니다."

유와 다쿠미가 돌아왔다. 방금 전 거실의 처참한 꼴 때문에 화가 났던 건 거의 누그러들었지만 루미코는 두 아이에게 단단히 주의를 주었다. 진지하게 야단치는데도 '네에' 하고 실실 웃길래 엉덩이를 두 대씩 때렸다. 그래도 두 녀석은 웃었다.

"아 참. 쿠션 커버 세탁했었지. 널어야겠다."

루미코는 세탁기에서 쿠션 커버를 꺼내 실내에 널었다. 이제 저녁식사도 준비해야 한다. 그 시간에 일을 할 수 있다면 얼마나 좋을까.

"아빠 집에 있어?"

유의 질문에 루미코는 "있어" 하고 대답했다. 유와 다쿠미가 다다미방으로 향한다.

냉장고는 텅 비었다. 그저께부터 먹은 카레도 이제 물렸겠지. 루미코는 장 보러 갈 준비를 했다.

방을 건드리는 게 싫은지 유타카는 아이들을 데리고 거실로 나왔다. 아이들이 하자는 대로 장난감 기차를 가지고 놀기 시작했다. 웬일이지? 하고 루미코는 생각했다. 유타카가 아이들과 같이 노는 건 드문 일이다. 아까는 루미코의 말을 무시했지만, 조금이라도 생각한 바가 있었던 걸까.

"나 잠깐 장 보러 갔다 올게."

루미코는 누구에게랄 것 없이 그렇게 말하고 밖으로 나갔다.

장을 보고 돌아오자 걷어둔 채 그대로 놔뒀던 빨래가 깔끔히 개어져 있었다. 유타카는 유와 함께 도화지에 뭔가를 그리고 있다.

"엄마, 이거 봐! 미로야."

다쿠미가 도화지를 보여준다.

"엄청 잘했네" 하는 루미코의 말에 "아빠가 그렸어" 하고 기쁜 듯 다쿠미가 대답했다.

루미코는 사 온 것들을 냉장고에 넣으면서 창고가 된 방을 정리하기로 결심했다. 그곳에 책상을 놓고 작업실로 쓸 것이다.

아이들과 놀고 있는 남편을 바라본다. 평소에는 싸움만 하고 시끄러운 녀석들도 오늘은 얌전하다.

루미코는 몸속에 투지와도 같은 의욕이 넘쳐흘렀다.

장마가 잠시 소강상태에 접어든 사이. 가나는 오랜만에 유가 다니는 초등학교로 향했다. 오늘은 수업 참관일이다. 마침 화장품 업체의 창립기념일이라 휴무였다.

수업 참관은 5교시. 그후 학급 간담회가 있을 예정이다. 가나는 오늘이 첫 수업 참관이었다. 유가 학교에서 지내는 모습을 보고 싶지만 그런 일로 직장을 쉴 순 없었다. 휴가는 만일의 긴급한 사태를 대비해 아껴두고 싶다.

이른 아침에 편의점 아르바이트를 마치고 귀가해 점심을 먹고 외출했다. 평소 돌봄교실에 아이를 데리러 갈 때처럼 급히 자전거 페달을 밟던 것과는 다르게 오늘은 시간과 마음의 여유가 있었다. 여유롭게 걷고 있자니 평소에는 잘 보이지 않던 풍경이 눈에 들어왔다. 버스정류장의 시간표가 새롭게 바뀐 것, 얼마 전까지 공터였던 장소에 새집을 짓고 있는 것, 오래된 살림집을 개조한 카페가 생긴 것, 천변에 잡초가 무성해진 것 등 가나는 신선한 기분으로 풍경을 바라보며 학교에 갔다.

5교시는 수학 시간이라고 한다. 오늘 참관수업에 갈 거라고 했더니 유는 "세 자릿수 덧셈이네" 하고 신나서 말했다.

방과후 돌봄교실에 갈 때는 뒷문으로 다니기 때문에 이렇게 정면 현관으로 학교 건물에 출입하는 건 오랜만이었다. 챙겨 온 슬리퍼로 갈아신고 삼층의 3학년 3반 교실로 향한다. 도중에 1학년 교실이 있길래 열린 복도 쪽 창문으로 들여다봤더니 아직 어린아이들이 활기찬 목소리로 인사를 하고 있었다.

"이년 전만 해도 이렇게 작았는데. 우리 유, 많이 컸네."

가나는 혼잣말을 하고 미소를 지으며 1학년 교실을 지나쳤다.

3학년 3반 교실에는 이미 학부모들이 열 명 정도 서 있었다. 교실 입구 부근이 혼잡해 가나는 허리를 살짝 숙이고 정가운데 쪽까지 갔다.

학부모도 아이들도 모두 모르는 얼굴뿐이었다. 가나는 유를 찾았다. 저기 있다, 파란색 티셔츠, 불쑥 유가 뒤를 돌아봐 눈이 마주쳤다. 가나가 웃으며 손을 흔들자 유는 얼굴 가득 함박웃음을 짓고 다시 몸을 돌렸다.

담임은 시바타라는 중년 남성 교사다. 봄에 있었던 가정방문 때 만나고 처음이었다. 가정방문에서는 특별히 물어보고 싶은 것도 떠오르지 않았고, 선생님 쪽에서도 이렇다 하게 하고픈 말이 없는 듯해 십 분도 안 되어 끝났다. 다른 가정에서는 선생님과 대체 어떤 얘기를 하는지 궁금했다. 가정방문 때문에 화장품 업체에서 조퇴한 일을 후회할 정도였다.

"오늘은 세 자릿수 덧셈을 복습하겠습니다."

시바타 선생님이 칠판에 문제를 적는다. 409+853.

"먼저 나와서 풀어볼 사람 있나요?"

선생님의 말에 아이들 대부분이 손을 든다. 보니까 유도 손을 들고 있다. 손을 드는 방식도 제각각이네, 하고 가나는 생각한다. 팔꿈치를 곧게 쭉 뻗는 아이, 앞으로 찌르듯 든 아이, 자신이 없는지 얼굴 옆에 슬쩍 들고 있는 아이, 머리 위에 손을 얹은 아이도 있다. 유는 살짝 팔꿈치를 구부리고 손끝을 주먹 쥐듯이 들고 있다.

"네, 그럼 사사키 양. 풀어보세요."

지목된 여자아이가 기쁜 듯 앞으로 나와 분필을 들고 문제를 풀었다. 일의 자릿수가 2이고, 한 자릿수 올라가 십의 자리가 6, 백의 자리에 2가 올라가고 한 자릿수 올라가 천의 자리가 1, 답은 1262.

"이 답이 맞나요?"

선생님이 묻자 "맞아요" 하고 아이들이 입을 모아 대답했다. 가나는 소리 내어 웃고 말았다. 아이들이 너무 귀여워 기분이 유쾌해졌다.

선생님이 다음 문제를 내자 다시 많은 아이가 손을 든다.

"그럼, 니시야마 군."

저요, 저요! 하고 큰 소리로 호소하던, 유의 대각선 앞쪽에 앉은 남자아이다. 니시야마는 칠판 앞에서 으음, 하고 끙끙대며 궁리하면서 어찌어찌 답을 적었다.

"여러분, 이 답이 맞나요?"

"……틀……렸어요."

자신 없는 듯한 목소리로 모두가 대답한다. 니시야마는 "이렇게 어려운 걸 어떻게 알아!" 하고 화를 내는 건지 웃는 건지 모르게 말하고는 냉큼 자리로 돌아가버렸다.

"이 문제 풀 수 있는 사람 있나요?"

다시 모두가 손을 들었다. 유도 들고 있다. 선생님, 유를 시켜주세요, 하고 가나는 작게 기도했다.

"네, 그럼 이시바시 군."

내 바람이 닿았어! 가나는 앞으로 나가 문제를 푸는 내 아이가 자랑스러워 어쩔 줄 몰랐다. 선생님이 정답인지 아닌지를 묻자 모두가 "맞아요" 하고 대답했다. 쑥스러운 듯 자리로 돌아가는 유와 눈이 마주쳤다. 가나는 싱긋 웃으며 V자 사인을 보냈다.

그후 선생님이 니시야마가 쓴 답에서 어디가 틀렸는지를 확인하고 세 자릿수 덧셈 복습을 끝냈다. 다음은 세 자릿수 뺄셈이다. 덧셈 때와 마찬가지로 선생님이 칠판에 문제를 적고 아이들이 답을 맞혔다.

옆자리 친구와 얘기하는 아이도 있었지만, 참관수업이라 그런지 다들 바르게 앞을 보며 진지하게 참여했다. 가나는 어쩐지 무척 즐거웠다. 모든 아이가 너무나 귀여웠다.

"여기가 바로 신종 힐링 공간인걸……"

가나는 조용히 중얼거렸다. 아이들이 뿜어내는 힘이 대단했다. 반짝반짝 빛나는 생명력이 그 뒷모습에서도 전해졌다. 유가 매일 함께 공부하고 노는 반 친구들. 가나는 이제껏 참관수업에 오지 않았던 것을 조금 후회했다. 1학년과 2학년. 좀더 어렸을 때는 아이들도 훨씬 귀여웠을 것이다.

사십오분간의 수업이 순식간에 지나갔다. 학부모들은 일단 복도로 나와 종례시간 뒤에 있을 간담회를 기다렸다. 복도에는 아이들이 그린 그림이 붙어 있다. 미술시간에 그린 것이리라. 주제는 '내 얼굴'이다. 가나는 유의 이름을 찾았다.

"있다!"

이시바시 유, 라고 적혀 있다. 도화지 가득한 얼굴. 굵은 눈썹, 큰 눈에 큰 코, 입술은 빨간색 물감으로 칠해 립스틱을 바른 것처럼 보여 유쾌했다. 가나는 모든 아이의 그림을 둘러보았다. 저마다 개성이 있다. 유처럼 얼굴만 그린 아이도 있고, 전신을 그린 아이도 있다.

개중에는 독창적인 것도 있었는데, 빨강과 검정 두 가지 색으로 그린 전신 그림이 음영까지 들어가 있어 눈길을 끌었다. 니시야마 리키야, 라고 적혀 있다. 아까 열심히 손을 들던 아이다. 남의 아이지만 그림 재능을 살려주면 좋지 않을까, 하고 가나는 생각했다.

종례가 끝나고 아이들이 와르르 교실에서 나왔다.

"유."

유를 발견하고 말을 걸었다.

"엄마 이제 간담회에 가보려고. 오늘은 돌봄교실 쉰다고 해놨으니까 먼저 집에 가 있어. 엄마도 끝나면 바로 갈게."

"응."

기쁜 듯 유가 고개를 끄덕인다.

"그럼 이따 봐."

가나가 손을 흔들자 유도 손을 흔들며 뛰어나갔다.

간담회는 삼십 분 정도 진행될 예정이다. 아무 자리에나 앉아도 되는 듯해 가나는 유의 자리에 앉았다. 책상 속 도구함을 살펴보니 학용품이 엉망으로 들어 있었다. 색연필은 케이스에서 나와 따로따로 흩어져 있고, 풀 뚜껑은 열려 있고, 둘둘 뭉친 휴지에다 연필 깎은 찌꺼기까지 있다.

"정말 남자애들은 못 말린다니까."

쓴웃음을 지으며 무심결에 입 밖으로 말이 나왔다.

"우리 애도요."

가나의 말을 받아치듯 대답한 사람은 대각선 앞자리에 앉은 학부모였다.

"남자애들은 정리라는 걸 모르는 것 같아요."

그녀는 책상 속에 시선을 둔 채 말하고는 가나 쪽을 돌아보았다.

앗, 요전에 편의점에 물건 사러 왔던 사람이잖아. 일요일 아침에 젊은 남자랑 함께 있던 사람. 니시야마 리카야의 엄마인 모양이다.

가나는 "맞아요" 하고 고개를 끄덕였다.

"저기, 그쪽 유 엄마 맞죠? 우리 리키야도 2학년 때까지 방과후 돌봄교실 다녔거든요. 유랑 잘 놀고 그랬어요. 고마워요."

"그래요? 우리 애는 아무 얘기도 안 해서 몰랐어요. 몰라봐서 너무 미안해요. 신세가 많았습니다."

"편하게 말해요."

니시야마가 웃으며 말한다. 화장기 없는 창백한 피부에 긴 머리를 하고 있어 지난번에 보았을 때와는 또 다르게 아름다운 모습이다.

"복도에 붙어 있는 리키야 그림, 정말 잘 그렸던데요. 천재 같아요."

가나가 말하자 니시야마는 "난 아직 못 봤는데" 하고 웃었다.

한번 교실을 나갔던 선생님이 다시 돌아와 간담회가 시작됐다. 선생님은 평소 수업하는 모습을 녹화한 영상을 틀었다. 가나는 이따금 보이는 유의 모습에 미소를 지었다.

"조금 소란스럽기는 하지만, 남학생과 여학생이 서로 사이도 좋고 조별 활동도 원만합니다."

선생님이 온화하게 설명한다. 간담회에 참가한 학부모는 삼십명 정원 중 삼 분의 일 정도였다. 이게 많은 건지 적은 건지, 가나는 전혀 감이 오지 않았다. 아는 얼굴은 없었다. 이사해서 이 지역으로 온 터라 같은 어린이집 출신도 없었고 올해는 진급하면서 반도 바뀌었다. 한 학년에 세 반. 가나는 학부모회 활동도 하지 않아서 아는 게 하나도 없다. 유와 같은 반에 축구 클럽에 가입한 남자아이가 한 명 있으니 그 아이 엄마의 얼굴만 아는데, 오늘 오지 않은 듯했다.

그후 가정에서 어떻게 생활하면 좋을지 선생님이 몇 가지 설명하고 간담회가 끝났다. 그러고는 학부모회 모임이 있는 듯해 가나는 자리에서 일어났다.

"먼저 실례하겠습니다."

니시야마에게 말을 건다.

"나도 갈 거예요. 같이 가요."

니시야마가 자리에서 일어나며 말하기에 가나는 고개를 끄덕였다.

"리키야 군의 그림, 이거예요. 봐요, 정말 잘 그렸죠?"

복도로 나와 가나가 알려주자 "정말이네. 나보다 잘 그리네" 하고 니시야마가 말했다.

가나는 다시 한번 차분히 리키야의 그림을 보다가 무심코 화들짝 놀랐다. 아까는 눈치채지 못했는데 인물 주위에 다양한 것들이 그려져 있었다. 고양이와 토끼, 잉꼬 같은 작은 동물. 국자와 조리용 젓가락, 냄비 같은 주방용품. 그 외에 부엌칼과 문구용 커터, 가위와 권총 등 위험한 물건도 그려져 있었다. 배경에 빨간 색과 검은색 물감으로 점처럼 그려진 것은 피처럼도 보였다.

"얘도 잘 그렸네."

니시야마가 다른 아이의 그림을 가리켜서 가나는 황급히 시선을 옮겼다.

"갈까요?"

니시야마가 걷기 시작해 가나도 그 뒤를 따랐다. 알고 보니 가는 방향이 같았다. 가나가 어릴 적에는 한 동네에서 같이 등교하는 등교반과 어린이회가 있는 게 당연했는데, 이 지역에는 등교반도 어린이회도 없어서 근처에 사는 유의 동급생에 대해서도 가나는 아는 게 없었다.

"저기, 유 엄마. 언덕 위 편의점에서 일하죠?"

횡단보도 신호를 기다리는데 니시야마가 물었다. 가나가 일하는 편의점은 비탈길을 다 올라간 지점에 있어서 언덕 위라는 별칭으로 불린다.

"맞아요. 아침부터 일해요."

요전에 보았던 일을 말할까 말까 망설이고 있는데 "본 적 있어요. 거기 자주 가거든" 하고 니시야마가 말했다.

"어머, 그렇군요. 다음에 보게 되면 아는 척해주세요. 값을 깎

아드릴순 없지만."

가나는 웃으며 그렇게 대꾸했다.

"난 이쪽이에요. 그럼 이만."

횡단보도를 다 건넜을 때 니시야마가 손을 흔들고, 가나도 "다음에 봐요" 하고 손을 흔들었다.

"참 예쁘게 생긴 사람이다."

가나는 종종걸음으로 발길을 재촉하면서 중얼거렸다. 나이는 자신보다 많은 듯한데 겉모습은 훨씬 어려 보인다.

"나도 좀 예쁘게 꾸며야지, 안 그러면 유가 창피하다 하겠네."

그렇게 계속 혼잣말을 중얼거리면서도 이처럼 이른 시간에 유와 함께 보낼 수 있다고 생각하니 얼굴에 미소가 번졌다. 저도 모르게 어느새 뛰다시피 하며 가나는 서둘러 집으로 향했다.

"엄마가 어쩐지 무척 기운이 없네. 어디 아픈 건가?"

마사키가 그런 전화를 걸어왔다. 마사키는 한동안 엄마 집에서 지내는 모양이었다.

"너, 엄마 귀찮게 하면 안 돼. 그리고 무엇보다 빨리 일을 구해야지. 헬로워크*에는 가봤어?"

---

* 취업 활동을 지원하는 일본의 행정기관. 정식 명칭은 공공직업안정소.

"뭐, 경기가 안 좋아서 괜찮은 곳이 없네."

"좋기만 한 곳이 어딨어. 어디든 불평하지 말고 다녀."

"알았다고. 누나한테는 무슨 말을 못 한다니까."

그렇게 말하고 마사키는 전화를 끊었다.

일요일, 가나는 오랜만에 엄마를 보러 갔다. 유가 3학년이 되고 나서는 처음이다. 자신과 유의 일로도 벅차서 좀처럼 엄마까지 생각할 여유가 없었다. 마사키가 일을 그만둔 건 마음에 들지 않지만, 엄마를 생각하면 오히려 잘된 걸지도 모른다.

예전부터 엄마는 마사키를 무척 좋아했다. 물론 가나도 똑같은 애정을 받고 자랐지만, 엄마라는 존재는 아무래도 아들을 좋아하는 것 같다. 가나도 유를 키워보니 엄마의 마음을 왠지 알 것 같았다.

"엄마, 유 데리고 왔어요."

초인종을 눌러도 답이 없길래 가나는 문을 열고 안으로 들어갔다. 문은 열려 있었다.

방 두 칸. 현관에 들어서면 모든 공간이 눈에 들어온다. 엄마는 고타쓰에 들어가 누워 있었다. 가나를 보고는 "아, 너 왔니?" 하고 힘없이 말한다.

"엄마! 고타쓰를 아직도 안 넣었어요? 이제 곧 여름인데. 뭐하는 거예요?"

무심코 짜증 섞인 말투가 나와버렸다. 엄마는 멍한 얼굴로 가나를 쳐다본 뒤 "요즘 좀 피곤해서. 갱년기는 한참 전에 끝났는데 왜 이러나 몰라" 하고 말했다.

"건강검진은 받았어요?"

"봄에 받았어. 아무 이상 없대."

"그래요? 그렇다면 다행인데."

가나는 조금 안심했다.

"할머니."

유가 얼굴을 내민다.

"어머나, 유! 그새 더 컸구나. 얼굴 좀 자주 보여줘."

엄마는 고타쓰에서 나와 일어나서 유에게 앉으라고 재촉했다.

"차 괜찮지? 유는 주스가 좋겠네. 사과주스가 어디 있을 텐데."

엄마가 성큼성큼 움직이기 시작한다. 가나는 후유, 하고 가슴을 쓸어내렸다. 평소의 엄마다.

"마사키는 어디 있어요?"

그렇게 물어보자 "몰라" 하는 외마디가 돌아왔다.

"엄마, 마사키가 집에 와서 좋죠?"

가나의 말에 엄마가 얼굴을 찌푸린다.

"갑자기 군식구가 생겨 감당이 안 돼."

엄마의 말에 이번에는 가나가 놀랐다.

"마사키랑 무슨 일 있었어요?"

"매일 팽팽 놀기만 하니."

그렇게 말하고는 한숨을 쉬었다. 그러더니 마음을 다잡기라도 하듯 유에게 웃으며 말하기 시작했다. 가끔 만나는 손주는 귀여운 모양이다.

"유는 진짜 남자다워."

엄마가 유의 머리를 쓰다듬으며 말했다. 만날 때마다 유에게 남자답다고 한다.

"할머니, 그런 말 하지 말라니까. 남자답지 않은데 그런 말을 들으면 기분 이상하단 말이야. 재밌는 대답도 못하겠고."

유가 말하자 엄마는 자못 놀란 듯한 얼굴로, "무슨 소리야. 우리 유가 얼마나 남자답고 멋진데. 일본 최곤데" 하고 큰 소리로 말했다. 가나도 옆에서 동조하며 "맞아, 유는 일본 최고의 미남인데" 하고 덧붙였다.

"그만 좀 해. 오사카 아줌마들은 진짜 못 말린다니까."

유가 그렇게 말하며 웃는다.

"오늘은 오랜만에 유가 왔으니 생선회라도 사 올까? 어때?"

"회, 오랜만에 먹는다" 하고 좋아하는 유를 보고는 엄마가 조금 나무라는 듯한 시선을 가나에게 보냈다. 생선회 정도는 먹이라는 뜻인 건가. 유가 생선을 좋아해 가능하면 식탁에 내고 싶지만 고기가 가격도 저렴하고 보관도 더 오래 할 수 있어서 그만 저도 모르게 자꾸 고기만 사게 된다. 생선회는 폐점 시간이 다 됐을 때 마트에서 할인하는 것을 사는 게 고작이다.

"유, 할머니랑 같이 장 보러 갈까. 할머니는 무릎이 아프니까 유가 짐을 들어줄래?"

"응, 좋아."

나가려는 엄마에게 가나는 "엄마, 고마워요" 하고 고개를 숙였다. 엄마가 치아를 보이며 활짝 웃는다. 예전부터 엄마의 웃는 얼굴을 보면 기운이 났다.

"엄마, 고타쓰 이불 치워도 되죠? 날씨 좋으니까 빨아서 널어둘게요."

가나의 말에 "그래, 그럼 그렇게 해줘" 하는 대답이 돌아왔다. 장마철 한기가 있다지만 이제 곧 7월이다. 계속 고타쓰를 내놓고 있으면 몸이 늘어지기만 한다.

가나는 세탁기를 돌리고 어수선한 방을 청소했다. 마사키의 옷이 마구잡이로 쌓여 있다.

"엄마는 이런 걸 싫어하는데" 하고 집에 없는 마사키를 향해 중얼거리며 한 장씩 개어놓는다.

청소기를 다 돌렸을 때 문이 열렸다.

"어? 누나 왔어?"

마사키다.

"너, 정리 좀 해라. 엄마 몸도 안 좋으신 것 같은데 청소 정도는 알아서 해야지."

"보자마자 잔소리야?"

"고타쓰가 여태 나와 있었잖아. 그리고 네 옷, 여기저기 꺼내 놓지 말고 수납 박스라도 사 와서 거기다 넣고 깨끗이 써야지."

마사키는 그래야지, 하며 어깨를 움츠리고 "유는?" 하고 물었다. 엄마랑 장 보러 갔다고 하자 "아 뭐야, 보고 싶었는데" 한다. 금방 다시 나가는 모양이다.

"마사키, 너 일은 어떻게 되고 있어? 어디라도 좋으니까 일해."

"알았어, 알았어. 알았다니까. 그럼 다음에 봐."

그렇게 말하고 마사키가 나간 줄 알았는데 금세 다시 돌아오더니 아무 말 없이 가나를 빤히 바라본다.

"왜?"

"……저기 누나, 진짜 미안한데, 돈 좀 빌려줄 수 있어? 부탁할게."

마사키가 이마 앞에 대고 양손을 모은다.

"뭐? 뭔 소릴 하는 거야? 너 가고시마에서 일한 돈은 다 어쨌어?"

마사키는 대답이 없다.

"누나한테 돈 없다는 건 네가 제일 잘 알잖아. 남매라도 그건 못해. 빌려줄 돈은 한 푼도 없어."

마사키는 잠시 생각에 잠기는 기색을 보이더니 "그렇지. 미안해 누나. 한 번만 봐줘. 못 들은 걸로 해줘" 하고 미안한 듯 얼굴을 찡그렸다.

"그럼, 다음에 봐."

"마사키! 잠깐 기다려."

가나는 나가려는 마사키를 불러 세우고 가방에서 지갑을 꺼냈다. 천 엔 짜리 지폐 세 장과 동전이 들어 있다. 가나는 천 엔을 두 장 꺼냈다.

"이것밖에 없네."

그렇게 말하고 2천 엔을 건넸다.

순간, 마사키가 눈을 크게 떴다. 겨우 이것뿐이냐고 생각한 게 틀림없다. 하지만 가나에게는 이게 최선이다.

"미안, 고마워. 진짜 미안해, 누나."

마사키는 감사하다는 듯 2천 엔을 받아들고 고개를 숙였다.

"몇 배로 갚을 테니까 조금만 기다려줘."

"안 갚아도 되니까 제대로 일이나 해."

가나는 그렇게 말하고 빠른 걸음으로 나가버린 마사키를 배웅했다.

장마가 아직 끝나지 않았다고 하는데 햇살은 거의 한여름 같
았다. 올해는 비가 별로 오지 않는다.

아침에 집을 나설 때 이미 하늘은 파랬고, 잠깐 움직였을 뿐인
데 땀이 흘렀다.

"설날 지난 지 얼마 안 된 것 같은데 벌써 여름이라니."

자전거를 타면서 하늘을 올려다보고 가나는 중얼거렸다. 그래
도 비가 오는 것보다는 다행이고, 겨울보다는 당연히 훨씬 낫다.

편의점도 화장품 업체도 에어컨을 가동해서 쾌적했다. 집에서
는 창문으로 들어오는 바람과 선풍기에만 의지하기 때문에 그
온도 차에 몸이 적응되지 않을 때도 있다.

어제 마사키한테서 직장이 구해질 것 같다는 전화가 왔다. 엄
마도 기운을 되찾았는지 마사키가 좋아하는 음식을 만들어줄 때
도 있다고 한다.

"엄마가 기운을 되찾았어. 지난번에 오랜만에 유를 만나서 그
런 것 같아."

마사키의 말에 가나 역시 그럴지도 모르겠다고 생각했다. 유
도 3학년이 되고는 제법 차분해져서 엄마에게 좋은 대화 상대가
될지도 모른다. 하지만 무엇보다 마사키의 취직이 엄마를 안심

시킨 것이리라.

방과후 돌봄교실에 아이를 데리러 갈 시간. 하늘은 아직 밝다. 가나의 기분은 마치 오늘 하늘처럼 맑았다. 사금융 대출금 상환이 이번 달로 끝난다. 이로써 마침내 남들과 비슷해질 수 있다. 드디어 출발선에 설 수 있는 것이다. 다음달에는 어쩌면 에어컨을 살 수 있을지도 모른다. 유에게 새 축구화를 사주거나, 편의점 아르바이트 시간을 아주 조금 줄여도 될지도 모른다. 유와 함께 있는 시간을 늘릴 수 있을지도 모른다.

뒷문의 초인종을 울리고 유의 이름을 대자 돌봄교실 지도교사가 잠시 거기서 기다려달라고 했다. 기다리는 와중에 유의 담임인 시바타 선생님이 나타났다.

"불쑥 나타나 죄송합니다. 바쁘실 텐데 죄송합니다만, 유를 데려가시기 전에 잠깐 시간 좀 내주실 수 있나요?"

돌봄교사에게는 사전에 얘기해둔 모양이다. 급히 왔는지 선생님의 호흡이 조금 거칠다. 가나가 "네" 하고 고개를 끄덕이자 선생님은 이쪽으로 오시죠, 하고 반대편 운동장 쪽으로 가나를 안내했다. 운동장에는 일단 집에 돌아갔다가 다시 학교로 놀러온 것처럼 보이는 아이들이 신나게 소리를 지르며 놀고 있었다.

"유 어머님. 좀 걱정되는 점이 있어서요, 어머님과 얘기를 해보고 싶었습니다."

선생님의 목소리에 정신이 번쩍 들었다. 즐겁게 뛰어다니는 아이들의 모습에 그만 넋을 잃고 있던 터였다.

"네, 무슨 일이시죠?"

"급식비 말인데요."

가나는 고개를 끄덕였다. 바로 어제 유에게 급식비를 보낸 참이었다. 4천 400엔을 딱 맞춰 봉투에 넣었다. 매달 드는 돈은 사전에 정확히 준비해두기 때문에 실수할 일이 없다.

"급식비 등은 조례시간에 바로 걷고 있습니다. 제가 한 명씩 직접 받아 그 자리에서 아이와 함께 확인합니다."

"네."

"그런데 이번에 한 아이의 급식비가 부족했습니다."

그래요, 하고 가나는 말했다. 달리 할 말이 없다.

"그 아이 말로는 누군가 가져간 거 같다기에 저는 그런 일이 있을 리 없다고 생각하면서도 우선 확인차 반 전체 아이들의 책가방과 책상 속을 조사했습니다."

"힘드셨겠네요."

고개만 끄덕거리는 건 선생님에게 실례인 듯해 가나는 그렇게 말했다.

"그런데 유의 책상 속에서 천 엔 지폐가 한 장 발견됐습니다."

"네?"

가나는 멍한 표정으로 선생님의 얼굴을 바라보았다.

"그, 그게 무슨 말씀……"

"유는 모르는 일이라고 했습니다만, 유의 책상 속에 돈이 들어 있었던 건 사실입니다."

가나는 너무 놀란 나머지 선생님 얼굴에서 시선을 뗄 수 없었다. 기가 막혀서 말이 나오지 않았다.

📖

유는 아직 돌아오지 않았다. 전화로 레온 엄마에게 듣기로는 오늘 레온이 학교를 쉬었다고 한다. 그것도 전부 유 때문이라고 떠들어댔다.

아스미는 마음이 뒤숭숭해 안절부절못했는데, 초조해할수록 몸은 납덩이처럼 무거워져 평소 하던 집안일에도 전혀 손을 댈 수 없었다.

전화벨 울리는 소리에 깜짝 놀라 주뼛주뼛 수화기를 들었다. 전화를 건 사람은 유의 담임인 사에키 선생님이었다. 선생님은 레온의 상처에 대해 짧게 얘기한 다음, 지금 레온과 레온 엄마가 학교로 오고 있다고 아스미도 학교에 와줄 수 있느냐고 물었다. 유도 방과후에 남게 한 모양이다.

"바로 가겠습니다."

레온 엄마에게 일방적으로 공격당해 울고 있을 유의 얼굴이 떠올랐다. 유를 지킬 수 있는 건 자신뿐이라고 아스미는 마음을 단단히 먹었다.

지갑이 든 작은 파우치만 손에 들고 그대로 집을 나섰다. 시동을 걸고 차를 몰고 나온 뒤에야 학교에 주차를 할 수 있나 하는 생각이 났지만 그런 걸 따질 때가 아니다. 한시라도 빨리 가야겠다 싶어 가속페달을 밟았다. 수영장 옆에 공간이 있어 그곳에 차를 세우고 선생님한테 들은 대로 삼층 다목적실로 달려갔다.

다목적실 안에는 큰 작업용 책상 네 개가 있었고, 그중 한 책상에 레온 군, 레온 엄마, 사에키 선생님이 앉았다. 맞은편에는 유와 학년주임인 우쓰기라는 남자 선생님이 앉아 있었다.

아스미는 유에게 달려가서 괜찮아, 하고 등을 쓰다듬었다.

"얼씨구?"

그 모습을 보고 있던 레온 엄마가 짜증 섞인 소리를 내며 아스미를 매서운 눈길로 쏘아보았다.

"자, 진정들 하시고 차분히 처음부터 얘기해봅시다."

우쓰기 선생님이 말했다. 레온 엄마는 혀를 차면서도 자세를 바르게 고쳐 앉고 천천히 팔짱을 꼈다. 레온과 유는 아래만 내려다본다.

아스미는 유 옆에 앉아 손을 잡았다. 유는 아스미가 하는 대로 가만히 있었다.

"레온 군의 말에 따르면 유 군이 우노 고이치 군에게 지시해서 폭력을 가하게 했다는데, 일단 레온 군과 유 군에게 직접 얘기를 들어보시지 않겠습니까?"

우쓰기 선생님이 온화한 어조로 말했다. 이어서 사에키 선생님이 덧붙여 말했다.

"고이치 군은 지금 보건실에서 기다리고 있습니다. 고이치 군의 어머니가 곧 도착하실 것 같으니 이쪽으로 와달라고 하겠습니다."

사에키 선생님의 표정은 험악했다. 우노 고이치가 연관됐다는 사실을 용납하기 어려운 모양이었다. 사에키 선생님에게 지켜야 할 사람은 우노 고이치 한 명이라는 뜻인 듯해 아스미는 화가 났다. 이런 사람들과 얘기해봐야 해결이 나지 않을 것이다.

"이걸 보세요."

레온 엄마가 레온을 서게 하더니 티셔츠를 걷어올렸다. 햇볕에 그을지 않은 하얀 속살이 보였다. 여기, 하고 레온 엄마가 가리킨 옆구리 몇 군데에 보라색 멍이 들었고 손톱자국 같은 부스럼 딱지도 있었다. 그 모습이 안쓰러워 아스미는 무심코 유를 잡은 손에 힘을 주었다.

"그리고 여기도."

레온에게 뒤로 돌아서게 한 뒤 등을 걷어올렸다. 등에도 비슷한 상흔이 있었다. 우쓰기 선생님과 사에키 선생님이 얼굴을 찌푸린다.

"레온, 이렇게 한 사람이 누구야? 누가 그랬어?"

레온 엄마가 묻는다. 레온은 한동안 침묵하고 있었지만 마지막에는 "고이치" 하고 모기만한 소리로 대답했다.

사에키 선생님이 크게 숨을 내뱉었을 때, 다목적실 문이 벌컥 열리며 고이치가 뛰어들어왔다. 그후 고이치의 뒤를 쫓듯 고이치 엄마도 들어왔다. 고이치는 다목적실 안을 뛰어다닌다. 고이치 엄마는 그런 아들을 신경쓰는 기색도 없이 안녕하세요, 하고 웃는 얼굴로 모두에게 인사했다. 아스미도 고개를 숙였다. 사에키 선생님이 고이치를 달래서 자리에 앉힌다.

"고이치 군" 하고 이름을 부른 건 레온 엄마였다.

"고이치 군, 레온을 때리거나 꼬집은 적 있니?"

그녀가 상냥한 어조로 물어서 아스미는 조금 안심했다.

"있어요."

고이치가 대답했다. 순간적으로 표정이 굳어버린 레온 엄마를 제지하며 사에키 선생님이 물었다.

"왜 레온을 때리고 꼬집었어?"

"그렇게 하기로 정했으니까."

순간 정적이 흘렀다.

"그런 규칙이 있어?" 사에키 선생님이 묻는다.

"레온은 때려도 괜찮아." 고이치의 말에 레온 엄마가 숨을 삼킨다.

"그건 누가 정한 거야?"

사에키 선생님이 천천히 묻자 고이치가 유를 가리키며 "유가" 하고 대답했다. 아스미의 심장박동이 단숨에 빨라진다.

"레온이 떠들면 때리거나 발로 차도 되는 규칙이야." 고이치가 말했다.

"흐읍……"

레온의 눈에서 눈물이 뚝뚝 떨어졌다. 레온 엄마가 분노에 가득찬 얼굴로 아이의 어깨를 끌어당겨 안는다.

"유 군. 지금 고이치 군이 한 말이 진짜인가요? 유 군이 그런 규칙을 만들었어요?"

사에키 선생님의 질문에 유는 아래만 쳐다볼 뿐 대답하지 않는다. 유의 손이 가볍게 떨리고 있다. 어쩌면 우는 걸지도 모른다. 아스미는 잡고 있는 유의 손등을 쓰다듬었다.

"레온 군, 그 규칙은 유 군이 정했습니까?"

우쓰기 선생님이 레온에게 묻는다. 레온은 딸꾹질을 하면서 고개를 끄덕였다.

"너무해!"

레온 엄마가 날카로운 소리를 지른다. 그 소리가 귀에 거슬렸는지 고이치가 검지를 양쪽 귀에 꽂고 "아……" 하고 신음하기 시작했다.

"이시바시 유 군, 어째서 그런 규칙을 만든 거죠? 이유를 설명해줄래요?"

우쓰기 선생님이 조용히 물었다. 유는 여전히 아래를 보고 있다.

"유, 대답해. 정말로 네가 그런 규칙을 만들었어? 왜? 설명해. 제발."

아스미는 유의 얼굴을 슬쩍 엿보며 물었다. 분명 이유가 있을 테다. 그건 유에게 대단히 중요한 일이라고 아스미는 생각했다.

게다가 직접 손을 댄 사람은 고이치다. 설령 만에 하나 유가 그런 규칙을 만들었더라도 고이치가 하지 않으면 되고 레온도 싫다고 말하면 되는 것이다. 그렇게 큰 덩치에 고이치에게 당하고만 있었다는 것도 이상하다.

"이유를 말해! 왜 그런 명령을 했어? 직접 한 것도 아니고 다른 사람을 시키다니 너무 비겁하잖아!"

레온 엄마가 언성을 높인다. 아스미는 레온 엄마를 노려보았다. 어쩜 아이를 상대로 저런 말투를 쓸까.

"유 군, 레온 군과 고이치 군이 말하는 게 사실입니까? 사실이라면 왜 그런 규칙을 정했는지 알려주세요." 우쓰기 선생님이 재차 묻는다.

"유 군이 말해주기를 모두가 기다리고 있습니다." 우쓰기 선생님이 재촉한다.

모두가 유를 나쁜 아이로 몰아가려 한다고 아스미는 생각했다. 오늘은 일단 집으로 돌아갈까? 하고 유에게 말하려는 순간, 큭 하고 유의 목구멍에서 소리가 새어나왔다. 역시 울음을 참고 있었던 거다.

"유……"

"큭큭."

"응?"

아스미는 놀라서 유를 보았다. 유는 웃고 있는 거였다. 긴장한 나머지 머리가 이상해지기라도 한 걸까.

"유, 진정해."

그렇게 말하고 아스미는 유의 어깨에 손을 올렸다.

"거슬려."

유가 한 마디 내뱉고는 아스미의 손을 뿌리친다.

"아, 귀찮아."

웃으면서 유가 중얼거렸다. 아스미는 어리둥절했다. 처음 보는 유의 태도에 머리가 따라가지 못한다.

"레온. 왜 고자질한 거야."

유가 말을 걸자 레온은 흐흑, 하고 흐느꼈다.

"레온이 울었으니까 꼬집어도 되지?"

고이치가 유에게 묻는다. 유는 재밌다는 듯 웃고 있다.

"레온이 울면 꼬집는다는 규칙이 있는 겁니까?"

우쓰기 선생님이 누구에게랄 것 없이 묻고는 미간을 찌푸린다.

"고이치 군, 무슨 일이 있어도 친구를 때리거나 꼬집으면 안 되는 거야."

우쓰기 선생님이 말하자 고이치 엄마가 "절대 그러면 안 돼" 하고 아이의 귓가에 대고 타이른다.

아스미는 목소리가 나오지 않았다. 유에게 묻고 싶은 것이 너무나 많았지만 목구멍이 꽉 막힌 듯 말이 나오지 않는다.

"유 군, 제대로 설명하세요."

우쓰기 선생님이 엄중한 어조로 말했다.

"네, 죄송합니다. 제가 잘못했습니다."

유가 자리에서 벌떡 일어나더니 고개를 숙였다. 그러고는 바로 다시 앉는다.

"왜 고이치 군에게 레온 군을 때려도 된다고 말했나요?"

"실험이에요."

"실험?"

"고이치가 정말 지시대로 움직일지 궁금했거든요. 고이치는 뭐든 다 시키는 대로 따르니까."

불길한 정적이 흐른 뒤, 레온 엄마가 "뭐 저런 애가 다 있어!" 하고 소리쳤다.

"레온은 왜 쟤가 말하는 대로 가만히 있었어? 고이치한테 하지 말라고 하면 되잖아. 이렇게 될 때까지 당하고 있었다니!"

레온 엄마가 레온의 눈물을 닦아주면서 말했다.

"……하지 말라고 했는데도 계속했어. 시키는 대로 하는 고이치도 불쌍하고."

레온이 작은 소리로 말했다.

"뭐라고?"

그 순간, 유가 괴상한 소리를 냈다.

"뭔 소리야? 그거 아니잖아, 레온. 거짓말하지 마. 처음 시작한 건 너잖아?"

어이없다는 듯 웃으며 유가 말했다.

"레온이 고이치한테 여자애 치마를 들추라고 명령했더니 그대로 했어요. 그걸 보고 내가 이번 일을 떠올린 거예요. 그렇지, 레온? 너도 찬성했잖아."

한쪽 눈썹을 올리고 일부러 난감하다는 듯한 얼굴을 하고서 유가 말했다. 레온은 고개를 숙이고 있다. 고이치의 엄마가 유를 딱하다는 눈으로 물끄러미 보고 있었다.

"정말이야, 레온? 그래서 고이치한테 반박하지 못한 거야?"

레온 엄마가 레온에게 묻는다.

"……치마 들추라고 한 거, 유가 일러바칠 거라고 해서……"

레온의 말을 듣고 사에키 선생님이 깊은 한숨을 쉬었다. 유는 깔보는 듯한 표정으로 레온을 바라보고 있다.

"레온. 그럼 먼저 치마 들추라고 한 일을 고이치에게 사과해. 그건 네가 잘못한 거야."

엄마의 말에 레온은 고개를 끄덕이더니 "고이치, 미안. 미안해" 하고 고개를 숙였다. 고이치는 가만히 레온을 바라보기만 할 뿐이었다. 고이치의 엄마가 일어나서 레온의 옆으로 다가간다.

"고마워, 레온. 그래도 사과해야 하는 건 우리야. 정말 미안해. 아팠지? 그렇게 멍이 들 정도로…… 이제 두 번 다시 그러지 않도록 고이치를 단단히 타이를게. 정말 미안해. 레온 어머니, 정말 죄송합니다. 소중한 아드님에게 이런 상처를 입혀서 진심으로 사죄의 말씀을 드려요. 치료비 등은 전부 저희가 책임지겠습니다."

고이치의 엄마가 레온과 레온 엄마를 향해 깊이 고개를 숙인다. 레온 엄마는 당황한 듯한 얼굴로 아니 아니에요, 하고 손을 저었다.

아스미는 고개 숙인 고이치의 엄마를 보면서 생각했다. 아, 이 사람은 자초지종을 다 알면서도 그걸 감내하고 저렇게 평소에도 웃는 얼굴을 하는 거구나. 아무 생각도 없는 듯 보이는 건 이미 모든 걸 충분히 생각한 뒤라서 그런 거다. 내가 정말 얄팍했다. 제 자식을 신경쓰지 않는 부모가 세상 어디에 있을까.

한편 유는 재밌다는 듯 주위를 둘러보며 미소를 짓고 있었다.

"……유. 제대로 사과해."

"뭐? 왜?"

아스미는 이 아이가 진짜 유인지 의심스러울 지경이었다.

"네가 고이치에게 명령해서 레온을 상처 입혔잖아. 레온 군이랑 고이치 군에게 사과해."

"사과하면 되는 거지? 그래, 알았어. 대단히 죄송합니다."

연기하는 양 말하는 유를 우쓰기 선생님과 사에키 선생님, 레온 엄마까지 모두가 기가 막힌 듯 쳐다보았다. 고이치 엄마는 역시나 딱하다는 눈빛으로 유를 보고 있었다.

"진심으로 잘못했다고 생각하니?"

레온 엄마가 유에게 묻는다.

"진심으로 잘못했다고 생각해요, 라고 말하면 만족하세요? 대체 누가 내 진짜 마음을 알겠어요? 제가 말로만 사과해도 별 수 없는 것 아닌가요?"

뭐 이런 애가 다 있어! 하고 레온 엄마가 소리친다.

"교양 없는 인간은 무조건 목소리만 높이면 상대방이 자기 말을 듣는 줄 알아서 곤란하다니까……"

유가 작은 소리로 중얼거렸다. 레온 엄마의 안색이 변한다.

"죄송합니다! 정말 죄송합니다!"

아스미가 일어나서 사과했다. 고개를 숙였을 때 콧물이 떨어져 아스미는 자신이 울고 있음을 알았다. 아스미는 고장난 녹음 테이프처럼 몇 번이고 "정말 죄송합니다"라고 반복했다.

"유 어머니, 조금 진정하시죠."

우쓰기 선생님의 말을 듣고 사에키 선생님이 어깨에 손을 올려줘 아스미는 간신히 고개를 들 수 있었다. 유가 완전히 무시하는 듯한 눈빛으로 아스미를 바라보고 있다.

"여러분, 오늘은 일단 댁으로 돌아가셔서 아이들과 대화를 잘 나눠주세요. 학교에서도 주의하도록 하겠습니다. 그리고 앞으로는 개별 상담을 진행하고 싶으니 협조를 바랍니다. 무슨 일이 있으면 바로 연락 주세요."

아무 성과 없는 대화 후 우쓰기 선생님의 말로 모임은 끝났다. 집에 가려는 찰나 레온 엄마와 고이치 엄마가 아스미를 향해 뭐라고 말했으나 아스미의 머릿속에는 전혀 들어오지 않았다. 죄송합니다, 죄송합니다, 하고 그저 연신 고개를 숙일 뿐이었다.

아스미가 느릿느릿 빨래를 개고 있는데 유가 다가왔다. 학교
에서 돌아온 뒤 유가 곧장 자기 방으로 들어가버려 아직 아무 얘
기도 나누지 않았다.

"나도 갤게."

그렇게 말하고 유가 함께 빨래를 개기 시작한다.

"고마워" 하고 말하는데 왈칵 눈물이 났다.

"왜 울어?"

아스미는 앞치마 자락으로 눈물을 닦았다.

"유, 저기, 고이치한테 왜 그런 명령을 해서 레온을 때리라고
했어? 왜 그런 거야? 엄마는 믿기질 않아. 유가 그런 짓을 했다
는 게. 뭔가 이유가 있는 거지?"

"그러니까 아까 말했잖아. 실험이라고. 어떤 행동 패턴인지 알
고 싶었어. 고이치랑 레온이."

"레온은 상처투성이였어. 너 그거 가까이서 봤지?"

"응."

주눅든 기색도 없이 고개를 끄덕인다.

"네가 그런 일을 당했다면 어떨 것 같아? 아프겠지? 무섭고
싫겠지?"

"내가 그런 일을 당할 리 없잖아."

"유는 고이치한테도 상처를 줬어. 네 명령을 받아 레온을 때렸으니까."

"응. 고이치는 고분고분해. 누군가 부탁한다면 사람 죽이는 것도 하지 않을까?"

"유!"

아스미는 저도 모르게 유의 손을 잡았다. 아파, 이거 놔, 하는 말에 손을 놓아줬더니 유는 "엄마라는 사람이 이렇게 야만적이라니" 하고 말했다. 뺨이 확 달아오른다.

"유, 이제 절대로 친구를 시험해보거나 상처 주는 행동은 하지 마!"

"에이, 누군가를 시험하지 않고 살아간다는 건 불가능하잖아? 엄마도 나를 시험하고 있잖아."

아스미는 깜짝 놀랐다.

"내가 뭘 시험해. 그런 적 없어."

"그래? 내가 학원에서 받아오는 성적도 어디까지 할 수 있는지 시험하는 거 아냐?"

"그거랑 이거는 얘기가 다르잖아. 왜 그래? 대체 왜 이렇게 된 거야? 너 지금껏 엄마한테 줄곧 거짓말을 했던 거야?"

아스미는 거의 매달리다시피 유에게 물었다.

"거짓말 같은 거 안 했어. 그냥 엄마 취향대로 맞춰준 것뿐이야."

아스미는 충격을 받았다.

"……무슨 말이야? 그럼 내 앞에서 연기를 했다는 거야? 언제부터? 언제부터 연기였다는 거야?"

"연기라고 할 정도는 아닌데. 엄마도 그렇잖아. 이렇게 하면 아빠가 좋아하겠지, 이런 말까지 하면 아웃이다, 할머니한테 미움받지 않을 범위는 어디까지일까? 그런 걸 다 생각하고 행동하는 거잖아. 다들 어느 정도 계산해서 인간관계를 만드는 거 아냐? 사람은 누구나 페르소나가 있는 거니까."

아스미는 실실 웃으며 말하는 유가 전혀 일면식 없는 아이처럼 여겨졌다.

다이치가 퇴근한 뒤, 아스미는 오늘 있었던 일의 자초지종을 얘기했다. 다이치는 얼굴을 찡그리며 들었다.

"그래서?"

얘기를 다 듣고 다이치가 입을 열자마자 제일 먼저 한 말이다. 아스미는 멀뚱멀뚱 다이치의 얼굴을 보았다.

"그래서? 나한테 어떻게 하라는 거야?"

"어떻게 하라는 게 아니잖아. 오늘 일을 얘기한 것뿐인데."

"아, 그래. 그럼 나는 관계없는 거네."

그렇게 말하고 일어선다.

"잠깐만. 레온과 고이치네 집에 사과하러 가는 편이 좋겠지?"

"그야 그렇지. 다치게 했으니까. 상식 아냐?"

"그럼 당신도 같이⋯⋯"

아스미가 말하는 도중에 다이치는 "아빠가 그런 것까지 일일이 어떻게 따라다녀" 하고 중얼거리며 목욕하러 가버렸다.

아스미는 크게 숨을 내뱉었다. 남편의 기분을 이해 못할 것도 없다. 이제껏 믿었던 유의 행동이 180도 바뀐 모습에 감정이 따라가질 못하는 것이다. 내일 유를 데리고 사죄하러 가야겠다고 아스미는 마음먹었다.

다음날, 유와 둘이서 고이치네 집에 갔다. 고이치 엄마는 온화하게 대해줬다. 유가 말도 안 되는 짓을 저질렀는데도 미소를 잃지 않고 "아이가 그런 거니까요"라고 말해줘 아스미는 몸 둘 바를 몰랐다. 유도 순순히 사과했다. 혹시 이것도 연기인가 생각하면 힘이 쭉 빠졌지만, 고이치 엄마가 말한 것처럼 유는 아직 어린아이다. 본인도 아직 뭐가 뭔지 잘 모를 것이다. 참을성 있게 지켜봐줘야 한다.

그대로 유를 데리고 레온의 집으로 향했다. 늦은 오후 시간대였지만 레온 엄마는 집에 있었다.

"이번 일은 정말로 죄송했습니다."

선물용 과자 상자를 건넨 뒤 아스미는 무릎을 꿇고 고개 숙여 사과했다. 미리 잘 타일러 유에게도 제발 쓸데없는 말은 하지 않도록 못을 박아뒀다.

"레온은 안 나올 거야. 네 얼굴 보는 게 싫은 것 같아."

레온 엄마는 유를 노려보듯 말했다. 아무리 유가 잘못했어도 아이를 상대로 그렇게 말하는 건 아닌 것 같았지만 아스미는 참았다.

"치료비 등은 저희가 낼 테니 청구해주세요."

아스미가 그렇게 말하자 레온 엄마는 집 안쪽을 향해 "여보! 여보, 잠깐 이리 와봐" 하고 크게 소리를 질렀다. 잠시 후 레온 아빠로 보이는 남자가 나왔다. 머리는 부스스하고 수염도 덥수룩하니 꽤 길었다. 다 늘어난 바지의 허리춤에 왼손을 찔러넣은 채 머리를 긁적이고 있다.

"뭐야, 시끄럽게."

"여기가 그 이시바시 유 모자야. 레온의 치료비를 내주겠대."

레온 아빠가 평가하는 듯한 눈으로 전신을 쳐다봐서 아스미는 소름이 끼쳤다.

"그래? 그럼 그렇게 하면 되잖아. 어차피 돈도 많은 것 같은

데."

레온 아빠는 그렇게 말하고 웃으며 그대로 안으로 들어갔다.

"병원에는 안 다니니까 치료비가 아니라 위자료로 하면 되겠네. 십만 정도?"

아스미는 금액을 듣고 놀랐다. 너무 높다 싶었지만 반대로 우리 애가 그런 상처를 입었다면 십만 엔도 적을 듯한 기분이 들었다. 시세를 모르겠다.

"남편한테 그렇게 전하고 다시 찾아뵙겠습니다."

아스미와 유가 돌아가려는데 "저기, 잠깐 너. 이시바시 유" 하고 레온 엄마가 말을 걸었다.

"이번 일, 이미 학교에 소문 다 퍼졌어. 너, 애들이 사이코패스라고 하더라. 조만간 중대한 사건이라도 일으키는 거 아냐? 유 엄마, 당신도 말이야, 이런 애는 진짜 신경써서 키워야 할 거야. 장래에 무슨 짓을 저지를지 알 수 없잖아. 전부 부모 책임인데."

이겨서 뿌듯하기라도 한 것처럼 말한다. 아스미는 분노와 슬픔에 잠겨 가만히 서 있는 게 최선이었다.

"……그럼 오늘은 이만 실례하겠습니다."

간신히 목소리를 짜내서 말하고 아스미와 유는 레온의 집에서 나왔다.

"엄마, 저런 무식한 아줌마한테 돈 줄 필요 없지 않아? 실제로 저지른 건 고이치인데. 저건 그냥 돈을 노린 거야."

안다. 당연히 돈이 목적이겠지. 그래도 레온이 상처를 입고, 레온 엄마가 마음 아팠던 건 사실이다. 게다가 실제로 때린 건 고이치여도 그렇게 하도록 만든 건 유다.

"고이치한테 명령해서 레온을 상처 입힌 건 유, 너야. 조금은 반성을 해야지."

아스미의 말에 유는 시치미떼는 듯한 얼굴로 어깨를 으쓱했다.

"저기, 유. 학교는 어때? 괜찮아?"

레온 엄마가 말한 대로 안 좋은 소문이 온 학교에 퍼졌을지 모른다.

"완전 괜찮아. 레온이랑은 이제 안 놀 거고. 사이코패스라고 불리는 것도 왠지 좀 멋지잖아."

아스미는 망연히 제 자식을 보았다. 유가 무슨 생각을 하는지 전혀 알 수 없었다.

나무 데크의 더러움이 눈에 띈다. 청소를 해야겠다고 생각하면서도 시간만 흘러버렸다. 매실도 수확했으면 좋았겠지만 결국 그대로 두고 말았다. 매실주고 매실장아찌고 올해는 포기다.

유는 쉬지 않고 평소처럼 학교에 갔다. 그후 선생님으로부터 연락도 없었다. 다이치와 의논해 레온네 집에는 요구받은 금액을 지불하고 상품권과 과일도 추가했다.

"우리가 조금이라도 우위에 서려면 그 정도는 보상해야 해"라고 다이치는 말했다. 그도 그럴 것이 여기서 금액을 낮췄다면 그들이 좋지 않은 소문만 더 퍼뜨렸으리라.

"앞으로는 그런 일이 없도록 당신도 유에게 주의를 좀 줘. 그래도 아빠가 말하면 마음에 더 와닿을 것 같아."

아스미가 부탁하자 다이치는 떨떠름하게나마 들어줬다. 레온의 일이 있은 뒤로 다이치는 유를 대하는 게 어딘가 서먹서먹하고, 아스미가 의논을 청해도 대충 얼버무리려 할 때가 많았다. 유도 뭔가를 떨쳐내 홀가분해진 건지, 아니면 돌연 뻔뻔해진 건지 이전과는 완전히 다른 태도로 다이치를 대하고 있었다.

오랜만에 셋이서 식탁에 둘러앉은 날, 다이치가 유에게 훈계했다. 폭력을 휘둘러서는 안 된다, 사람을 다치게 해서는 안 된다, 약한 아이는 지켜줘야 한다.

"유. 무엇보다 정직하고 솔직한 게 중요한 거야. 아빠는 그런 유가 좋아."

옆에서 듣고 있던 아스미는 다이치의 말에 몇 번이고 수긍했다.

"헤, 그렇구나."

정작 유는 그런 식으로 대답하며 다이치를 보고 웃었다. 뭔가 의미심장한 듯 불쾌한 웃음이었다.

"뭐야, 그 표정은. 아빠를 무시하는 거야?"

분노 섞인 목소리로 다이치가 말한다.

"네가 한 짓은 최악이야."

유는 호오, 하고 히죽히죽 웃는다.

"뭐야, 그 태도는!"

"여보."

아스미가 황급히 상황을 수습했다. 여기서 싸웠다가는 모든 걸 잃고 만다.

"유를 믿은 내가 바보였어."

다이치의 말에 "믿기는 했어?" 하고 유가 웃는다.

"이 자식이!"

다이치가 일어나 유에게 손을 뻗으려고 했다. 아스미가 필사적으로 막는다. 의자가 넘어지면서 큰 소리를 냈다.

"아, 뭐야. 폭력을 쓰는 건 그쪽이잖아."

유는 인상을 쓰며 그렇게 말하고는 식사 도중에 이층으로 올라가버렸다.

다이치의 얼굴이 굳었다.

"여보……"

그는 조심스레 내민 아스미의 손을 거칠게 뿌리쳤다.

"야, 네가 애를 잘못 가르쳐서 유가 저렇게 된 거잖아! 매일 집에 있는 주제에 어떻게 애 하나도 제대로 못 봐! 저렇게 망나니가 돼서 대체 어쩔 거야! 이게 다 네 탓이야!"

야……? 그 말투에 아스미는 충격을 받았다. 다이치에게 야라고 불린 건 처음 있는 일이었다. 아버지한테도 그런 말은 들은 적 없었다. 지금껏 만난 그 누구에게도 "야"라고 불린 적은 없었다.

"……미안해."

아스미는 반사적으로 사과했다.

"엄마랑 나는 이 동네에 오래 살았으니까 더는 우리 얼굴에 먹칠하지 마."

아스미는 미친듯이 날뛰는 가슴을 억누르며 응, 하고 고개를 끄덕였다.

요즘은 아침에 역까지 바래다줄 때 매번 그가 아스미의 뺨을 쓰다듬던 일도 사라졌다.

이것은 시련이라고 아스미는 생각한다. 이런 일을 극복해야 진정한 가족이 되는 것이라고. 일련의 소동에 대해 나나에게 상담하고 싶었지만 좀더 상황을 지켜본 뒤에 하기로 했다.

유의 이런저런 태도는 초등학교 3학년 때 나타나는 중간 반항기라고 보지만, 아이와 하루종일 같이 있는 게 아닌 다이치의 입장에서는 충격이 클 테다. 때가 되면 분명 안정되리라고, 아스미는 긍정적으로 생각하기로 했다.

여름방학을 앞둔 어느 날, 아스미가 장을 보고 돌아왔더니 책가방을 멘 채 유가 마당에 서 있었다.

"어서 와, 유. 일찍 왔네" 하고 말을 건 순간, 믿기 힘든 광경을 목격했다. 유의 맞은편에 시어머니가 쓰러져 신음하고 있었다.

"어머니!"

가까이 달려간 아스미는 자신의 눈을 의심했다.

"저게 뭐야……"

시어머니는 하반신을 다 드러낸 상태로 쓰러져 있었다.

"……어, 어머니! 괜찮으세요? 정신 차려보세요, 어머니!"

톡 쏘는 냄새가 코를 찌른다. 흙 위 얼룩이 소변인 것 같았다.

"아파…… 아파. 누가 발로 찼어……"

시어머니가 눈을 가늘게 뜨고 아스미에게 호소한다. 시어머니의 얼굴은 흙투성이였고 벌거벗은 엉덩이에는 신발자국이 묻어 있었다. 아스미는 바로 그 순간 유를 보았다.

"……당연한 거야."

유는 투덜대며 발밑의 흙을 찼다. 사방으로 흙이 흩날리면서 시어머니의 하반신에 뿌려진다.

"유! 유! 하지 마!"

아스미는 이성을 잃고 유를 확 밀쳤다.

"아악, 하지 마!"

"형이 먼저 했잖아!"

소란스러운 소리가 들려온다. 쿵쿵 복도를 뛰는 소리. 다쿠미
가 유를 뒤쫓고 있는 모양이다. 제발 부탁이니까 이쪽으로 오지
마, 하는 애원이 무색하게 벌컥 문이 열리고 유가 루미코의 작업
실로 뛰어들어왔다. 그러고는 곧바로 안에서 문고리를 붙잡고
밖에서 열지 못하도록 막는다.

"문 열어! 치사하게! 열어!"

다쿠미가 복도 쪽에서 문을 쾅쾅 두드린다.

"뭐하는 거야?"

루미코가 언성을 높인 순간, 유의 손에서 힘이 빠졌는지 문이
열리고 다쿠미가 밀려들듯 방으로 들어왔다. 곧장 티격태격 몸
싸움이 시작된다.

"그만해! 싸울 거면 나가서 싸워! 엄마 지금 일하고 있잖아,
이 방에는 들어오지 말라고 몇 번이나 말했어!"

며칠 전, 루미코는 드디어 창고 방을 정리해 작업실로 만들었
다. 자기만의 공간이 있다는 게 이토록 안심되고 기쁜 일이라니,
상상 이상이었다. 그런데 몇 번을 알아듣게 말해도 이렇게 아이

들이 멋대로 들어와 일을 중단시킨다.

"아, 진짜! 여보! 당신 대체 뭐하는 거야! 여보!"

루미코는 큰 소리를 질렀다.

"여보!"

한층 더 큰 소리로 루미코가 소리치자 유타카가 무뚝뚝한 얼굴로 나타났다.

"나 지금 일하니까 애들 좀 봐!"

"보고 있잖아."

"……뭐?"

루미코는 진심으로 어이가 없었다. 유타카는 아이들을 시각적으로 '보고 있을' 뿐 딱히 뭔가를 하는 것이 아니다. '보고 있는' 거라면 다섯 살짜리 꼬마도 할 수 있다. '본다'라는 말뜻도 이해하지 못하는 건가.

"그리고 지금은 화장실 갔었어. 화장실도 가면 안 돼?"

얄밉게 받아치는 유타카에게 루미코는 호흡을 한번 참았다가 "저녁 준비는 했어?" 하고 물었다.

"이제 해야지."

유타카는 눈치보는 기색도 없이 말한다.

"벌써 일곱시야."

"불만 있으면 직접 하든지."

루미코는 깊이 숨을 내쉬고 마음을 가라앉힌다.

"아무튼 애들 좀 봐줘. 급한 일이 들어왔단 말이야."

루미코는 유타카에게 그렇게 말한 다음 아이들에게도 "엄마 일해야 하니까 얌전히 있어" 하고 다짐을 받았다. 유타카가 아이들에게 "당장 나가" 하고 말하고는 문을 쾅 닫는다.

"두 번 다시 이 방에는 들어가지 말라고! 엄마는 일이 바빠서 너희들 얼굴을 보고 싶지 않다잖아."

일부러 들으라는 듯 문밖에서 유타카가 말한다. 루미코는 대꾸하고 싶은 걸 꾹 참는다. 아이들한테 그런 말을 해서 뭘 어쩌자는 건지. 유타카의 언행 하나하나가 이해되지 않지만 그와 싸우고 있을 시간이 없다.

루미코는 얼마 전에 산 귀마개를 꺼내서 양쪽 귀에 장착했다. 잡념을 털어내고 다시 일에 착수한다.

얼마나 지났을까.

"까악" 하는 소리와 함께 문이 열리고 다쿠미가 작업실로 들어왔다. 목욕을 마치고 나왔는지 벌거벗은 채. 머리는 젖었고 몸에는 물기가 그대로다.

시계를 보니 밤 열시를 넘긴 시각이었다.

"어머! 못 살아! 벌써 열시 반이잖아! 내일 학교도 가야 하는데, 왜 이렇게 목욕을 늦게 했어!"

루미코는 누구에게랄 것도 없이 큰 소리로 말하고, 다쿠미에게 "물기 닦고 와" 하고 지시한다.

"싫어 싫어! 형이 할퀴었단 말이야! 아파, 아파! 으앙!"

가만 보니 다쿠미의 등에 희미하게 붉은 선이 한 줄 나 있었다. 피부가 까진 것도, 피가 나는 것도 아니다. 울 정도의 일은 아니다.

"괜찮은 것 같은데."

"아파, 아파!"

다쿠미의 등에 손을 대면서 왜 싸웠는지 묻자, 물을 뚝뚝 떨어뜨리며 유가 뛰어나와 "다쿠미가 먼저 내 목을 타월로 졸랐어!" 하고 눈물 맺힌 눈으로 호소했다.

"다쿠미, 정말이야? 형 목을 타월로 졸랐어?"

"형이 먼저 내 타월을 뺏어갔단 말이야."

루미코는 잠시 숨을 고른 다음, "다쿠미" 하고 차남의 이름을 불렀다. 다쿠미가 긴장한 얼굴로 루미코를 쳐다본다.

"목을 조르면 어떻게 될 것 같아?"

"……몰라."

"잘 생각해. 목을 조르면 어떻게 될 것 같아?"

"……죽어."

"맞아. 숨을 못 쉬어서 죽을 수도 있어. 그만큼 목은 중요해.

절대로 조르거나 하면 안 되는 거야. 알겠어?"

다쿠미는 응, 하고 진지한 표정으로 고개를 끄덕였다.

"좋아, 둘이서 화해의 악수 해."

루미코의 말에 유와 다쿠미는 주뼛주뼛 손을 내밀어 악수했다. 손을 뗐을 때는 이미 서로 히죽히죽 웃고 있다.

"얼른 물기 닦고 옷 갈아입고 와."

두 아이는 순순히 욕실 앞 탈의 공간으로 돌아갔다.

대체 유타카는 뭘 하는 걸까. 루미코는 아이들이 옷 입는 것을 거들면서 욕실을 향해 몇 번이나 말을 걸어봤지만 유타카는 아무 반응도 없다.

"저기, 안 들려? 뭐하고 있어? 문 연다."

욕실 문을 열자 유타카가 얼굴을 천장으로 향하고 욕조에서 잠들어 있었다.

"……세상에. 맙소사…… 여보!"

루미코의 목소리에 깜짝 놀라 유타카가 눈을 뜬다.

"이러다 죽어."

루미코는 그 한마디만 하고 문을 닫았다. 아마 맥주라도 마시고 알딸딸해져 잠들었겠지. 아이랑 같이 목욕을 하면서도 어쩜 이리 무신경할까.

루미코는 아이들을 서둘러 마무리시키고 침대에 눕혔다. 에어컨의 타이머를 설정한다.

"엄마, 여름방학 언제부터야?"

다쿠미가 묻는다.

"앞으로 열 밤만 자면 여름방학이야."

"앗싸! 금방이네."

신난다는 듯 말한다.

"뭐하고 놀지?"

"오늘은 늦었으니까 내일 얘기하고, 이제 자. 잘 자!"

루미코는 아이들 방의 불을 끄고 거실로 나갔다. 거실과 주방 어느 곳 하나 치워져 있지 않았다. 기가 막혀 입을 다물지 못하고 루미코가 우두커니 서 있는데, 목욕을 끝내고 나온 듯한 유타카가 "네, 네, 이제 합니다" 하고 익살 떨듯 말했다.

"아홉시까지는 애들 재우라고 항상 얘기하잖아."

"네, 네."

마음대로 하라는 듯 무성의한 대답이다.

프라이팬에 고기채소볶음이 있어 루미코가 접시에 담아 전자레인지에 데우고 있자니, "그거 내가 한 건데" 하고 유타카가 옆에서 끼어들었다.

"먹으면 안 돼?"

"아니, 그런 건 아니고. 먹어, 먹어."

그러고는 여봐란듯 설거지를 시작한다. 그럴 거면 말을 하질 말든가. 루미코는 속으로 쓴소리를 하고는 저녁을 먹었다.

정말이지, 유타카가 이렇게 지질한 인간일 줄 몰랐다. 좀더 너 그러운 남자인 줄 알았는데 완전히 틀렸다. 간장 종지만큼이나 속이 좁다.

루미코는 코앞으로 다가온 여름방학을 떠올리자 우울해졌다. 작년까지는 루미코의 일도 적었고, 다쿠미는 어린이집에 다녀서 백중 연휴를 제외하고는 전부 등원했다. 둘 중 한 명이면 그나마 낫다. 둘이 같이 있으면 감당 못할 괴수가 된다.

올해는 여름방학 기간만이라도 도움을 받고 싶어 방과후 돌봄 교실에 문의했지만 이미 정원 초과 상태였다. 어차피 아이들은 그곳에 가고 싶어하지 않을 테고, 무엇보다 우리집에는 일하지 않는 성인이 상주하고 있다. 방과후 돌봄교실에 신청할 자격이 애초에 없는 거라고 생각하며 루미코는 주방에 선 유타카를 차 갑게 바라보았다.

"오늘 학교 수영장 갈 거지? 빨리 준비해."

아침부터 TV 만화를 보는 아이들에게 루미코는 무의식중에 언성을 높였다. 유도 다쿠미도 여전히 파자마 차림이다.

"얼른 옷 갈아입어. 류세이랑 야마토가 데리러 올 거야."

친구들의 이름을 듣자 아이들은 그제야 학교 갈 채비를 시작했다.

여름방학 초반과 후반에는 학교에서 수영장을 개방해준다. 루미코가 어렸을 때는 정해진 횟수만큼 수영장에 꼭 가야 했는데, 지금은 아이들이 원할 때 가면 되는 모양이다. 물론 유와 다쿠미는 전부 출석하게 할 작정이다.

인터폰이 울리고 류세이와 야마토의 목소리가 들렸다. 유와 다쿠미가 현관으로 뛰어나간다.

어제도 류세이, 야마토와 함께 놀았다. 아파트 광장에서 물을 가득 넣은 물풍선을 팬티에 숨기고는 서로 그걸 터뜨리는 한심한 놀이를 하길래 너무 어이가 없어 웃고 말았다. 정말 남자애들이란 존재는 상상을 초월하는 짓을 한다.

"다녀와. 조심하고! 모자 써야지."

던지듯 야구모자를 건네고 아이들을 배웅했다.

그대로 루미코는 일부러 큰 소리를 내며 복도를 걸어가 다다미방의 장지문을 벌컥 열었다. 에어컨 바람에 차가워진 공기가 단숨에 흘러나온다. 참고 있던 분노가 폭발한다.

"아 진짜! 언제까지 잘 거야!"

루미코는 에어컨 전원을 끄고 담요를 걷어냈다. 유타카가 몸을 웅크린 채 자고 있다. 치사한 소리를 하긴 싫지만, 에어컨을 아침까지 켜둔 채 담요를 뒤집어쓰고 자다니, 얼마나 말도 안 되는 낭비를 하는 건가 싶다.

"당장 일어나! 어지간히 좀 해!"

잠이 덜 깬 얼굴로 상반신을 일으킨 유타카가 머리를 긁적인다. 루미코는 문을 부술 기세로 쾅 하고 세게 장지문을 닫았다.

여름방학 동안 아이들을 돌보겠다고 한 유타카는 지금껏 한 번도 아이들보다 일찍 일어난 날이 없었다. 맥주를 마시며 늦은 밤까지 TV를 보다가 결국 이 시간까지 자는 것이다.

유타카가 원하는 대로 마음껏 밤을 보내는 사이, 루미코는 충혈된 눈으로 머리에서 김을 뿜어내며 쉴 틈 없이 일한다. 그런데도 놀고 있던 유타카보다 일찍 일어나 아이들 뒤치다꺼리를 한다. 이런 얼토당토않은 일이 있나.

아이들이 밥을 다 먹은 그릇을 씻고 있는데 이제야 일어나서 나온 유타카가 TV 앞에서 기지개를 켜는 게 보였다.

"나 이제부터 일할 거니까 뒷일을 부탁할게. 애들은 점심때 돌아올 거야. 점심 먹이고 오후에는 아동관에서라도 놀게 데리고 가줘."

루미코는 유타카의 얼굴도 보지 않고 그 말만 한 뒤 커피를 가지고 작업실로 들어갔다. 퍼붓고 싶은 말이 정말 많았지만 시간 낭비다. 루미코는 잡념을 떨치고 일에 집중했다.

〈할렐루야〉 이번 호에는 요즘 화제인 책에 대해 쓴다. 인기 있는 젊은 여자 배우가 쓴 소설의 평이 좋아 권위 있는 문학상 후보에 오르지 않을까 하는 소문이 자자했다. 이미 판매 부수가 늘기 시작한 터라 향후 폭발적으로 팔릴 것을 예상한 기획기사였다.

루미코는 평론가가 아니므로 어디까지나 일반 독자로서 읽고 쓴다. 그런데 이게 생각보다 어려웠다. 근래에는 소설을 거의 읽기 않았다. 몇 번이고 다시 읽고 쓰느라 예상보다 시간이 더 걸렸다. 책은 포스트잇과 형광펜으로 그득하다. 마감은 내일 오전. 오늘 안에 어떻게든 끝을 내지 않으면 안 된다.

"성실하게 응하고 성실하게 일하기. 어떤 일도 결코 소홀히 하지 않을 것."

루미코는 자신을 향해 말하며 정신을 집중하고 컴퓨터 앞에 앉았다.

점심때가 가까워지고 아이들 목소리가 들렸다. 수영장에서 돌아온 모양이다. 여기서 얼굴을 내밀면 결국 또 은근슬쩍 아이들 뒤치다꺼리를 하게 될 테니 루미코는 귀마개를 끼고 집중해서 일을 계속했다. 정신이 흐트러지면 마감을 지키지 못한다.

곁눈질도 하지 않고 모니터만 보며 간신히 일을 일단락짓고 작업실에서 나왔을 때는 이미 날이 저물어 있었다. 아이들과 유타카의 모습은 보이지 않았다. 셋이서 어딘가 나간 거겠지.

거실은 충격적인 꼴이었다. 오전에 사용한 학교 수영가방도 그대로고 장난감이며 학용품도 여기저기 어질러져 있다.

유타카가 집안일을 해주는 건 좋았지만 루미코가 참는 일도 많았다. 성별 차이인지 개인적 감각의 차이인지, 유타카는 청소기를 돌리기는 하지만 정리를 하지 않는다. 책이나 옷이 그냥 방치되어 있어도 신경쓰이지 않는 건지 그것들을 피해 청소기를 움직인다. 루미코는 유타카와 정반대다. 물건이 정리되지 않은 곳에 아무리 청소기를 밀어봐야 전혀 깨끗해진 느낌이 들지 않는다.

빨래를 개는 건 싫어도 너는 건 싫지 않은 모양이다. 의외로 요리는 재밌어하는 듯해 저녁식사를 거의 맡겨두고 있지만, 생소한 재료나 평소에 자주 사용하지 않는 조미료 따위를 무턱대고 사 와서 식비가 껑충 뛰었다.

그렇대도 가사 전반의 그런 사소한 일에 루미코는 잔소리처럼 말을 얹는 건 삼가고 있었다. 유타카가 집안일을 해주는 것만으로도 다행으로 여기려고 한다. 안 보면 되는 거고, 실제로 보고 있을 여유도 없다.

거실을 좀 치울까 싶었지만 오늘은 그럴 만한 기력도 체력도 남지 않았다. 일단 루미코는 건조대에 널린 빨래를 걷어 천천히 개면서 원고의 마지막 단락에 대해 생각했다. 조금만 하면 된다. 끝부분이 정리되면 분명 좋은 원고가 될 것이다.

몇 시쯤에 돌아올 건지, 저녁밥은 어떻게 할 건지 물으려고 휴대폰을 집었을 때 마침 현관문 열리는 소리가 났다.

"다녀왔습니다."

유와 다쿠미가 경쟁하듯 거실로 들어왔다. 조용했던 집안이 단숨에 소란스러워진다.

"어서 와. 어디 갔다 왔어?"

"영화 봤어! 포켓몬스터."

"그랬구나. 좋았겠네. 재밌었어?"

"응!"

둘 다 만족스러워 보인다. 아이들보다 꽤 늦게 집에 들어온 유타카는 다녀왔다는 말도 없이 냉장고에서 캔맥주를 꺼내 마시고 있다. 루미코는 고생했어, 하고 말을 걸려다가 말았다.

왜 겉으로라도 기분좋게 행동할 수 없는 걸까. 아이들에게 겨우 영화 한 편 보여줬을 뿐이면서, 자기 혼자만 피곤한 얼굴을 하고 뚱하게 입을 다문 채 심기가 불편하다는 걸 온몸으로 드러내고 있다. 나이도 먹을 만큼 먹은 어른이 너무 유치하다. 어디까지 응석을 받아줘야 직성이 풀릴지, 그런 그가 괘씸하다. 고생했다는 말을 듣고 싶은 건 나다.

유타카는 TV를 보면서 세상 편히 쉬고 있다. 저녁밥 준비를 할 마음은 조금도 없는 모양이다. 아이들은 이미 게임기로 놀고 있다.

"유, 다쿠미, 게임 하기 전에 거기 어질러진 장난감이랑 수영 가방 먼저 정리해. 알았지?"

흐느적거리는 엉성한 대답이 돌아온다.

"난 저녁 준비할 테니까, 여보, 정리 좀 부탁해."

소파에 누워 연달아 TV 채널을 돌리는 유타카에게 루미코는 말을 걸었다.

냉장실과 냉동실의 내용물을 확인하면서 저녁 메뉴는 돼지고기 생강구이로 해야겠다고 정한다. 돼지고기를 해동하고, 양배추를 채 썬 뒤 토마토를 올리고, 낫토와 미역국을 준비한다.

그사이에도 머릿속에는 온통 원고 생각이다. 마감은 고되지만 루미코는 성취감을 느낄 수 있어 만족스러웠다. 한정된 시간을 어떻게 사용할지. 막판에 발휘할 수 있는 순발력도 최근에 익히기 시작했다.

"밥 다 됐어!"

그렇게 말하고 거실로 시선을 돌렸지만 아까보다 정리된 낌새는 전혀 없었다. 아이들은 게임을 계속하고 있고 유타카는 소파에 누운 채 휴대폰을 만지작거린다. 아무도 보지 않는 TV는 그냥 켜져 있다.

"다들 정리 좀 해! 저녁 먹어야지!"

루미코의 말에도 아무도 움직이지 않는다. 아빠라는 사람이 휴대폰을 만지작대고 있으니 아이들이 다음 행동을 하지 않는 건 당연하다.

"아 진짜, 여보! 어지간히 좀 해!"

홧김에 유타카를 향해 소리쳤다. 유타카가 시끄럽다는 듯 루미코를 보며 일어선다. 그는 아무 말 없이 다가가더니 아이들이 하고 있던 게임기를 억지로 빼앗아 전원을 껐다.

"아, 뭐하는 거야! 데이터 날아갔잖아! 데이터 날아갔다고!"

유가 광분해서 말하고 다쿠미가 울기 시작했다. 아이들의 게임에 대한 열정은 부모의 상상을 훨씬 초월한다. 그런 얘기를 얼마 전에 아이 엄마들과 나눈 참이었다. 방금 유타카가 한 행동은 도가 지나쳤다.

"돌려줘!"

유가 소리를 지르면서 유타카의 팔에 덤벼들었다. 그 순간 유타카가 손에 들고 있던 게임기를 냅다 던졌다.

"아악!"

유와 다쿠미가 절규한다. 루미코도 얼떨결에 소리를 지를 뻔했지만, 소파 위에 떨어져 게임기나 바닥에는 흠이 생기지 않았다.

유와 다쿠미가 "뭐하는 거야! 왜 그래!" 하고 소리치면서 유타카에게 돌진해 아빠의 허벅지와 엉덩이를 마구 때린다. 유타카는 귀찮다는 듯 아이들을 뿌리쳤다. 그대로 나자빠져 엉덩방아를 찧은 두 아이는 곧장 다시 일어나 유타카에게 덤벼든다.

"저리 가!"

유타카는 한 마디 내뱉더니 아까보다 더 세게 아이들을 뿌리쳤다. 유가 소파에 등을 부딪히고 다쿠미는 바닥에 머리를 박았다. 쿵 하고 굉장한 소리가 났다.

"다쿠미!"

루미코는 황급히 다쿠미에게 뛰어갔다.

"다쿠미! 괜찮아?"

다쿠미가 아야, 하고 머리를 붙들고 운다.

"애들한테 뭐하는 짓이야!"

지금껏 내본 적 없는 소리가 나왔다.

유가 울면서 일어나더니 큰 소리를 지르며 유타카의 다리를 발로 찬다.

"악!"

유가 찬 발이 정강이 쪽에 맞았는지 유타카가 아주 험악한 표정으로 아이의 뒤통수를 때렸다. 무시무시한 소리로 유가 울기 시작한다.

"유!"

루미코는 머리를 붙들고 눈물을 흘리는 유를 끌어당겨 안고, 유타카에게 맞은 아이의 뒤통수에 손을 댔다. 루미코는 유와 다쿠미를 양팔로 끌어안듯이 하고 유타카를 무섭게 노려보았다.

"애들한테 폭력을 쓰다니 최악이야!"

"먼저 때린 건 애네들이야. 계속 게임을 하니까 그렇지."

"다른 방법도 있잖아? 주의를 주지도 않고 느닷없이 뺏는 게 어딨어! 그것도 애들을 상대로 정색해서는 심지어 손찌검까지 하고!"

엄마가 편을 들어준다는 걸 느끼고 안심했는지 아이들의 울음소리가 한층 더 커진다.

"그렇게 잔소리할 거면 네가 애들을 보면 되잖아. 나한테 시키지 말고."

머리에 피가 솟구치는 기분이다.

"시키지 말라니, 그게 무슨 소리야! 당신이 아빠야? 밥 다 됐으니까 정리하라고 말했을 뿐이잖아! 그렇게 간단한 것도 못 해?"

"간단한 거면 직접 해."

"난 저녁밥 준비했잖아! 당신 손이 놀고 있으면 내가 말하기 전에 스스로 알아서 해!"

"그러니까 불만이 있으면 직접 하라고."

"난 오늘 온종일 일했어. 놀았던 게 아니라고!"

"일하는 게 그렇게 대단한 거야? 우쭐대지 마."

"우쭐대는 거 아니거든. 먹고 살려면 돈 버는 사람이 있어야 하잖아."

"나 원 참. 일해서 돈 버는 쪽이 집안일하고 애들 돌보는 것보다 편하겠다. 부럽네."

지질한 웃음을 얼굴에 달고 유가 말했다. 이 사람은 은연중에 사진작가 일이 편했다고 말하는 거다.

아이들은 어느새 울음을 그치고 부모의 언쟁을 바라보고 있었다. 이제 머리는 아프지 않은 듯하다.

"유, 레고 정리해. 다쿠미는 색종이랑 도화지, 색연필. 바로 정리해."

루미코는 되도록 차분한 말투로 아이들에게 말했다. 두 아이는 알았다고 대답하면서도 게임기를 집는다. 데이터 상태를 확인하고 싶은 모양이다.

"이제 게임기에는 손대지 마! 먼저 정리하라고 말했지!"

루미코는 게임기를 빼앗았다.

"당신도 그런 데서 뒹굴거리지 말고 좀 움직여!"

소파에 누워서 또 휴대폰을 꺼낸 유타카를 향해 루미코는 고함을 치고는 아이들의 게임기와 똑같이 휴대폰을 빼앗았다.

"어이! 뭐하는 거야!"

유타카가 일어나더니 위협하듯 소파에 주먹질과 발길질을 한다.

"야, 너희! 여기 있는 건 다 필요 없는 거지? 정리 안 하면 버린다! 너희 때문에 내가 욕을 먹잖아! 적당히 좀 해라! 확 그냥!"

그렇게 말하고 유타카는 별안간 레고를 발로 걷어찼다. 유가 만든 레고 비행기가 무참히 부서지고 여기저기 조각이 튀며 날아갔다.

"안 돼!"

유가 절규한다.

"필요 없으니까 아무렇게나 두는 거잖아!"

이번에는 다쿠미가 종이접기로 만든 것을 구깃구깃 뭉치고, 도화지에 그린 그림을 북북 찢었다. 으악, 하고 다쿠미가 울어댄다. 루미코는 기가 막혔다. 아이들이 만든 것을 부수다니 이해할 수 없었다. 물건을 정리하는 것과 부수는 것이 무슨 관련이 있단 말인가. 이건 훈육이 아니라 그저 폭력이다.

"죄다 버릴 테니까!"

유타카는 쓰레기봉투를 가져와 거침없이 장난감과 학용품을 넣는다. 유와 다쿠미가 울면서 유타카에게 들러붙고, 그는 그걸 뿌리친다. 내동댕이쳐진 아이들은 울며 소리 지른다.

"시끄러워!"

유타카가 유의 엉덩이를 발로 찼다. 유가 앞으로 고꾸라지듯 넘어진다.

"하지 마! 뭐하는 짓이야!"

루미코는 더는 참을 수 없어 소리를 지르고는 유타카의 등을 힘주어 밀었다. 유타카가 비틀거린다.

"아파! 이게, 확!"

"애들한테 왜 폭력을 써! 게다가 아까부터 그 상스러운 말투는 뭐야!"

다쿠미가 울면서 유타카의 다리를 톡톡 찬다. 유타카가 다쿠미를 밀친다.

"내 아들한테 무슨 짓이야!"

루미코는 주먹으로 힘껏 유타카의 팔뚝을 때렸다. 주먹 쥔 손에 근육의 단단함이 느껴진다. 이 남자의 팔을 마구 두들겨패고 싶었다.

루미코는 혼신의 힘을 다해 몇 번이고 그의 팔뚝을 주먹으로 때렸다. 온몸이 팔팔 끓는 것처럼 뜨거워졌다. 루미코는 유타카를 향한 분노에 휩싸여 있었다. 폭력을 가하는 건 어른이 되고 처음 있는 일이었다. 루미코는 이성을 잃은 듯 온 힘을 다해 유타카의 팔을 연신 때렸다.

"……아이씨, 아파! 보자 보자 하니까, 사람을 뭘로 보고! 이
년이!"

유타카가 루미코의 머리를 팍 때리고 양어깨를 힘껏 밀쳤다.
루미코는 큰 소리를 내며 엉덩방아를 찧었다. 꼬리뼈에 가해진
충격이 머리끝까지 찌르르하게 울렸다. 얻어맞은 머리가 욱신욱
신하다. 유와 다쿠미가 울음을 멈추고는 눈이 휘둥그레져 쓰러
진 루미코를 쳐다본다.

통증과 분노와 수치심을 느끼며 루미코는 눈알이 빠지는 게
아닐까 싶을 정도로 눈두덩이가 뜨거워졌다.

"……여자한테까지 폭력을 쓰다니, 당신 미쳤어!"

"네가 먼저 때렸잖아. 아우, 아파, 사람을 진짜로 두드려패
네……"

유타카는 루미코에게 맞은 팔을 여봐란듯 문지르고 있다.

"아빠 필요 없어! 나가!"

유가 갑자기 소리를 지르며 유타카에게 돌진했다.

"뭐가 어쩌고 어째? 이 자식이!"

유타카가 유의 어깨를 잡는다.

"하지 마! 지금 당신이 하는 짓은 아동학대야! 신고할 거야!"

루미코가 소리치자 유타카는 "웃기고 있네" 하고는 유를 놓아

췄다. 그러고는 그대로 현관으로 향했다.

"두 번 다시 안 돌아와도 돼! 이 집에서 나가! 꺼져!"

자기 것이 아닌 듯한 굵직한 목소리가 나왔다. 말은 그렇게 하면서도 루미코는 그런 말을 내뱉은 자신에게 놀랐다. 남편을 향해 꺼지라고 말하는 날이 올 줄이야.

유타카는 밉살스럽게 루미코를 한번 쳐다보더니 집에서 나갔다. 루미코는 현관문을 잠그고 걸쇠를 걸었다. 깊이 심호흡을 한다. 심장이 쿵쾅쿵쾅 고동쳤다.

"……너희 괜찮아?"

루미코의 물음에 아이들이 작게 고개를 끄덕인다.

"아빠, 가버렸네" 하고 다쿠미가 말하자, "짜증 나!" 하고 유가 소리쳤다. 둘 다 이제 눈물도 흘리지 않았다. 아픈 곳도 없는 것 같다. 아이들을 상대로 그랬으니 유타카도 조금은 힘 조절을 했을 것이다. 당연하다. 진심으로 그랬다간 아이들이 죽을 수도 있으니까.

루미코는 엉덩방아를 찧었을 때의 충격으로 아직까지 머리가 어질어질했다. 여자와 아이에게 폭력을 휘두르다니 절대 용서할수 없다. 결단코 용서하지 않을 거다. 분노가 솟구쳐 미간 주위가 찌릿찌릿하게 아팠다.

"있잖아, 엄마. 아빠는 없어도 되지?"

다쿠미가 루미코의 눈치를 살피듯 말했다. 아이는 알랑거리는 표정을 짓는다. 그 순간 루미코는 짜증이 났다. 다쿠미가 귀엽다는 생각이 들지 않았다.

"다음에 또 그러면 목을 조르면 되지 않을까."

애교 섞인 투로 그런 말을 한다. 다쿠미는 엄마 편을 드는 말이라고 생각하겠지만 그게 오히려 신경에 거슬렸다. 애초에 아이들이 물건 정리를 하지 않은 게 잘못이었다.

"두 번 다시 그런 말 하지 마."

루미코가 매섭게 노려보며 말하자 다쿠미는 정색했다. 그러고는 토라진 듯한 표정을 짓고 과장되게 혀를 찼다. 태세전환이 빠르고 상대방의 비위를 잘 맞추는 다쿠미가 얄밉다.

"유, 다쿠미. 당장 여기 정리해. 다음부턴 꺼내놓고 그대로 방치하면 진짜로 버린다."

루미코가 진지한 어조로 말했음에도 유는 이미 게임기를 열고 있다.

"유!"

무심결에 유의 손을 탁 쳤다.

"왜 그래?"

"몇 번을 말해야 알아들어! 정리하라고 했잖아!"

"아, 뭐야! 또 잔소리. 내 마음이지!"

"네 마음 아니야! 다 놀았으면 정리하고 나서 다음 놀이를 하라고 항상 말하잖아! 당장 정리해."

루미코의 말에 유는 "아, 뭐래!" 하더니 아까 유타카가 발로 차 부숴버린 레고를 벽 쪽으로 내던졌다. 그중 하나가 다쿠미의 얼굴로 튀었다. 다쿠미가 "아야!" 하고 뺨을 만진다.

"뭐하는 거야! 장난감을 왜 던져! 눈에라도 맞으면 어쩌려고!"

루미코는 유의 머리를 냅다 때렸다. 유가 매섭게 노려보더니 아이씨, 하며 루미코의 배에 주먹을 날렸다. 퍽, 하고 묵직한 통증이 내장으로 퍼진다.

"엄마한테 뭐하는 짓이야!"

루미코는 유의 머리채를 붙잡고 그대로 냅다 밀쳤다. 유가 불에 데기라도 한 것처럼 울기 시작한다.

"시끄러워!"

루미코는 울고 있는 유의 엉덩이를 찰싹 때렸다. 울긴 왜 울어, 하며 몇 번이고 때렸다. 유의 울음소리가 점점 심해진다. 손바닥이 얼얼하게 아프고, 그 통증이 더더욱 루미코를 곤두서게 했다. 분노의 불꽃이 루미코를 에워싸고 있어 스스로 어찌할 수도 없었다.

유 군을 의심하는 건 아닙니다. 유 군이 그런 일을 한 기억이 없다고 하니 학급 내 누군가가 유의 책상 속에 천 엔을 넣었을 가능성이 클 것 같아요. 저희 반에서 현재까지 괴롭힘 같은 건 보이지 않았습니다만, 아이들 사이에서 뭔가 조짐이 있는지도 모르겠습니다. 그 점을 어머님께 말씀드리고 싶었습니다.

　유의 담임 시바타 선생님은 그렇게 말했다. 물론 유가 친구의 급식비를 훔쳤을 리는 없다고 생각한다. 유는 돈의 소중함을 어릴 때부터 잘 안다.

　"있잖아, 유. 돌봄교실에 널 데리러 가기 전에 시바타 선생님을 만났는데 어제 급식비 이야길 들었어. 네가 많이 놀랐겠더라."

　분주한 저녁식사 자리에서 가나는 되도록 차분히 유에게 얘기를 꺼냈다. 유는 순간 깜짝 놀란 얼굴을 보였지만 순순히 고개를 끄덕였다.

　"어떤 상황인 거야? 엄마한테 알려줘."

　"……그 녀석이야."

　유가 낮은 목소리로 중얼거렸다.

"리키야일 거야. 그 녀석이 자기 급식비에서 천 엔을 빼서 내 책상 서랍에 넣은 거야."

"니시야마 리키야?"

응, 하고 유가 고개를 끄덕인다. 가나는 지난번 수업 참관일에 본 리키야의 얼굴이 떠올랐다. 개구쟁이일 것 같긴 했지만 그 아이와 얘기를 나눠본 적이 없으니 상황을 알 수 없었다.

"리키야의 엄마하고는 지난번에 얘기해봤어. 예쁘게 생긴 사람이던데."

"그 녀석 요즘 나한테 괜히 시비를 걸어. 아무것도 안 했는데 사사건건 트집을 잡아."

"그래?"

가나는 리키야가 그린 자화상이 생각나 조금 불길한 기분이 든다.

"그 녀석이 자기 급식비가 없어졌다고 소란을 피우면서 누군가 훔쳐갔다고 하더니 나를 도둑 취급했어."

유가 벌게진 얼굴로 말한다. 이렇게 유가 말을 많이 하는 일은 드물다. 꽤나 억울했던 게 틀림없다.

"엄마가 뭔가 할 게 있을까? 선생님한테 말해달라든가, 리키야랑 얘기하고 싶다든가."

가나의 말에 유는 고개를 저었다.

"괜찮아. 그런 녀석 신경 안 써. 어차피 애들도 다 알고."

"그래?"

가나가 그렇게 말하고 유의 머리에 손을 올리자 유는 가나의 눈을 보며 작게 고개를 끄덕였다.

유, 좋은 아침! 오늘도 더울 것 같아. 이제 곧 여름방학이네. 올해는 우리, 바다에라도 가자. 엄마가.

그렇게 쓴 메모지를 놓고 집을 나서려는데 유가 일어났다.

"어머, 일찍 일어났네. 아직 더 자도 돼. 밥 차려놨으니까 먹고."

유는 티셔츠 속으로 배를 긁적이고 있다. 메모를 보더니 "여름 방학 때 바다에 가는 거야?" 하고 잠긴 목소리로 묻는다.

"가자. 해수욕하러. 기대해."

가나의 말에 유의 얼굴이 밝아진다. 아들의 배웅을 받으며 가나는 파트타임 근무지인 편의점으로 발걸음을 재촉했다. 아침부터 맑고 푸른 하늘이 펼쳐졌다. 웬일인지 일찍 일어난 유. 급식비 일이 꽤 충격이었을 거라고 가나는 생각한다.

"아이들 세계도 참 힘들어."

무심코 입 밖으로 말이 나온다. 지금 생각해보면 가나의 어린 시절에도 힘든 일이 참 많았다. 남자아이들은 하루 걸러 같은 옷을 입고 오는 가나를 더럽다, 냄새난다며 놀려댔고, 급식 당번이 된 가나가 담아주는 반찬을 거부하는 반 아이도 있었다.

하지만 가나는 신경쓰지 않으려고 했다. 늘 밝게 웃었다. 그렇게 하다보면 정말로 즐거운 기분이 들었다. 홀쩍거리며 집에 오는 건 언제나 남동생 마사키였다. 학교에 가기 싫다고 떼를 부리는 마사키를 가나는 매일 아침 질질 끌듯이 데리고 갔다.

유가 조금이라도 즐겁게 학교에 다녀줬으면 한다. 공부야 못해도 괜찮으니까 친구들과 즐겁게 지냈으면 좋겠다. 그런 생각을 하면서, 아니, 그래도 최소한 고등학교에는 보내고 싶다, 혹시 가능하다면 대학까지. 그런 생각을 하며, 부모란 참 욕심이 많구나 싶어 반성한다. 가나가 유에게 바라는 건 딱 한 가지다. 자기보다 먼저 죽지 않으면 된다. 부모보다 먼저 죽어선 안 된다. 그 소망만 들어준다면 이미 도리는 다 한 거다.

그리고 유에게 이런저런 것을 바라기 전에 우선 자신부터 야무지게 생활을 지탱해야 한다고, 가나는 다시 한번 마음을 다졌다.

출근과 등교 손님들로 붐비기 시작한 가게 안에서 정신없이 물건을 계산하고 있는데 아는 얼굴이 들어왔다. 니시야마다. 요전에 본 나이 어린 남성과 함께였다. 걸어가며 큰 소리로 나누는 둘의 대화가 온 가게 안에 죄다 들리고, 심지어 그 내용이 외설

스럽기까지 해 다른 손님들이 인상을 찌푸렸다.

니시야마가 데려온 남성이 가나의 계산대에 줄을 서서 불고기 덮밥 도시락과 미트소스 스파게티, 발포주 네 캔이 담긴 바구니를 내밀며 "세븐스타 두 갑"이라고 덧붙였다. 니시야마도 함께 있길래 "안녕하세요" 하고 가나가 웃는 얼굴로 말을 걸었으나 완전히 무시당했다. 놀라서 니시야마를 쳐다보았지만 그녀는 가나를 의아하다는 얼굴로 한번 힐끗 보고는 외면했다.

남자랑 같이 있어서 말을 거는 게 싫었던 걸까. 아니면 리키야의 급식비가 유의 책상 속에 있었던 일과 관계가 있는 걸까.

혼자 그런 생각을 해봐야 소용 없으니 가나는 마음을 가다듬어 계산을 마치고는 감사합니다. 하고 두 사람이 나가는 뒷모습을 바라보았다.

"가나 씨. 이거 받아."

늘 신문을 나눠주는 오와다가 오늘은 잡지를 한 권 더 가지고 왔다.

"오래돼서 나는 필요 없는 거니까 괜찮으면 가져가."

건네받은 것은 〈긴키*의 여름〉이라는 여행잡지다. 지난번에 가

---

* 일본 중앙지방의 서쪽 지역을 일컫는 말. 오사카, 교토, 효고현 등이 있다.

나가 "괜찮은 해수욕장을 아세요?" 하고 물었던 걸 기억하고 가져다준 것이다. 십 년도 더 전에 딸이 산 것이라고 한다.

"고맙습니다. 유용하게 쓸게요."

"여름휴가 때 어디 가려고?"

오와다의 물음에 가나는 웃으며 고개를 끄덕였다.

"같이 여행 가는 일도 애가 어릴 때만 할 수 있는 거야. 즐겁게 잘 다녀와!"

가나는 재차 감사의 말을 전했다.

책장을 넘기자 아름다운 바다 사진이 가득했다. 스마로 갈까, 시라하마까지 가볼까. 상상만으로 가슴이 두근거렸다. 좋아할 유의 얼굴이 떠올라 가나는 더더욱 마음이 설렜다.

시바타 선생님으로부터 전화가 온 건 여름방학을 며칠 앞둔 때였다. 리키야의 돈이 또 없어졌다는 것이다. 서머스쿨 참가비를 걷을 때의 일이라고 한다.

여름방학 때 학교에서는 실험이나 만들기 수업을 하는 서머스쿨 프로그램을 운영하는데, 유는 '드라이아이스 실험'과 '목공 교실'을 선택했다. 드라이아이스는 참가비가 무료지만 목공 교실은 재료비로 천 엔이 든다. 유가 만들기를 좋아하기에 가나는 당연히 승낙했다.

그 서머스쿨 참가비를 걷을 때 리키야의 돈이 없어졌고, 그 돈이 유의 필통에 있었다는 것이다. 리키야는 '건전지와 회로' 수업을 선택해 재료비가 3천 엔이었다고 한다. 유가 자신의 필통 안에 3천 엔이 들어 있는 걸 발견하고 직접 선생님께 알렸다는 모양이다.

"……그런 일이 있었어요?"

유의 심정을 생각하니 가나는 가슴이 아팠다. 유가 그 돈을 훔칠 리 없다.

"이해하시리라 생각합니다만, 유 군이 무슨 일을 저질렀다는 얘기를 하려는 게 아닙니다. 일단 그런 일이 있었다고 말씀드리는 겁니다."

시바타 선생님이 말했다.

"급식비가 없어진 것도 니시야마 리키야 군이었죠?"

가나가 묻는 말에 선생님은 "네" 하고 대답했다. 잠시 침묵이 흘렀다.

"학급 내 누군가라기보단 리키야가 스스로 유의 필통에 돈을 넣었을 가능성이 큽니다."

조심스러운 목소리로 선생님이 말했다. 이렇게까지 말하는 걸 보면 적지 않은 증거나 증언이 있는 건지도 모른다. 가나는 그리 생각하고 조용히 가슴에 담아뒀다.

"유의 상태는 어땠나요?"

"의연했습니다. 그런데······"

"그런데요?"

"리키야와 친한 무리의 남자애들이 조금 소란스러웠어요. 그 점에 대해서는 제가 확실히 지도를 해뒀습니다."

"그런가요." 가나는 그렇게 말할 수밖에 없었다. 자식의 일에 부모가 지나치게 참견하는 건 부적절할 것 같았다.

"학교생활은 제가 책임지고 잘 살피겠습니다. 이제 곧 여름방학이죠. 유 군은 돌봄교실에 다니겠지만 댁에서도 조금 신경써주시면 감사하겠습니다."

시바타 선생님의 정중한 말에 가나는 감사인사를 전하고 전화를 끊었다.

그날 가나는 가능하다면 편의점 밤 근무를 쉬고 싶다고 점장에게 연락했다. 마침 고등학생 아르바이트생이 한 명 더 출근한 차였다며 가나는 문제없이 쉴 수 있었다.

"오늘은 같이 만두라도 만들까?"

오늘밤 편의점 일을 쉰다는 소식을 알리고 그렇게 말하자 "엄마가 만들어준 만두, 오랜만이네" 하고 유가 대꾸했다. 가나는 평소의 식생활을 반성했다. 냉동 만두를 먹는 일이 많았던 것이다.

"엄마가 양배추 채로 썰어줘. 내가 다진 고기랑 섞어서 반죽할

게."

"네, 알겠습니다."

함께 장을 보고 와서 좁은 부엌에 나란히 선다.

"아, 서머스쿨 목공 교실 말인데, 마사키 삼촌이 같이 가준대.
다행이야. 엄마는 그런 거 하나도 못하는데."

유가 신청한 목공 교실에서 책장 만들기를 하는데 보호자 동
반이 조건이었다. 준비물은 목장갑, 자, 커터, 톱. 가나는 도저히
못할 것 같아 남동생 마사키에게 부탁했다.

"진짜? 앗싸!"

유는 마사키를 좋아하니까 함께 책장 만들기를 할 수 있다는
게 기쁠 것이다.

유는 리키야의 서머스쿨 참가비가 사라졌던 일에 대해 엄마에
게 말하지 않을 모양이었다. 가나도 묻지 않았다. 다만 자신이
유를 믿어주면 되는 거라고 가나는 생각했다.

여름 열기로 아침부터 집안이 후끈후끈하다. 선풍기를 약하게
틀어 아직 자고 있는 유에게 바람을 보낸다.

여름방학 동안 돌봄교실에는 도시락을 싸 가야 한다. 가나는
평소보다 삼십 분 일찍 일어나서 도시락을 싼다. 더워서 음식이
상할까 걱정돼 보냉제를 챙겨 넣는다.

여름 여행은 스마로 정했다. 오와다한테 받은 잡지에 인파로
북적이는 해수욕장 사진이 실려 있었는데, 바다에서 가까운 숙
소도 저렴하고 청결한 것 같았다. 벌써 숙박료도 입금했다. 하룻
밤이지만 유와 떠나는 첫 여행이다. 무척 기대돼 상상하는 것만
으로 눈물이 나올 것 같다.

리키야와의 일이 걱정되는 마음은 여전했지만, 긴 여름방학을
보내는 동안 격해진 감정도 조금 사그라들 거라고 가나는 긍정
적으로 생각했다. 아이는 다양한 경험을 하며 성장해간다.

어제는 유의 생일이었다. 다행히 일요일이라 유가 좋아하는
고기를 구워 먹고 케이크로 축하했다. 홀 케이크가 아닌 조각 케
이크였지만 가게 직원이 서비스로 초 아홉 개를 넣어줬다. 유의
쇼트케이크 위가 촛불로 꽉 차서 둘이 배를 잡고 웃었다.

"유, 엄마 아들로 태어나줘서 정말 고마워. 이런 나를 구 년 동
안이나 엄마로 만들어줘서 진짜 고마워."

가나가 진심으로 고마운 마음에 그렇게 말하자 유는 "에이 무
슨 소리야" 하고 쑥스러운 듯 코끝을 비볐다.

창문으로 들어오는 아침햇살이 눈부시다. 가나는 눈을 가늘게
뜨고, 아주 새것 같은 마음으로 생각했다. 올여름에는 왠지 좋은
일이 많을 것 같다고.

목공 교실이 있는 날, 마사키가 아침부터 와준다고 해서 돌봄 교실은 쉬기로 했다. 평일인데 직장 일은 어떻게 한 건지 마음에 걸렸는데, 마사키는 "미리 얘기해놔서 괜찮아. 걱정하지 마"라고 했다. 여러 가지 짐작 가는 바는 있었지만 꼬치꼬치 캐물어서 어쩌겠나 싶어 그저 마사키가 와주는 일 자체를 고맙게 생각하기로 했다.

목공 교실은 아홉시부터라 가나는 마사키를 만나지 못하고 집을 나섰다. 유는 마사키가 오기만을 기다리는지 가나가 집을 나설 때 일어나서 바로 준비하기 시작했다.

"그럼, 마사키 삼촌한테 안부 전해주고."

"응. 안녕히 다녀오세요."

저녁 무렵까지 마사키가 유와 같이 있어준다고 해서 가나는 점심식사로 큼직한 매실장아찌를 넣은 주먹밥을 이인분 준비해두고 나왔다. 오늘도 파란 하늘을 보니 기분좋다.

화장품 업체 일이 끝나고 가나는 서둘러 집으로 돌아갔다. 마사키가 아직 있을지도 모른다.

"엄마 왔어. 삼촌은 벌써 갔어?"

신발을 벗으면서 집안을 둘러보며 가나가 말했다. 현관에 마사키의 신발은 없었다.

식탁 위에는 목공 교실에서 만들어 온 듯한 책장이 놓여 있다.

"와, 굉장하다! 파는 것 같은데. 잘 만들었다. 너무 멋져! 이 정도면 오랫동안 쓸 수 있겠는걸. 그렇지? 유."

응, 하고 고개를 끄덕이는 유의 얼굴이 어딘가 좀 이상했다.

"왜 그래, 유. 무슨 일 있었어? 표정도 이상하고."

유가 물끄러미 가나의 얼굴을 바라본다.

"왜 그래? 무슨 일 있었어? 엄마한테 말해봐."

가나는 무릎을 꿇고 유의 얼굴을 살폈다. 리키야랑 무슨 일이 있었던 걸까.

"엄마. 저기…… 마사키 삼촌이……"

유의 눈동자가 흔들린다.

"삼촌이 왜? 무슨 일이야?"

"마사키 삼촌이……" 하더니 유가 다다미방의 서랍장으로 눈길을 보낸다.

"응? 뭔데?"

가나도 서랍장을 보았다. 그 순간 머릿속에 뭔가가 떠올랐다. 그것이 어떤 생각으로 이어져 가나는 튀어오르듯 뛰어가 서랍을 열었다.

"통장 어디 있지? 통장이 없어! 인감도장도 없고! 어디 간 거야?"

유는 눈을 비비고 있다.

"유, 어떻게 된 거야! 삼촌이야? 삼촌이 가져갔어?"

가나는 희미하게 입술을 떠는 유에게 따져 물었다.

"왜 통장이랑 인감도장이 없냐고! 네가 통장 있는 곳을 알려 줬어?"

유의 눈에 눈물이 고였다. 가나는 아이의 어깨를 붙잡고 흔들 었다.

"똑바로 말해! 무슨 일이 있었던 거야! 통장 어디로 갔어?"

가나는 아무 말도 하지 않는 유의 따귀를 한 대 때렸다.

"정신 차려, 유! 무슨 일이 있었는지 말해!"

유는 콧물을 몇 번이고 훌쩍이며 가나의 얼굴을 보고 간신히 입을 열었다.

"……마사키 삼촌이 돈을 빌려달라고 했어. 나는 돈 없다고 했는데…… 삼촌이 금방 갚을 거니까 통장을 빌려달라고 해서 모른다고 했더니 마음대로 집안을 뒤지기 시작했어…… 하지 말라고 계속 말했는데도 내 말을 안 들었어…… 그러다 서랍 안 에서 통장을 찾았고, 내가 안 된다고 팔에 매달렸는데 날 밀쳐버 리더니…… 그대로 나가버렸어……"

그제야 보니 유의 팔꿈치가 까져서 피가 약간 맺혀 있었다.

"……내가 마사키 삼촌을 못 말렸어…… 엄마, 미안해. 어떡 해…… 어떡해……"

"이 바보 같은 자식이!"

가나는 서둘러 예금처인 신용금고에 전화를 걸었다가 신호음을 듣는 시간도 아까워 자전거를 타고 지점으로 달려갔다. 이미 창구는 닫혔지만 ATM용 카드는 가나가 가지고 있다. 비밀번호를 누르고 잔액을 조회했다.

화면에 표시된 숫자를 보고 핏기가 싹 가셨다.

"……말도 안 돼!"

가나는 소리를 질렀다. 잔액은 3,492엔. 천 엔 단위 밑으로만 남았다. 통장에 있었던 38만 엔이 감쪽같이 사라지고 없었다.

"말도 안 돼! 거짓말!"

가나는 기계를 쾅쾅 두드렸다. 안에서 신용금고 직원이 나오더니, 무슨 일이십니까, 하고 의아한 얼굴로 가나를 보았다.

"당신네 은행은 본인이 아니어도 돈을 찾을 수 있어요? 죽을 힘을 다해 모은 내 돈, 돌려줘요! 돌려줘! 앞으로 어떻게 살라고! 어떻게 살아야 하냔 말이야!"

가나는 그 자리에서 쓰러져 울었다. 어느새 많은 사람이 모여들었다.

마사키에게 몇 번을 전화해도 휴대폰은 연결되지 않았다. 집으로 전화하니 엄마가 받았다. 마사키는 없었다.

가나는 편의점 점장에게 연락해 밤 근무를 쉬고 싶다는 의사를 전했다. 갑자기 그러면 곤란하다면서도, 가나의 절박한 목소리를 심상치 않게 여겼는지 끝내 마지못해 승낙해줬다.

가나는 유를 데리고 엄마네 집으로 향했다. 초인종을 누르자 엄마가 초췌한 얼굴로 나왔다. 팔에는 파스를 붙이고 있었다.

"엄마…… 그 팔은 왜 그래요? 마사키야? 마사키가 그랬어요?"

가나가 묻자 엄마는 깊은 한숨을 내쉬고는 "마사키는 이제 글렀어…… 아들도 아니야" 하고 미간을 찌푸리며 씁쓸한 얼굴을 했다.

"가나. 혹시 너희 집에도 갔었니?"

엄마가 걱정스러운 듯 묻기에 가나는 말하지 말자고 마음먹었는데도 "모아둔 돈 전부 빼갔어……" 하고 얼떨결에 털어놓았다. 말끝이 흐려지고 뜻하지 않게 눈물이 났다. 황급히 눈을 비비고 닦아도 새로 눈물이 자꾸만 흘러나왔다.

작은 좌식 테이블에 셋이 둘러앉아 가나는 오늘 있었던 일을 전부 얘기했다. 하다보니 한심하고 비참해 또 눈물이 났다. 유는 일그러진 얼굴로 꼼짝도 안 하고 있었다.

날이 저물어도 여전히 무더웠고 낡은 에어컨의 냉기는 가나의 이마에 붙어버린 앞머리와 뺨에 묻은 눈물을 쉽게 말리지 못했다.

엄마는 가나의 얘기가 끝나자 유를 바라보며 "아이구, 우리 유가 많이 놀랐겠네. 할머니가 마사키 삼촌을 한심한 아들로 키웠어. 미안해, 용서해줘. 유한테 못할 짓을 했구나" 하고 아이의 등을 쓰다듬었다. 유는 큰 소리로 울며 콧물을 훌쩍거렸다.

"저런, 우리 유도 울 때가 다 있네. 네 탓이 아니야. 너는 잘못한 거 하나도 없어."

엄마가 유의 등을 계속 쓰다듬는다.

"……저기, 할머니, 엄마."

유가 고개를 든다.

"그래도 마사키 삼촌을 너무 혼내지는 마. 삼촌, 꼭 울 것 같았어…… 분명 어쩔 수 없는 사정이 있어서 그랬을 거야…… 그러니까 혼내지 마. 삼촌이 나쁜 게 아닐 거야. 훨씬 나쁜 녀석이 있어서 그럴 거야, 분명…… 분명 그럴 거야……"

가나는 엄마와 얼굴을 마주보았다. 엄마의 얼굴이 울다가 웃는 듯했다.

"우리 유는 정말 착한 아이구나. 유 덕분에 지금 할머니 마음이 좀 후련해졌어. 정말 고마워."

가나는 이때서야 비로소 유의 감정을 헤아릴 수 있었다. 마사키에 대한 분노와 돈이 사라졌다는 절망감으로 유의 감정에는 미처 생각이 미치지 않았다. 마사키가 통장을 통째로 훔쳐 갔다는 사실에 분노해 감정을 제어하지 못하고 유의 뺨까지 때리고 말았다. 유가 잘못한 게 없는데도 분노의 화살을 아이에게 겨누어버렸다.

"유, 미안해. 용서해줘. 엄마가 애꿎은 유한테 화를 내버렸네……"

자신이 그 자리에 있었더라도 통장과 인감을 빼앗을 것이다. 힘으로 밀어붙이면 어찌 손쓸 수도 없을 테다. 오히려 유가 무사했다는 것에 감사해야 한다.

가나는 양손으로 자신의 뺨을 찰싹 때리고 마음을 가다듬었다. 그런 다음 종이랑 연필을 가져와 지불해야 하는 돈을 계산하기 시작했다. 하필 타이밍 나쁘게도 편의점과 화장품 업체의 월급이 들어온 지 얼마 안 되었다. 그걸 전부 찾아간 것이다.

집세, 대출 상환금, 수도 광열비, 방과후 돌봄교실 이용료, 휴대폰 요금, 국민연금 등이 빠져나갈 것이다. 이달 생활비도 곧 인출할 예정이었다.

저녁 무렵 신용금고에 갔을 때 가나가 진정하기를 기다려준 지점 직원과 얘기를 했다. 직원은 본인 확인을 하지 않은 점에 대해 사과하고 정중히 응대했다. 그 자리에서 분실신고서를 작성했으니 마사키가 가지고 간 통장과 인감은 더이상 쓸 수 없다.

현재 가나의 전 재산은 6천 엔 정도다.

빚을 상환할 처지가 아니었다. 다시 대출을 받지 않으면 이번 달 집세를 내는 일도, 먹고 사는 일도 할 수 없다.

"……큰일이네. 어떻게 해야 하지……"

머리를 싸매고 무심코 중얼거렸다.

엄마가 천천히 일어서더니 쌀통을 당겼다. 저녁밥 따위 가나는 까맣게 잊고 있었다.

"미안, 엄마. 유가 아직 밥을 안 먹었네. 내가 쌀 씻을게요."

가나는 자리에서 일어섰다.

"앉아 있어."

엄마는 가나를 만류하고 쌀 속에 손을 넣었다. 사락사락, 쌀 비비는 소리가 난다.

"있다."

엄마 손에 통장이 있었다. 겉에 붙은 쌀알을 툭툭 턴다. 가나의 눈이 동그래졌다.

"엄마, 이런 데 통장을 숨겼어요? 그럼 마사키도 못 찾지."

마사키는 가나의 통장과 인감을 가지고 나온 뒤 집으로 돌아왔고, 온 집안을 뒤지고 있을 때 엄마가 귀가했던 모양이다.

마사키는 이미 인감을 찾아서 손에 들고 있었다. 하지만 엄마는 인감과 통장을 각기 다른 장소에 보관해뒀고, 절대로 통장이 있는 곳을 알려주지 않았다고 한다. 마사키가 무릎을 꿇고 고개까지 숙였다는데 엄마는 통장을 주지 않았다. ATM 출금용 카드는 처음부터 만들지 않았다.

마사키는 한바탕 난동을 부리다가 엄마에게 달려들었다고 한다. 그때 팔을 세게 잡히는 바람에 멍이 들었다.

"아무래도 어디 위험한 곳에서 돈을 빌린 모양이야. 안 갚으면 걔들이 죽인다고 했다길래 바로 얼마 전에는 마사키한테 20만 엔을 줬어."

20만…… 가나는 중얼거리고 깊이 숨을 내뱉었다. 마사키는 대체 뭘 하고 다니는 걸까. 한심스러워 눈물이 난다.

"그러니까 가나에게도 20만 엔 줄게."

그렇게 말하고 엄마가 가나에게 통장을 건넸다.

"뭐라고요? 왜? 난 괜찮아요. 받을 수 없어요."

"괜찮으니까 받아! 이제 더는 줄 것도 없어. 생전 증여야. 이걸로 끝."

엄마는 그렇게 말하고 주머니에서 인감을 꺼냈다.

"마사키 녀석, 이 도장을 엄마 이마에 갖다대더라. 탁! 소리가 났어. 얼마나 아프던지."

엄마가 이마를 비비며 웃는다.

"……엄마, 정말 고마워요. 이제 살았다…… 진짜 진짜 고마워요. 꼭 갚을 테니까 조금만 기다려요."

이걸로 이번 달은 어떻게든 살아진다. 무엇보다 마지막 대출금을 상환할 수 있다. 가나는 바닥에 닿을 만큼 깊이 고개를 숙였다.

아스미는 영문도 모르는 채 쓰러진 시어머니를 안아 일으켰다. 이 상황을 전혀 이해할 수 없었다. 자신이라는 존재가 허공에 떠서 마당에 있는 아스미를 보고 있는 듯한 감각으로 몸을 움직였다.

"……망할 할망구."

유가 중얼거린다. 증오에 가득찬 눈으로 시어머니를 쳐다보는 유를 아스미는 생경한 기분으로 바라보았다. 마치 영화라도 보는 듯한 느낌이었다. 자기 자신과 지금 눈앞의 현실이 서로 동떨어진 듯 거리감을 잘 느낄 수 없었다.

아스미에게 안긴 시어머니가 아아, 으으, 하고 신음하며 일어선다. 온몸의 체중을 싣듯이 기대려고 하는 바람에 하마터면 같이 넘어질 뻔했으나, 아스미는 혼신의 힘을 다해 버티고 서서 그대로 시어머니를 집으로 모셔 갔다.

집에 들어서서 현관 미닫이문을 연 순간 묘한 이질감을 느꼈

다. 현관 바닥과 그 주위가 막을 뒤집어쓴 것처럼 보였다. 그것
들의 색조차 두 단계 정도 낮아진 느낌이 들었다.

아스미가 시어머니의 집안에 들어와본 건 벌써 일 년도 전의
일이다. 필요할 때는 시어머니가 아스미네 집을 방문했기에, 누
군가 자신의 집에 오는 걸 시어머니가 그다지 원하지 않는 듯해
되도록 삼갔었다.

들어가면 바로 거실 겸 다이닝룸이 나온다. 실내로 들어가는
문을 열자마자 아스미는 숨을 삼켰다. 바닥에는 물건이 마구 널
브러져 있었다. 꼭 짐을 싸다 만 것 같은 모양새다. 상자에 보관
된 접시와 냄비, 타월류의 물건들을 전부 다 꺼낸 듯했다. 식탁
위에는 조미료와 접시가 여기저기 놓여 있었다. 온 바닥이 끈적
끈적해서 양말이 몇 번이나 달라붙었다. 뭐라 형용할 수 없는 냄
새가 가득하다.

아스미는 우선 시어머니를 소파에 앉히고 다다미방으로 향했
다. 침실로 들어간 순간, 다다미가 휘어진 감촉이 들었다. 양말
이 젖는다. 이불은 깔아놓은 채였고 군데군데 얼룩을 확인할 수
있었다. 이상한 냄새가 코를 찌른다. 아스미는 옷장의 서랍을 열
었다. 둘둘 뭉쳐놓은 더러워진 옷들이 아무렇게나 쑤셔넣어져
있다.

'아, 그렇구나. 어머님은 치매에 걸리신 거야.'

아스미는 이 순간 비로소 하늘의 계시를 받은 것처럼 상황을 이해했다. 허공에 떠 있던 자신이 현실의 자신으로 돌아온 듯한 감각을 느꼈다.

서랍을 몇 개 더 열어 세탁한 듯 보이는 속옷과 옷을 꺼냈다. 거실로 돌아가 멍한 얼굴로 앉아 있는 시어머니에게 말을 걸고 옷 갈아입는 것을 돕는다.

"잠깐 누워 계시는 게 좋을 것 같아요. 가끔은 저희 집으로 오세요."

아스미가 그렇게 말하자 시어머니는 순순히 고개를 끄덕이고 일어섰다. 손을 내밀려는 아스미를 거부하고 혼자서 뒤를 따라왔다. 조금 전과는 영 다르게 발걸음이 꼿꼿했다.

"뭐? 우리집으로 온다고? 장난해?"

밖에서 기다리고 있었는지 유가 아스미와 시어머니를 보며 말한다. 아스미가 살짝 고개를 끄덕이자 "절대 안 돼!" 하고 큰 소리를 냈다. 아스미는 유를 보며 눈으로 사인을 주었다. 아스미가 하고 싶은 말은 전달된 것 같다. 하지만 유는 "싫어! 우리집에 할머니 들어오게 하지 마!" 하고 언성을 높였다.

"유. 나중에 얘기할 테니까 지금은 엄마 말 들어. 부탁이야."

"싫어! 집안에 냄새나잖아!"

"유!"

아스미가 시선을 돌리자 시어머니는 애처로운 얼굴로 고개를 숙이고 있었다. 조금 전 그 명한 얼굴과는 다르다. 이 상황을 정확히 이해하고 있는 것이다.

"……절대 들어오지 마. 망할 할망구."

유의 혼잣말은 시어머니의 귀에 충분히 들릴 정도로 컸다. 아스미는 입술을 깨물었다.

"유, 미안해……"

시어머니였다. 시어머니가 유에게 사과하고 있었다. 아스미는 가슴이 꽉 막힌 기분이었다.

"어머님, 자, 저랑 같이 가세요. 시원한 차 드릴게요."

아스미는 시어머니의 등에 손을 대고 발길을 재촉했다.

"들어오지 마! 할망구! 냄새난다고!"

"유! 입 다물어!"

아스미는 참지 못하고 유의 뺨을 때렸다.

"왜 때려!"

유가 뺨을 어루만졌다. 분노로 얼굴이 벌겠다.

"짜증나!"

유가 발밑의 잡초를 잡아뽑아 아스미 쪽으로 던졌다. 잡초는 아스미에게까지 오지 않고 허공에 흩날렸으나 같이 던져진 흙이 아스미의 얼굴에 맞았다. 유는 연달아 잡초를 뽑아 던져대기 시작했다. 뒤에 있는 시어머니에게도 흙이 뿌려진다.

"아야⋯⋯"

흙이 눈에 들어갔는지 시어머니가 눈가를 비빈다. 유는 새빨개진 얼굴로 잡초와 흙을 계속 던지고 있다.

"그만해! 유, 하지 마!"

아스미는 유를 제지했다. 유가 엉덩방아를 찧는다. "⋯⋯이게" 하고 유가 중얼거리더니 아스미를 매섭게 노려본다.

"더우니까 안으로 들어가세요."

아스미가 현관문을 연 순간이었다. 꺄악, 하고 갑자기 유가 심상치 않은 소리를 질렀다.

"⋯⋯유?"

"도와주세요! 누가 좀 도와주세요! 아파요! 학대예요! 저를 학대하고 있어요! 누가 경찰 좀 불러주세요! 살려주세요!"

"뭐? 자, 잠깐만, 유."

"아동학대예요! 누가 좀 도와주세요! 이러다 죽어요!"

언덕 위 한적한 주택가에 유의 목소리가 울린다. 유의 절규에 시어머니가 귀를 막는다.

"어머님, 일단 안으로 들어가요."

아스미는 시어머니를 집에 들이고 물을 마시게 한 뒤 다다미방에 이불을 깔아주어 눕도록 했다. 피곤했는지 시어머니는 금세 새근거리며 잠들었다.

시어머니의 집을 정리해야 한다. 다이치가 돌아오면 의논하도록 하자. 그때까지는 우리집에 계시게 해야겠어. 아스미는 머릿속으로 앞일을 빠르게 생각한다.

밖에서는 유의 목소리가 계속 들린다. 저런 소리를 내면 목이 상하고 말 것이다. 유는 예전부터 목이 약했다. 아스미는 마당으로 나가 유의 어깨에 손을 올렸다. 유는 아스미에게 눈길도 주지 않고 계속 소리쳤다.

"도와주세요! 학대예요!"

"유, 그만하고 이리로 와."

유의 팔을 잡았을 때 문득 대문 쪽에 누군가 있다는 걸 눈치챘다. 옆집 부부의 딸이었다. 나이는 이십대 후반이다. 아스미는 가볍게 인사를 했지만, 그녀는 그대로 표정이 굳어버렸다.

옆집 사람이 봐서 시시해졌는지, 아니면 만족한 건지, 그것도 아니면 큰 소리를 내서 지쳤는지 유는 돌연 "그만할래" 하더니 집안으로 들어갔다.

"덥지?"

아스미가 그렇게 말하고 보리차를 내주자 유는 선 채로 물 두 잔을 마셨다.

"유, 아까는 미안해. 아팠지?"

유는 아무 말도 하지 않는다.

"있잖아, 유. 엄마가 집에 왔을 때 왜 할머니를 발로 차고 그랬어? 할머니에 대해 뭔가 아는 게 있어? 알려줄래?"

유는 한동안 침묵하더니 갑자기 식탁을 쾅 하고 내려치며 "징그러워" 하고 입을 열었다.

"학교에서 돌아왔더니 할머니가 어서 와, 하면서 나를 부르길래 가까이 갔더니 갑자기 바지랑 팬티를 내리고 오줌을 쌌단 말이야. 어떻게 그럴 수 있어? 정상이 아니야! 더럽고 냄새나고 짜증나! 저 사람, 뭐야 진짜!"

유는 단숨에 말했다.

"전부터 냄새난다고 생각했었어. 완전, 완전 냄새나! 불결해!"

"……그랬구나. 엄마가 그동안 할머니에 대해 아무것도 몰랐네."

아스미의 말에 유는 작게 혀를 찼다.

"엄만 항상 아무것도 모르잖아."

"응?"

아스미가 쳐다보았지만 유는 거칠게 의자를 빼고는 말없이 이층으로 가버렸다.

깊은 한숨이 절로 나온다. 학년주임인 우쓰기 선생님은 유의 변화에 대해 "좋은 징조입니다"라고 말했었다. 집에서 무조건

착한 아이로 있는 것보다 생각한 대로 행동할 수 있는 편이 더 낫다고. 지금은 이제껏 참았던 여러 가지 일들이 점점 밖으로 나오는 시기입니다, 집은 안심할 수 있는 장소여야 합니다, 라고.

아스미는 우쓰기 선생님의 말을 이해할 순 있었지만, 그렇다면 유가 지금껏 무리해서 착한 아이를 연기했다는 걸까 의문스럽다. 물론 그런 사례도 있겠지만, 유의 경우는 조금 다르지 않을까. 부모에게 자신의 좋은 점을 보여주고 싶어 그런 게 아닐 것이다.

아스미는 알고 있었다. 유는 자신을 무시하고 있다. 자신뿐 아니라 아버지인 다이치도, 할머니도 무시한다. 그애는 머리가 너무 좋은 걸지도 모르겠다. 그 좋은 머리로 많은 것을 주체하지 못하고 살고 있다.

다이치가 집에 온 건 밤 열한시를 지나서였다. 아스미는 바로 욕실로 향하려는 다이치를 불러 세워 어머님이 다다미방에서 자고 있다는 것을 알리고 오늘 일을 간추려서 얘기했다.

"뭐? 그게 무슨 소리야, 엄마가 치매라는 거야?"

"아니, 그건 아직 몰라. 그럴 가능성도 있다는 거야."

그럴 리가 없지, 하고 다이치는 내뱉듯이 말하고 욕실로 가버렸다.

"애야."

"앗, 어머님."

"내가 너무 신세를 졌구나……"

자다 일어나서 약간 멍한 듯했으나 걸음걸이는 반듯하다. 시어머니는 집에 온 뒤로 지금까지 줄곧 잠들어 있었다.

"시장하지 않으세요? 식사 준비해놨으니 어서 드세요."

식탁에 앉게 하고 차를 우린다. 시어머니는 양손으로 찻잔을 들고 가만히 입에 가져갔다. 닭고기 경단 차조기 말이, 돼지고기 된장국, 시금치 무침. 이렇게 시어머니가 여기서 식사를 하는 건 설날 이후 처음이다.

목욕을 마치고 나온 다이치가 머리를 타월로 닦으면서 다가와 말을 건다.

"엄마, 컨디션은 어때요?"

"어머나, 다이치. 너 살이 좀 쪘구나."

시어머니가 놀란 듯 눈이 동그래졌다. 다이치를 만나는 게 어쩌면 몇 달만일지도 모른다. 같은 부지에 살아도 생활하는 시간대가 달라 서로 마주치는 일이 별로 없다.

"어머, 벌써 시간이 이렇게 됐네. 나 우리집으로 갈게."

시어머니가 자리에서 일어선다.

"아니, 안 돼요. 오늘은 시간도 늦었으니까 여기서 주무시고 가세요."

"괜찮아, 바로 옆이잖아."

그렇게 말하고는 곧장 현관으로 걸어간다.

"아니, 오늘은 여기서!"

아스미는 시어머니를 따라가 팔을 붙잡았다.

"어이."

다이치가 눈을 치켜뜨며 아스미의 손등을 때렸다. 아프지는 않았지만 다이치의 행동에 아스미는 깜짝 놀랐다.

"그만해. 바로 옆인데 괜찮잖아. 엄마, 내가 바래다드릴게요. 그래봐야 엎어지면 코 닿을 거리지만."

다이치와 시어머니는 웃으며 나갔다.

아스미는 맞은 손등을 가만히 바라본다. 요즘 들어 다이치는 아스미를 대하는 게 몹시 쌀쌀맞다. 아스미뿐만 아니다. 유에 대해서도 그렇다. 집에서 일어나는 여러 가지 일들을 그가 방기하고 있다는 생각이 든다.

아스미는 벽에 걸린 시계를 보았다. 지금쯤 다이치는 시어머니 집의 참상을 보고 놀랐을 것이다. 차라리 좋은 기회였는지도 모르겠다. 사이좋은 엄마와 아들이니까 다이치가 자기 눈으로 직접 보고 확인하는 게 가장 빠른 길이다.

잠시 후 다이치가 돌아왔다. 시어머니도 함께였다. 다이치는

망연자실한 얼굴이었다. 아스미와 눈이 마주치자 슬쩍 시선을
피하며 당장이라도 울 것 같은 표정이 되었다.

시어머니는 이불이 깔린 다다미방으로 고분고분 돌아갔다. 집
을 보고 자신의 상황이 생각났을지도 모른다. 시어머니는 이제
껏 강해 보였던 것과 다르게 너무도 온순해서, 아스미는 그 모습
을 보고만 있어도 안쓰러웠다.

그후 다이치와 몇 가지 앞일에 대해 대화를 나눴다. 시어머니
를 병원에 모시고 갈 것. 집을 치우고 정리할 것. 간병보험을 신
청할 것. 당분간 우리집에 계시게 할 것. 아스미는 유가 시어머
니에게 보이는 태도가 걱정됐지만 다이치에게는 말하지 않았다.

아스미가 잘 준비를 한 뒤 두 개가 나란히 놓인 침대로 들어가
자 다이치가 몸을 뒤척였다.

"미안. 내가 깨웠나보네."

아스미는 작게 사과하고 되도록 소리가 나지 않게 침대에 눕
는다.

"흡, 흡흡……"

"응?"

다이치는 울고 있었다.

"자기야……"

"어떡해, 어떻게 하냐고……"

베개에 얼굴을 파묻고 울고 있다. 아스미가 등을 쓰다듬자 다이치는 더는 못 참겠다는 듯 아스미를 끌어안고 울음소리를 냈다. 아스미는 자신의 가슴에 얼굴을 묻고 우는 그를 보니 역시 다이치는 다정한 사람이라는 생각이 들었다. 아스미는 그가 진정할 때까지 살포시 등을 쓰다듬어줬다.

서예 교실 후, 오랜만에 나나와 패밀리레스토랑에 들렀다. 제과 수업은 이미 그만뒀고 서예 수업도 당분간 쉴 예정이다. 오늘이 쉬기 전 마지막 수업이었다.

아스미는 유와 시어머니의 일을 나나에게 솔직히 얘기했다. 레온의 일로 학교에 불려간 지 조금 시간이 지나기도 했고, 아스미 스스로 태도를 바꿔 대담해진 점도 있었다. 이 일로 나나가 관계를 끊는다고 해도 그건 그것대로 어쩔 수 없는 일이다.

"그런 일이 있었구나. 전혀 몰랐네."

나나가 간결하게 말한다.

인성 좋은 나나의 아들과 비교하면 유가 하는 짓은 상상의 범주를 뛰어넘는 일일 것이다. 지금 이 순간 아스미는 참을 수 없이 나나가 부러웠다. 아들 쇼안의 건전함에 질투가 나고, 한편으로는 '대체 왜 그러는 거지? 왜?' 하는 유를 향한 의문이 머릿속에 떠올랐다.

"아스미가 힘들었겠다…… 의논 상대가 되어주지 못해서 미안해. 혼자 얼마나 힘들었을까……"

나나가 안쓰러워하는 표정으로 어렵게 입을 열어 다정한 말을 건넨 순간 아스미의 눈에서 왈칵 눈물이 쏟아졌다. 예상치 못한 일에 아스미 스스로도 당황스러웠다.

"어머, 나 왜 눈물이 나지…… 미안."

허둥지둥 말하며 뺨에 흐른 눈물을 닦아보지만 눈물은 계속해서 떨어졌다.

나나는 아스미를 격려하고 용기를 북돋아주며 따스히 지켜봐줬다. 들어보니 쇼안도 1학년 때 친구관계로 마음고생을 했고, 나나의 할머니 역시 치매여서 오랫동안 가족들이 힘들었다고 한다.

생각도 못했던 나나의 이런저런 얘기를 들으니 그런 일은 나만 겪는 게 아니구나 싶었다. 누구나 적지 않은 고생을 겪는다.

"정신없겠지만 무슨 일 있으면 언제라도 연락해. 좀 안정되면 다시 함께 붓글씨 쓰자."

주차장에서 나나는 그렇게 말하고 아스미를 꼭 안아줬다. 아스미는 또다시 차오르는 눈물을 참으며 고맙다고 인사하고 나나와 헤어졌다. 나나가 있어 정말 다행이라고 마음 깊이 느꼈다.

시어머니는 치매였다. 게다가 상당히 진행된 상태라는 진단을 받았다. 불과 얼마 전까지만 해도 정정했는데 언제 이렇게 되어 버린 걸까.

아들과 며느리에게 약한 모습을 보이지 않는 시어머니였다. 남편 다이치가 "엄마는 혼자서 편히 지내는 걸 좋아하니까 너무 엄마 생활에 참견하지 마"라고 말했기에 아스미는 조금 거리를 두고 시어머니를 대했었다. 실제 시어머니의 마음은 어땠을지, 요즘 들어 그런 생각을 해본다.

병원에 가자고 권유했을 때도 딱 잘라 거부할 줄 알았지만 흔쾌히 수락하고 순순히 아스미를 따라왔다. 아스미의 제안에는 고분고분 따르고 때로는 응석 부리듯 행동하기도 한다. 그런 시어머니를 보고 있자니 실은 줄곧 외로웠던 게 아닐까 싶다.

"너무 폐를 끼쳐서 정말 미안하구나. 애야. 내가 노망이 났나 봐. 머릿속이 이상해……"

그런 말을 들으면 시어머니가 증상을 자각하고 있는 것 같아 무척 안쓰러웠다.

시어머니의 치매 진단에 큰 충격을 받은 건 다이치였다. 시어머니의 집 상태를 보고도 믿고 싶지 않은 눈치였다. 시어머니도 다이치 앞에서는 허리를 곧게 펴고 표정도 야무지다.

우선 시어머니는 당분간 아스미네 집에서 지내기로 하고, 아스미는 시간이 될 때마다 시어머니의 집을 치웠다.

옷장 안에 있던 더러운 옷들은 더운 날씨와 함께 지독한 냄새를 풍겼다. 속옷은 전부 새로 마련했다. 주방에 있던 조미료와 식재료도 대부분 처분했다.

아마 시어머니는 어느 날 유통기한이 지난 조미료를 우연히 발견했을 것이다. 그게 신경쓰여 집에 있는 모든 조미료와 마른 식품을 끄집어내 확인하려고 했던 게 아닐까. 상자에 든 결혼 답례품 같은 물건도 다 꺼내고. 그러다가 스스로도 뭘 하고 있는지 모르게 된 것일지도. 집안을 치우다보면 시어머니의 초조함이 전해지는 듯해 아스미는 마음이 아팠다.

간병보험을 신청하니 몇 가지 서비스를 이용할 수 있게 됐다. 치매에 걸리면 공격적으로 변하는 사람이 있다고 들었는데 시어머니는 반대였다. 아스미는 자기 앞에서 딸처럼 구는 시어머니에게 이제껏 느껴본 적 없는 친근감을 느꼈다.

문제는 유였다. 유는 할머니를 노골적으로 혐오했다. 시어머니가 옆에서 거들어 같이 만든 간식이나 저녁 반찬을 완강히 거부했다.

"이딴 거 먹기 싫어. 할머니가 만진 건 절대 안 먹을 거야."

면전에서 그런 말을 아무렇지 않게 하고, 그럴 때마다 시어머니는 "유, 미안해" 하고 사과했다. 시어머니의 슬픈 얼굴을 보는 건 괴로웠다. 치매는 원래 그런 질병이라고 아무리 알아듣게 말해도 소용없었다. 마당에서 시어머니의 방뇨 행위를 목격한 것이 유에게는 용납되지 않는 듯했다.

여름방학, 유는 계속 학원에 다녔다. 학교에서 친구관계는 걱정됐지만 학원 친구랑 놀 약속을 하고 올 때도 있어 그 점은 조금 안심할 수 있었다.

"올해는 여행 못 가겠지?"

저녁을 다 먹은 자리에서 다이치가 말했다. 시어머니는 이미 잠들었고 유는 TV를 보고 있었다.

"올여름은 무리일 것 같아."

시어머니가 조금 안정될 때까지 함께 있는 편이 좋을 것 같다. 막판까지 상황을 보기로 하고 꽤 한참 전에 예약했던 숙소를 그대로 두었는데 취소할 수밖에 없을 듯하다.

"유, 올여름은 참고 가을 연휴에는 여행 가자."

아스미가 유에게 말을 걸자 "맘대로"라는 무뚝뚝한 대답이 돌아왔다. 다이치는 아주 진절머리가 난 듯한 표정으로 유의 뒷모습을 쳐다보면서도, 최대한 온화한 투로 "가을에 가자, 유" 하고 말했다.

"……더러워."

유가 중얼거렸다.

"응? 뭐라고 했어? 못 들었어."

아스미가 부드럽게 물었다. 정말로 듣지 못했기 때문이다.

"더러운 인간이랑 가고 싶지 않아."

그렇게 말하고 유가 자리에서 일어났다.

"유, 할머니는 아마 못 가실 거야. 우리 셋만 가는 거야."

아스미는 무심결에 그렇게 말했다. 평소 유의 태도로 보았을 때, 영락없이 시어머니도 함께 여행을 간다고 착각해서 그런 식으로 말한 거라고 생각했다.

"그게 무슨 뜻이야?"

다이치가 귀 밝게 되묻는다. 아뿔싸.

"너, 엄마를 더럽다고 생각하는 거야? 유, 너도 그래?"

다이치가 언성을 높였다.

"미안해, 아니야. 그런 뜻이 아니야."

"그럼 무슨 뜻인데?"

다이치가 격분해서 말한 순간, 유가 "아빠 말이야" 하고 대꾸했다.

"더러운 인간이란 아빠를 말하는 거야."

"뭐라고?"

"내가 아무것도 모른다고 생각해? 아빠는 더러워."

"뭔 소릴 하는 거야!"

다이치가 주먹으로 식탁을 때리고 일어선다.

"아빠, 바람피우고 있잖아?"

유의 말에 다이치가 할말을 잃었다. 아스미도 깜짝 놀라 다이치와 유의 얼굴을 번갈아 보았다.

"……너, 지금 무슨 소릴 하는 거야."

"아빠 트위터, 다른 계정 있지? 거기서 어떤 여자랑 메시지 주고받잖아. '링고'라는 닉네임 쓰는 사람. 회사 사람이지? 다 티나. 왜 그런 바보 같은 짓을 하는 거야? 군이 남들 다 보는 데서 대화할 필요가 있어? 왜 개인 메일이나 메신저로 연락하지 않는 거야? 남들한테 보여주고 싶어? 역겨워. 진짜 더러워. 최악이야. 이런 꼴사나운 흉내를 낸다는 게, 나는 너무 창피해."

유가 다이치를 바라보며 담담히 말했다.

아스미는 다이치의 얼굴을 보았다. 아, 유의 말이 사실이구나. 그렇게 생각하니 요즘 다이치의 태도나 귀가가 늦는 일 등이 쉽게 이해된다.

"……이 새끼가!"

다이치가 느닷없이 유의 뺨을 후려쳤다.

"아빠한테 그게 무슨 말버릇이야!"

소리 지르듯 말하며 뺨을 또 때렸다.

"그만해!"

아스미가 막아선다.

유는 손으로 자신의 뺨을 누른 채 분노로 얼굴을 새빨갛게 물들였다. 그리고 그대로 밖으로 나갔다.

"유! 어딜 가는 거야?"

아스미는 황급히 뒤따라 나갔다. 유는 마당에 나와서 "아악" 하고 소리를 질렀다.

"사람 살려요! 누가 좀 도와주세요! 학대당하고 있어요! 아야! 아야! 하지 마세요, 아빠! 아파요!"

뱃속에서부터 쥐어짜낸 듯한 큰 소리를 지른다. 여름날 저녁 여덟시 삼십분. 창문을 열어둔 집도 많을 것이다.

"유, 이러면 이웃에 민폐야. 하지 마."

아스미가 유의 등에 손을 뻗자 "아야! 사람 살려요! 경찰 좀 불러주세요!" 하고 더 큰 소리로 외쳐댔다.

다이치가 사납게 집에서 뛰쳐나와 유의 머리를 콱 때렸다.

"조용히 해! 어지간히 해라!"

그렇게 말하고 유의 팔을 붙잡는다.

"아악, 아파! 사람 살려! 아파! 머리가 깨질 것 같아!"

유는 큰 소리를 내더니 이번엔 엉엉 울기 시작한다.

"유, 안으로 들어가."

아스미의 목소리 따윈 유의 귓가에 전혀 닿지 않는 듯했다. 뭔가에 홀린 듯 울부짖는다.

"이 자식이, 조용히 해!"

다이치가 유의 가슴팍을 움켜쥐고 다른 한 손으로는 아이의 입을 틀어막으며 그대로 질질 끌듯이 집안으로 데리고 갔다. 유는 여전히 큰 소리로 "아동학대예요!" 하고 소리를 질렀다.

심상치 않은 소동에 잠이 깼는지 시어머니가 거실로 나왔다.

"무슨 일이야, 큰 소리가 나던데. 유, 괜찮니?"

시어머니의 파자마 바지에 작은 얼룩이 져 있었다. 아스미는 곧바로 눈치채고 시어머니의 손을 잡았다. 요실금 패드 하는 걸 잊은 모양이다. 다이치도 눈치챘는지 곧바로 시선을 돌린다. 다이치는 자기 엄마의 파자마 차림조차 보기 힘든 눈치였다.

"저기, 할머니 그거, 혹시 오줌 아냐? 으악, 더러워! 더러워! 더러워, 더러워! 할머니 그냥 죽는 게 낫겠어! 죽어!"

유가 소리친다.

"유, 입 다물어."

다이치가 유를 뚫어지게 바라보며 낮은 목소리로 말했다.

"이런 집 싫어! 더러운 인간들뿐이야! 다 죽어, 죽어, 죽어!"

유가 울부짖는 순간, 다이치가 유의 뺨을 힘껏 때렸다. 유가 옆으로 나자빠진다.

"지금 당장 입 닥치지 않으면 죽는다!"

다이치의 관자놀이에 혈관이 불거지고 눈에 핏발이 선다.

"여보. 그러지 마."

유가 으앙 하고 울면서 이층으로 뛰어간다. 아스미는 일단 시어머니의 옷을 갈아입혔다. 다행히 이불은 무사했다. 일어나는 찰나에 실수한 걸지도 모른다. 병원에서 처방받은 약을 먹고 바로 쉬시게 했다.

거실로 돌아가자 다이치는 맥주를 마시고 있었다. 아스미의 얼굴을 보고는 "저 녀석 왜 저러는 거야! 대체 누굴 닮은 거냐고! 정상이 아니잖아, 저런 애는!" 하고 고함쳤다. 얼버무리려는구나, 아스미는 생각했다. 문제를 슬쩍 바꿔 자신이 바람피우는 걸 폭로한 유에게 분노의 화살을 겨누고 있다.

바람피운다는 얘기는 사실일 것이다. 당연히 충격이었다. 다이치가 바람을 피우다니, 지금껏 상상해본 적도 없었다.

"아, 진짜!"

한층 더 큰 소리를 내고 맥주를 들이켠다. 아스미는 뺨에 홍조를 띤 다이치를 바라보았다. 슬픔이나 분노의 감정은 거의 없었다. 다이치가 이런 사람이었나. 아스미는 멍하니 생각했다. 그래, 다이치는 원래 이런 사람이었는지도 모르겠다.

그때 초인종이 울렸다. 심장이 날뛴다. 일단 상식적으로 이런 시간에 찾아올 사람이 없다. 설마 유가 또 무슨 짓을 저지른 건가? 반 친구네 부모인가?

"네, 누구세요?"

화면 너머로 아스미가 물었다.

"경찰입니다. 이시바시 씨 댁이죠? 잠시 얘기 좀 하실까요."

"네?"

다이치와 얼굴을 마주본다.

유다! 조금 전 소동으로 학대 신고가 접수된 것이다!

지난번 대문 쪽에 있던 옆집 딸의 모습이 뇌리를 스쳤다. 다이치는 얼굴이 하얗게 질린 채 욕실 앞 세면대로 달려갔다. 술냄새를 없애려고 이를 닦으려는 거겠지.

아스미가 현관문을 열자 경찰관 두 명이 서 있었다. 한 명은 나이가 지긋하고 다른 한 명은 청년이다. 경찰 신분증을 보여준다.

"갑작스레 실례합니다. 살려달라는 아이의 목소리가 들렸다는 신고가 접수돼서요."

나이가 지긋하고 사람 좋아 보이는 인상의 경찰관이 입을 열었다.

"아이가 큰 소리를 냈어요. 죄송합니다."

"남편분 계십니까?"

경찰관의 목소리에 다이치가 잽싸게 나왔다. 아스미와 함께 고개를 숙인다. 어떤 상황인지를 묻기에 다이치가 설명하기 시작했다.

"지금 자녀분 있나요?"

젊은 경찰관의 질문에 아스미가 유를 부르러 가려고 했는데 유는 이미 거실에서 대기하듯 서 있었다. 경찰이 온 걸 알고 이층에서 내려와 문 뒤에 서서 엿들었던 모양이다.

"무슨 일 있었니? 얘기해줄 수 있어?"

중년 경찰관이 허리를 숙이고 유에게 묻는다.

"이 사람이 때렸어요. 여기가 빨개졌어요. 지금 차갑게 식히고 있었어요."

맞은 왼쪽 뺨을 유가 보여준다. 다이치의 안색이 바뀐다.

"아동학대예요. 이 사람을 체포해주세요."

유가 냉정히 말을 내뱉었고, 아스미는 저도 모르게 중년 경찰관과 얼굴을 마주했다.

"무슨 소릴 하는 거야, 유."

다이치가 당황한 듯 말하고 난감하다는 시늉을 하며 웃는다.

"저를 죽인다고 했어요. 체포해주세요."

아스미는 왜 지금 자신이 다이치가 아닌 경찰관과 눈을 마주쳤을까 생각했다. 옆에 있는 다이치보다 눈앞에 선 중년 경찰관을 더 신뢰하는 걸까.

경찰관의 부추김에 유는 조금 전 사건을 얘기하기 시작했다. 할머니에게 퍼부은 폭언처럼 자신에게 불리한 말은 하지 않았지만 아버지인 다이치가 바람피우고 있다는 건 당당히 밝혔다. 그걸 의심했더니 때렸다고 했다. 다이치는 얼굴이 새빨개졌고 미세하게 몸을 떨고 있었다. 그 원인이 분노인지 수치심인지 두려움인지는 알 수 없었다.

그런 다음 중년 경찰관이 다이치에게만 얘기를 더 듣고 싶다고 해 둘이서 마당으로 나갔다. 유는 젊은 경찰관에게 자신이 학대당했다고 집요하게 호소했다.

다이치가 돌아오고 이번에는 아스미가 불려 갔다. 중년 경찰관에게 몇 가지 질문을 받고 아동상담소에 대한 설명을 들은 뒤 마지막에는 "힘드시겠지만 몸조심하시고 힘내세요" 하는 위로를 받았다.

"왜 체포 안 하는 거예요? 내가 중상을 입은 뒤에 체포하면 너무 늦잖아요! 사건을 미연에 방지하는 게 경찰의 일 아니냐고요!"

경찰관들이 돌아갈 때 유가 크게 소리 질렀다.

"괜찮아. 그런 일이 없도록 우리가 꼼꼼히 순찰할게."

젊은 경찰관이 유를 향해 웃으며 말했고, 둘은 이시바시 집안을 떠났다. 다이치는 그 둘이 보이지 않을 때까지 고개를 숙인 채 있었다.

집에 들어오자마자 다이치는 주먹으로 벽을 쳤다. 분노로 떨고 있었다. 쿵쾅쿵쾅 소리를 내며 집안을 돌아다니고 식탁을 발로 걸어찼다. 그러고는 유의 상의를 움켜잡고, "유! 너 뭐야! 아버지 망신이나 주고! 그냥 넘어갈 생각 마!" 하고 악을 썼다.

"저기, 지금 막 얘기 들었잖아. 그거 전부 학대라고. 벽을 때리고 물건을 발로 차는 것도 위협이야. 나, 아빠가 한 말이랑 한 짓, 전부 증거로 노트에 적고 있어."

다이치가 힘이 빠진 듯 손을 풀자, 유는 이겼다는 듯 의기양양하게 살짝 웃었다.

🧦

커튼을 연 순간, 강렬한 후광 같은 햇살이 방안으로 쏟아져들어왔다. 순간 눈이 부셔서 루미코는 손으로 눈을 가린다.

동틀 무렵까지 일을 했다. 간신히 끝이 보였을 때는 날이 훤히 밝아 있었다. 그러고 나서 침대로 들어갔고, 현재 시각 아홉시 사십분. 다섯 시간은 잔 셈이다.

어제까지 사흘간 루미코는 거의 잠을 자지 않았다. 아이들이 없는 오늘만은 느긋하게 자려고 알람도 맞추지 않았는데 번쩍 눈이 뜨였다. 평소에는 알람이 울려도 일어나는 게 힘들어 죽을 맛인데 꼭 이럴 때만 눈이 빨리 떠진다. 뭐든 마음대로 안 되는 법이구나. 루미코는 생각한다.

　어제부터 유와 다쿠미는 지바의 외갓집에 놀러갔다. 루미코의 오빠가 해수욕장에 데려간다고 해 아이들은 한껏 신나서 갔다.

　오빠는 회사원인데 주말이면 아이들을 데리고 놀러가는, 자식 사랑이 대단한 아버지다. 오빠의 아들인 두 조카도 유, 다쿠미와 동갑이라서 사촌끼리 아주 사이가 좋다.

　매년 여름이면 친정에 갔는데 올해는 도저히 시간을 낼 수 없었다. 마감이 겹쳐서 오빠한테 우는소릴 했더니 애들만이라도 오라며 흔쾌히 맡아줬다. 루미코와 오빠는 성향이 전혀 다르지만 예전부터 사이는 좋다.

　크게 기지개를 켜고 루미코는 꿀꺽꿀꺽 소리를 내며 정수기에서 받은 물을 마셨다. 이미 기온은 성큼성큼 오르고 있다. 창문을 열어둔 채 기분전환을 위해 거실 천장의 실링팬 스위치를 켠다.

　지바의 친정까지는 유타카가 차로 아이들을 데려다줬는데, 집에는 들르지 않고 그대로 되돌아갔다는 걸 오빠의 연락을 받고 알았다. 어젯밤 유타카는 집에 오지 않았다. 루미코도 굳이 연락하지 않았다. 아이들을 내려주고 그대로 어딘가에 갔겠지. 아이들은 그곳에 일주일간 있을 예정이라 그가 다시 데리러 가주기만 한다면 이 집에는 오지 않아도 상관없다. 오히려 그러는 게 마음이 더 편하다.

세수하고 커피를 마시면서 쌓여 있는 신문을 대강 훑어본다. 집은 난장판이다. 어제 아이들 짐을 쌀 때 정신없이 분주했던 게 그대로 남아 있다.

매미 우는 소리가 귓가에 닿는다. 아, 여름이구나. 휴대폰을 확인하자 오빠한테 메시지가 와 있었다. 벌써 해수욕장에 도착한 모양이다. 파란 하늘과 짙은 쪽빛 바다, 베이지색 모래사장이 담긴 사진. 이어지는 아이들의 사진. 뭐가 그리 재밌는지 박장대소하는 듯한데 사진이 죄다 흔들렸다. 여름햇살과 아이들의 즐거움이 화면으로 전해져 절로 미소가 지어졌다.

아이를 키우다보면 어린 시절을 한번 더 경험할 수 있어 재밌다. 초등학교 1학년의 행사, 3학년 때의 반 친구, 아이가 없었다면 떠올리지 않았을 먼 옛날의 기억이 문득 눈앞에 소환되곤 한다.

지금도 그렇다. 실제로 자신이 해수욕장에 있지는 않지만 아이들의 기쁨과 감동이 마치 나와 한몸인듯 느껴진다. 몹시 행복한 일이다.

그런데 이게 뭐야. 지금의 자신으로 말할 것 같으면 아이와 함께 보낼 시간도 없으면서 아이들 얼굴을 보면 잔소리만 해대고 최근에는 손을 댈 때도 많다. 아이를 기다려줄 여유가 없어 늘 조급하다.

"다음에도 말 안 들으면 맞을 줄 알아" "숙제 안 하면 아이스크림 못 먹어" "정리 안 하면 놀러도 안 갈 거야" 하고 협박성 대사를 줄줄이 늘어놓는다. 육아서에서 하지 말라는 것들을 순서대로 하고 있는 요즘이다.

이렇게 아이들과 거리를 두고 있으니 맹렬한 후회와 반성이 밀려와 루미코는 지금 당장 두 아이를 꼭 안고 사과하고 싶어진다. 그런 자신이 얼마나 제멋대로인 부모인가 싶어 한심하다.

일을 줄이면 되는 건가. 아니, 그러고 싶지 않다. 이시바시 루미코라는 한 인간으로서 작가 일은 계속하고 싶고, 지금은 생활을 위해서라도 일을 해야 한다.

"엄마는 항상 눈썹이랑 눈썹 사이에 선이 있어."

요전에 다쿠미의 말을 듣고 아차 싶었다. 정신 차리고 보니 늘 미간을 찌푸리고 무서운 얼굴로 아이들을 노려보고 있다.

"미소, 미소!"

루미코는 혼자 큰 소리로 말하고 뺨을 가볍게 탁탁 친 다음 의식적으로 입꼬리를 올렸다. 몸을 쭉 펴 발돋움하듯 크게 기지개를 켜자 옆구리와 오금이 자극된다. 그제야 비로소 평소의 감각을 되찾은 것 같다. 루미코는 그대로 몸을 움직여 집안 청소에 돌입하기로 했다.

유타카가 집에 온 건 그로부터 이틀 뒤였다. 방에 틀어박혀 일하던 루미코가 차를 마시려고 부엌에 나갔더니 유타카가 서 있었다. 유타카는 루미코의 얼굴을 보고는 "아" 하고 중얼거렸고 루미코는 콧김을 내뿜는 걸로 대꾸했다.

"어디 갔었어?"라고 묻는 것조차 귀찮았다. 얼마 전 말다툼한 이후로 유타카와는 거의 말을 하지 않는다. 여자와 아이에게 폭력을 쓰다니, 세상에서 제일 최악인 남자다.

유타카를 무시하고 루미코는 식탁 의자에 앉아 보리차를 마셨다. 출판사에서 보내준 잡지를 대강 훑어본다. 루미코가 글을 쓴 페이지에 포스트잇이 붙어 있었다. 기사와 관련된 네 컷 만화도 함께 실려 시선을 끈다. 일은 고되지만 이렇게 눈에 보이는 형태로 완성되어 오는 것을 보면 그 기쁨으로 모든 게 상쇄된다.

"수박 잘랐어."

유타카가 루미코 앞에 접시를 놓는다. 루미코가 웬일이냐는 듯 올려다보자 유타카는 "지바에서 사 왔어"라고 말했다. 루미코는 수박을 베어먹었다. 달고 신선했다. 과즙이 주르륵 흐른다. 유타카도 어느 틈엔가 루미코 앞에 앉아 수박을 먹고 있다.

"미안했어."

루미코는 유타카를 빤히 쳐다보았다.

"뭐가?" 하고 말을 꺼낸 순간, 아 지난번 싸움을 말하는 거구나 싶었다. 유타카는 그후 아무 말 안 했지만 어쩐지 표정이 온화해 보였다.

태평히 수박을 먹는 유타카를 보고 있자니 짜증이 나는 것 같기도, 어이가 없는 것 같기도 하다. 새삼스레 그의 사과를 받아봤자 아무 생각도 들지 않는다.

"두 번 다시 애들한테 손대지 마."

나지막한 목소리로 말했다.

"응, 당연하지."

"무엇보다 애들을 제일 우선으로 생각하고 행동해줘."

루미코는 날카롭게 쏘아붙이고 자리에서 일어나 일을 계속했다.

아이들이 없는 동안 유타카는 기분좋게 집안일을 마치고, 일하는 루미코에게 커피까지 내려줬다. 웬일로 기분을 잘 맞추나 싶으면서도 루미코는 아주 잠깐 그리움이 밀려들었다. 아이들이 태어나기 전 일이 떠올라서다.

유타카는 이렇게 정성껏 커피를 내려주기도 하고, 망가진 책장을 고쳐서 색을 칠하거나, 느긋하고 끈기 있게 가죽구두 닦는 것을 좋아했다.

루미코는 유타카의 그런 모습에 호감을 느꼈다. 조바심을 잘

내고 떽떽거리고 시끄러운 자신에게는 이런 사람이 어울릴 거라고 생각했고 그렇게 하나가 되었다. 분주한 날들에 처해 살아가는 사이, 그런 것들을 까맣게 잊고 있었다.

아이가 생기고 나서 유타카의 일은 바빠졌고 집을 비우는 일도 늘었다. 집에는 잠만 자러 오는 날도 많았다. 느긋하게 차 한 잔 마실 시간은 거의 없었다.

어쩌면 유타카는 루미코보다 가정적인 사람인지도 모른다. 루미코는 이제야 새삼스레 그런 생각을 한다. 하지만 아이의 존재로 얘기는 크게 달라진다. 특히 우리집처럼 수선스러운 남자아이가 둘이나 있는 가정에서 집안일이란 그저 쫓겨서 하는 일이 된다. 직업이 있다면 더더욱 심하다.

삼시 세끼를 먹이고 이를 닦이고, 날마다 빨래를 하고 치수에 맞는 옷을 입히고 신발을 신기고, 먼지가 쌓이기 전에 청소하고 아이들이 각자 학교에서 가져오는 가정통신문을 훑어보고, 학부모위원 활동에 참여하고, 필요한 학용품을 준비하고, 욕조의 곰팡이를 제거하고 화장실을 청결하게 유지하고, 주말에 아이들의 실내화를 세탁한다. 일주일이 순식간에 지나간다. 벚꽃이 피었나 싶으면 눈 깜짝할 새에 여름방학이 되고 가을을 느낄 새도 없이 크리스마스와 설날이 다가온다. 내 생일 같은 건 한참 지나서야 불현듯 기억난다.

부부용으로 샀던 아끼는 커피잔은 식기장 구석에 쫓겨난 신세가 되었고, 화려한 색채가 특징인 값비싼 구타니야키 접시도 아이들이 태어나기 전까지만 부지런히 사용했다. 어차피 금세 깨뜨리겠지 싶어 화병도 넣어뒀다. 아이들 밥그릇과 컵을 새로 장만해야겠다면서도, 그래봤자 떨어뜨려서 깨는 것이 고작이라며 여전히 유아용 플라스틱 제품을 사용하고 있다.

느긋하게 안정되고 기분좋게 이상적으로 지내는 건 아이들이 있다면 어려운 일이다. 하지만 아이들이 없는 생활은 상상할 수 없다. 유와 다쿠미가 있기에 자신이 이렇게 열심히 살아가는 거라고 루미코는 생각한다.

실제로 아이를 가진 이후에는 아이가 없던 시절의 자신으로는 돌아갈 수 없다. 당연한 말이지만 처음부터 없는 것과 존재했던 것을 잃는 건 완전히 다르다. 아이가 없었다면? 아이를 낳지 않았다면? 이른바 '만약에'로 시작하는 얘기는 해봐야 부질없다.

아이가 있어서 즐거운 일과 힘든 일 중 이제껏 어느 쪽이 더 많았을까. 힘든 일이 훨씬 많았다. 하나의 생명을 책임진다는 건 이만저만한 일이 아니다. 그래도 유와 다쿠미가 있어서 좋았다. 사랑스러운 말썽꾸러기들.

어찌어찌 마감의 산을 넘고 작업실에서 나왔더니 거실이 깨끗이 청소되어 있었다. 마룻바닥은 반짝반짝 광이 나고 줄곧 신경쓰였던 에어컨 필터 청소 시기를 알리는 램프의 불도 꺼졌다. 유타카의 모습은 보이지 않았다. 분명 저녁 장이라도 보러 갔겠지. 아이들이 없으면 유타카는 세심하게 배려하고 자상하다.

걷어놓은 빨래가 바구니에 들어간 채 놓여 있다. 이제 갤 생각이겠지. 아이들 빨래가 없으니 세탁물도 아주 적다.

루미코는 빨래를 개면서 창밖을 바라보았다. 오렌지색 서쪽 하늘이 밝은 빛을 내뿜고 있다. 열어놓은 창문에서 미지근한 바람이 들어오고 까마귀 울음소리가 들렸다.

루미코는 짙은 향수에 젖은 기분이 들었다. 어릴 적 저녁 풍경이 가슴속에 되살아난다. 바다로 저물어가는 커다란 태양. 귀가를 서두르는 아이들. 다른 집에서 풍겨오는 생선구이 냄새. 루미코는 어쩐지 울고 싶었다. 잔잔한 외로움이 밀려와 당장이라도 유와 다쿠미가 보고 싶었다.

아이들이 돌아왔다. 깔끔히 정돈된 거실은 유와 다쿠미가 돌아온 지 오 분도 채 되지 않아 엉망이 되었다. 손도 씻지 않고, 가져온 짐가방의 내용물을 거꾸로 쏟아부어 마룻바닥을 모래투성이로 만들고, 선물로 받은 장난감을 갖고 놀기 시작하더니 사소한 말싸움에다 티격태격하는 몸싸움이 벌써 시작됐다.

"애들아! 집에 왔으면 입 헹구고 손부터 씻어야지. 그리고 빨랫감은 직접 세탁기에 넣고 와."

외갓집에서 보낸 마지막날인 오늘도 해수욕장에 갔었는지 수영복과 목욕 타월이 젖어 있었다. 가져갔던 여벌 옷은 세탁해준 모양이다. 세탁한 옷을 단정히 개서 보내준 사람은 친정엄마가 아니라 올케일 것이다. 고맙다는 인사로 뭔가 맛있는 거라도 보내야겠다고 루미코는 머릿속에 메모한다.

유와 다쿠미는 까맣게 그을려 여름 아이 그 자체다. 즐거웠겠지. 루미코도 기분이 좋아진다.

"저기, 여보. 왜 누워 있는 거야? 식사 준비를 하든지 짐 정리를 하든지 뭐라도 해주겠어?"

돌아오자마자 소파에 누워 TV 채널을 돌리고 있는 유타카에게 루미코가 말했다.

"나 운전하고 이제 막 들어왔는데."

쉬는 게 당연하다는 듯 말하고는 전혀 움직이려 하지 않는다. 아이들이 없을 때는 신나게 집안일을 했으면서 아이들이 돌아오니 마치 딴사람 같다.

물론 운전해서 피곤할지 모르지만 그런 일은 매년 루미코가 당연히 하던 것이었다. 게다가 친정에 가면 아이들과 같이 놀면서 세끼 식사 준비를 돕고, 세탁과 청소를 자진해서 떠맡고, 피곤한 몸으로 차를 운전해 집에 돌아와 엄청난 짐을 정리하고, 식사 준비를 하고 아이들을 씻기고 재웠다. 루미코는 그런 일들을 이제껏 전부 혼자서 해왔다. 도와주는 사람은 아무도 없었다.

루미코는 화가 나는 마음을 억누르며 아이들의 짐을 정리한다. 저녁은 틀림없이 먹고 오겠지 싶어 아무 준비도 하지 않았다. 유타카는 아이들을 데리러 가서 집에는 들어가지 않고 곧장 돌아왔을 것이다. 돌아오는 차 안에서 아이들이 잠들어버려 외식도 못했을 테고. 상황이 그렇다고 연락 정도 해주면 좋았을 것을.

"그럼, 잠깐 마트에 갔다 올게. 도시락도 괜찮지?"

아이들이 "아무거나 다 좋아" 하고 대답한다. 이 시간이면 도시락이나 반찬이 할인 판매에 들어갔을 것이다. 요즘 들어 몸을 제대로 움직이지 않았으니 자전거를 타고 가기로 했다.

바깥은 여름밤 냄새가 났다. 루미코는 또 향수에 젖었다. 어릴 적에는 이런 냄새가 나던 여름밤에 가족끼리 불꽃놀이를 했다. 마당에 양동이를 준비하고서 손에 드는 작은 폭죽에 질리지도 않고 불을 붙였다. 툇마루에서는 할아버지가 담배를 피우면서 그 모습을 지켜보았지.

그로부터 많은 시간이 흘러 할아버지와 할머니가 돌아가셨다. 집은 개축해서 툇마루가 없어졌다. 마당에 있던 흑송도 이제 없다.

루미코는 마트에서 도시락을 고르면서 문득 인간은 이렇게 죽어가는 걸지도 모르겠다는 생각을 했다. 유는 내년에 4학년이다. 그리고 곧 중학생이 되겠지. 중학교와 고등학교 시절은 말도 못 하게 빠르게 지나가버린다는 얘기를 여러 엄마들로부터 듣는다.

다쿠미가 어린이집에 다니던 시절까지는 아직도 한참 멀었다 고 생각했다. 육아는 영원히 계속되는 거라고, 거의 막연하게 체 념과도 비슷한 감각이 있었다. 그런데 다쿠미가 초등학교에 입 학하고 유도 말이 통하게 된 지금은 아이들과 함께 있을 수 있는 것도 앞으로 얼마 남지 않았구나, 하고 별안간 느끼게 된다.

함께 여행할 수 있는 것도 앞으로 겨우 몇 년이겠지. 엄마랑 즐겁게 얘기를 나누는 것도 지금뿐이리라. 중학생이 되면 친구 가 제일 중요해질 테고, 고등학생이 되면 좋아하는 아이가 생겨 바빠질지도 모른다.

별것 아닌 일로 시끄럽게 잔소리하는 건 그만둬야겠다. 아이 는 좀더 느긋하고 여유롭게 지내야 한다. 어린이 시절은 짧다.

루미코는 도저히 주체할 수 없는 감정으로 돌아가는 길 자전 거 페달을 밟는 다리에 힘이 들어갔다. 상냥하게 대하자. 즐겁게 대하자. 웃는 얼굴로 지내자. 그렇게 다짐하면서 집으로 가는 길 을 서둘렀다.

아파트 엘리베이터에서 막 내렸을 때, 아이들 울음소리가 들 리는 듯했다. 설마설마하면서 빠른 걸음으로 집으로 향한다. 현관문 앞까지 오자 울음소리는 한층 더 커졌다. 고함치는 소리도 들려온다. 틀림없이 우리집에서 나는 소리다. 루미코는 서둘러 안으로 들어갔다.

"왜 그래? 무슨 일이야. 소리가 밖까지 다 들려."

그렇게 말하며 들어간 루미코의 눈에 들어온 거실은 처참한 상태였다. 과자랑 장난감이 여기저기 어질러져 있고 식탁 위에 놓아둔 우유팩은 옆으로 쓰러져 우유가 뚝뚝 흐르고 있다. 바닥은 우유로 흠뻑 젖었다.

"어머, 이게 뭐야! 왜 바로 세워놓질 않는 거야!"

루미코가 날카롭게 언성을 높이자 유타카가 "이 녀석들이야!" 하고 크게 소리를 질렀다.

"이 녀석들이 싸우면서 과자를 집어던지고 우유를 쏟았어."

"뭐?"

갑자기 아이들을 탓하며 상황을 설명하는 유타카에게 루미코는 어이가 없어 말이 나오지 않는다. 우유를 쏟았으면 바로 닦으면 될 일 아닌가.

"엄마, 나 아파! 아빠가 때렸어. 눈이 아파!"

다쿠미가 울면서 다가와 바닥을 닦는 루미코의 허리에 감긴다.

"어떡해, 괜찮아?"

왼쪽 눈꺼풀이 빨개졌다.

"장난감을 나한테 던져서 그런 거야."

유타카가 말한다.

"일부러 그런 거 아니란 말이야. 장난감에 살짝 맞았을 뿐인데 아빠가 얼굴을 때렸어!"

다쿠미의 울음소리가 커진다.

"제기랄! 아빠 같은 거 죽어버려!"

이번에는 유가 울음 섞인 목소리로 소리쳤다.

"야! 너 지금 나한테 하는 소리야?"

유타카가 언성을 높인다.

"엄마, 이거 봐! 아빠가 내 노트를 찢었어! 숙제 노트인데!"

자세히 보니 유의 수학 노트가 잡아뜯겼다.

"난 몰라, 이게 뭐야, 왜 이런 짓을……"

"네가 나한테 노트를 던졌잖아!"

"숙제 좀 가르쳐달라고 했는데 아빠가 안 가르쳐줬잖아!"

"난 피곤하다고. 숙제 정도는 스스로 해. 그 정도는 생각하면 할 수 있잖아. 학교에서 뭘 배웠어? 너 바보야?"

유가 눈물을 닦고 입술을 깨문다. 자기 자식한테 무슨 말을 하는 거지? 이게 아빠가 할 말인가. 피가 거꾸로 솟고 온몸이 뜨거워진다.

"바보는 당신이야! 애한테 상처를 줘서 좋을 게 뭐야?"

"바보를 바보라고 한 게 뭐가 나빠!"

누가 잡아당긴 것처럼 관자놀이가 지끈지끈 아프다. 더는 참을 수 없었다. 뇌가 터져버리는 게 아닐까 싶을 정도로 머릿속이 분노의 불꽃으로 들끓었다.

겨우 삼십 분 집을 비운 사이에 어째서 이런 일이 벌어지지? 방금 전에 지바의 외갓집에서 막 돌아오지 않았나?

"저기, 형이 바보야?"

다쿠미의 물음에 유가 "조용히 해" 하며 동생의 어깨를 민다. 다쿠미가 또 울기 시작한다.

"으앙, 형이 밀었어."

"네가 나한테 바보라고 했잖아!"

"아빠가 그렇게 말했으니까 그렇지."

이번에는 다쿠미가 유를 밀친다.

"이걸로 비긴 거야!"

"아프잖아! 이 자식이!"

유가 다쿠미에게 달려든다. 둘의 싸움이 시작된다.

"시끄러워! 너희 진짜 바보가 따로 없다."

유타카가 밉살스럽게 아이들을 향해 말한다.

"……좀 조용히 해."

루미코의 목소리는 닿지 않는다. 유와 다쿠미는 서로 아우성

치면서 맞붙어 싸우며 바닥에 뒹굴고 있다.

"조용히 해! 시끄러워! 시끄럽다고! 어지간히들 좀 해! 왜 매번 이런 식이야? 왜 평범하게 있지 못하는 거야!"

루미코는 목이 상하겠다 싶을 정도로 소리를 질렀다. 아이들이 하던 행동을 멈추고 루미코를 바라본다.

"전부 이 자식들 때문이야."

유타카가 자기와는 상관없다는 듯 말했다. 그 순간, 루미코의 안에서 뭔가가 끊어졌다. 루미코는 유타카의 뺨을 있는 힘껏 후려쳤다. 찰싹, 하고 그럴싸한 소리가 났다.

"아야! 뭐하는 짓이야!"

루미코는 이어서 또 한 대, 유타카의 뺨을 때렸다. 유타카의 눈빛이 변한다.

"이런 씨……"

유타카에게 뺨을 맞았다. 맞아서 뜨거워진 뺨이 살아 있는 생명체처럼 박동한다. 루미코는 그 아픔이 기폭제라도 되는 듯 여기저기에 있는 물건을 유타카에게 집어던졌다.

"하지 마, 그만해!"

리모컨이 유타카의 얼굴에 명중했고, 루미코는 흥분한 유타카에게 머리를 냅다 얻어맞았다. 아픔보다 훨씬 더 강렬한 분노가 루미코를 지배하고 있었다.

아이들은 부모의 몸싸움을 놀란 얼굴로 보고 있다. 이렇게 어리석은 부모가 있을까. 한심하다. 아이들에게 이런 모습을 보여서는 안 된다고 생각하면서도 루미코는 뭔가에 강한 자극을 받아 움직이는 것처럼 유타카를 향해 주먹을 치켜들었다. 유타카가 몸을 피해 루미코의 팔을 잡아 비틀어올린다.

"아빠, 하지 마!"

유가 유타카에게 달려든다.

"저리 가!"

유타카가 유의 먹살을 잡고 그대로 밀쳐냈다. 유가 바닥에 내동댕이쳐진다.

"유!"

심상찮은 울음소리를 터뜨린 유를 안고 루미코는 악을 썼다.

"당신 같은 사람은 죽는 게 나아! 지금 당장 죽어버려! 내 앞에서 사라지라고!"

유타카를 향해 소리치면서 루미코는 눈물이 나왔다. 이런 남편, 이런 아빠, 차라리 없는 편이 낫다.

"왜 그래! 왜 그러는 거야! 왜 자꾸 이렇게 되는 거냐고!"

왜, 왜만 되풀이하면서 루미코는 눈물이 자꾸 흘러서 미칠 것 같았다.

"엄마, 괜찮아?"

다쿠미가 루미코의 우는 얼굴을 희귀한 물건 보듯 들여다본다. 유가 "너, 짜증나. 저리 가!" 하고 다쿠미를 밀치자, 다쿠미가 억지 울음을 터뜨리며 유에게 발길질을 한다. 순식간에 다시 형제 싸움이 시작된다.

"……쫌! 어지간히들 해! 너희도 어지간히 좀 하라고!"

루미코는 고함을 쳤다.

"어떻게 이런 순간에도 싸울 수 있어! 내 기분도 조금은 생각을 해야지!"

루미코가 눈물을 보이며 소리를 질러도 아이들은 싸움을 멈출 기미가 없다. 나는 아이들을 지키기 위해 이렇게까지 하고 있는데……! 루미코는 화가 나고 한심해서 아까와는 다른 눈물이 나왔다.

"마음대로 해! 나도 이제 모르겠다!"

루미코는 모든 게 싫어졌다. 왜 나만 이렇게 애써야 하는 걸까. 일, 가사, 육아. 지질하고 유치한 남편과 한심하고 이기적인 아이들. 지긋지긋하다. 마음대로들 해. 모두 없었으면 좋겠다.

루미코는 작업실로 뛰어들었다. 유일한 나만의 공간이다.

"……어? 이게 뭐야."

깔끔히 정리해 책장에 꽂아뒀던 책과 자료가 바닥에 어질러져 있었다. 큰맘 먹고 산 아끼는 사이드 데스크는 쓰러져 있고, 안에 들어 있던 스테이플러와 스카치테이프, 가위, 포스트잇과 클립 등이 어지럽게 흩어져 있다. 빠진 서랍은 모서리가 깨져버렸다.

"……너무 한다, 진짜."

혼잣말을 내뱉자마자 불길이 솟구치듯 내장이 뜨거워졌다. 루미코는 주먹으로 작업실 문을 치고는 "이게 뭐야! 뭐냐고!" 하고 몸을 구부리며 소리쳤다. 목이 갈라지듯 아프다.

맹렬한 기세로 거실로 돌아오자 루미코의 화를 감지한 다쿠미가 "엄마 방에 들어간 거 형이야" 하고 고자질했다.

"아까 형이 그랬어. 자기 것도 있으면서 엄마 가위를 빌리려고 했어. 그러더니 책장을 뒤집었어."

유가 "시끄러워! 말하지 마!" 하고 다쿠미의 어깨를 누르자 다쿠미가 에엥, 하고 과장되게 울기 시작한다. 루미코는 아무 말 없이 유의 머리를 후려갈겼다.

"작업실에는 들어오지 말라고 했지! 내 말이 우스워?"

그렇게 말하고 손바닥으로 또 한 대 아이의 머리를 때렸다.

"왜 때려!"

루미코는 달려드는 유를 확 밀쳤다. 그래도 다시 일어나서 덤벼드는 유의 팔을 잡고 아이를 밀어 쓰러뜨린 뒤 깔고 앉았다. 팔다리를 제압당해도 유는 전력으로 반항한다.

초등학교 3학년 남자애라면 이렇게 힘이 세구나, 많이 컸네.

루미코는 머릿속 한편으로 냉정히 생각했다. 그래도 아직은 내 뜻대로 할 수 있는 힘과 몸이다.

"아파! 이거 놔! 이 할망구!"

유가 얼굴을 벌겋게 하며 퉤 하고 침을 뱉었다. 루미코의 뺨에 침이 묻는다. 루미코는 있는 힘을 다해 유의 뺨을 때렸다. 울부 짖는 유의 목덜미를 잡고 머리를 바닥에 찧는다.

"야!"

유타카가 소리를 낸다.

"시끄러워! 너는 끼어들 자격 없어!"

이제 와 아빠 흉내를 내는 유타카에게 구역질이 난다. 실컷 폭력을 휘두른 주제에! 애초에 잘못은 네가 한 건데!

"어지간히 좀 해! 왜 다들 날 화나게 하는 짓만 하는 거야! 언제쯤이면 정신 차릴 건데! 왜 말이 안 통하느냐고! 너희들 다 날 무시하는 거야?"

온몸이 부은 것처럼 뜨거웠다. 루미코는 자신의 몸안에 흐르는 혈액을 속속들이 느끼고 있었다. 체내를 돌고 도는 붉은 피가 맥동하고, 자신이 진정 살아 있음을 느꼈다. 루미코는 신들린 듯 자식을 때리면서도 그런 생각을 하는 자신이 아이러니했다.

"바보 같은 마사키 때문에 올여름도 에어컨 못 사겠네. 아, 정말 한심하다."

땀을 뻘뻘 흘리며 자전거 페달을 밟으면서 가나는 아침 파트타임 일을 하러 가고 있다. 파란 하늘을 보니 오늘도 더울 것 같다. 벌써 티셔츠는 땀에 젖었다. 바보한테서는 그 이후로 전혀 연락도 없고, 어디에 있는지도 모르는 상황이다.

가나는 편의점 점장에게 부탁해 주말과 야간 업무 시간을 늘려달라고 하기로 했다. 조금이라도 더 돈을 모으고 싶다. 유는 적잖이 책임을 느끼는지 그런 엄마를 순순히 이해해줬다. 게다가 앞으로는 자신이 식사 준비를 하겠다고 하더니, 어제는 된장국 끓이는 법을 알려달라고 했다.

"원래는 가다랑어포로 육수를 내는 거지만. 엄마는 게을러서 마트에서 파는 육수 분말을 써. 건더기는 뭐든 괜찮아. 많이 넣으면 영양도 풍부하고."

유는 가나가 가르쳐준 대로 만가닥버섯의 밑동을 최대한 끝에서 잘라내고, 두부도 주사위 모양으로 정성스럽게 가지런히 잘랐다.

"유는 정말 손재주가 있네. 엄마보다 잘하는걸."

가나가 감탄하며 말하자, 유는 "요리하는 거 재밌어" 하며 이번에는 멜로키아* 데치는 법을 물어왔다. 멜로키아에 가다랑어포를 뿌리고 간장을 넣어 먹는 건 유가 좋아하는 여름 반찬이다. 어제는 크로켓이 싸길래 반찬으로 샀는데, 유는 크로켓도 처음부터 만들어보고 싶은 모양이었다. 가나는 책장에서 낡은 요리책을 꺼내 유에게 내밀었다.

"여기에 여러 가지가 실려 있으니까 시간 날 때 읽어보면 좋을 거야."

가나가 고등학생 때 샀던 책이다. 요리하면서 젖은 손으로 페이지를 넘겼던지라 너덜너덜해졌다.

"엄청 오래된 책이네. 고마워 엄마."

"튀김만은 꼭 엄마랑 같이 있을 때 해야 해. 데면 큰일이니까."

유는 고개를 끄덕이고 곧장 요리책을 읽었다. 그 모습을 보고 가나는 생각했다. 유를 요리의 길로 가게 하는 것도 괜찮겠다고. 그러고는 바로 자신이 아들 바보인가 싶어 훗, 하고 코웃음이 나왔다.

여름방학 동안 편의점에는 젊은 사람들이 많이 보인다. 학생

---

* 이집트가 원산지인 식물. 주로 잎을 식용하며 시금치와 비슷한 맛이 난다.

일까. 이른 아침부터 남녀가 무리 지어 시끌벅적하게 주먹밥과 과자를 고르고 있다. 다 같이 어딘가로 놀러가는 거겠지. 그들의 즐거움이 가나에게도 전해져 자연스레 웃음이 난다.

"안녕하세요."

갑자기 누군가 어깨를 두드리기에 가나가 물건을 검수하다가 돌아보니 바로 뒤에 니시야마가 서 있었다.

"아, 안녕하세요."

가나는 쾌활한 어조로 인사했다. 지난번 구불거렸던 머리카락은 곧게 펴졌고 얼굴에 화장기는 거의 없다. 굽 높은 샌들과 짧은 하늘색 원피스. 근처에 남자는 없다. 오늘은 니시야마 혼자인 듯하다.

가나는 리키야 일을 잠깐 얘기해볼까 싶었지만 무얼 어떻게 물어야 좋을지 몰라 결국 입을 다물었다.

"이시바시 씨, 참 열심히 일하네요. 아침부터 밤까지."

니시야마가 말한다.

"낮에는 또다른 곳에서 일하죠?"

가나는 살짝 미소를 지으며 끄덕였다.

"유는 돌봄교실?"

"네. 여름방학에는 도시락을 싸 가야 해서 힘드네요. 리키야는 집에 있나요?"

가나는 별생각 없이 물었는데 니시야마가 순간적으로 표정을 굳히며 가나를 노려보았다.

"그게 당신이랑 무슨 상관이지? 남의 집 일 꼬치꼬치 묻지 마요!"

쌀쌀맞은 투였다. 가나는 "죄송합니다" 하고 곧장 사과했다. 전에 학교에서 만났을 때는 친근하게 대화하고선 요전에는 가나를 무시하더니 오늘은 기분이 언짢다. 굉장한 기분파다. 너무 깊이 엮이지 않는 편이 좋겠다.

계산대가 혼잡해져서 가나는 니시야마에게 가볍게 인사하고 계산대로 돌아갔다.

"저기, 고기만두 없어요?"

어째선지 가나의 뒤를 따라온 니시야마가 큰 소리를 낸다. 가까이에 있던 점장이 "여름에는 없습니다. 가을에 나와요" 하고 가볍게 대답했다.

"나, 이 사람이랑 아는 사이예요. 애들끼리 친구라. 그렇죠, 이시바시 씨?"

니시야마가 가나를 가리키며 말한다. 점장이 바라보자 가나는 살짝 고개를 끄덕였다.

"우리 애 급식비를 이 사람 아이가 훔쳐서 곤란했어요."

니시야마의 말에 근처에 있던 손님들이 눈을 동그랗게 뜨고 가나를 쳐다본다.

"무슨 말씀이세요?"

미간 부근이 뜨거워졌지만 여기서 소란을 피우면 안 된다. 가나는 원만히 해결하자는 생각에 웃는 얼굴로 대꾸했다.

"뭐? 무슨 말씀이세요? 그게 뭔 소리야. 완전 남의 일 얘기하듯 하네. 당신네 아들이 우리 리카야의 돈을 훔쳤잖아. 사과해야 하는 거 아닌가? 어?"

가나는 무시하고 계산기를 두드렸다.

"저기! 뭐라고 말 좀 하시지! 뭐 이렇게 뻔뻔하고 낯짝도 두꺼울까!"

손님들은 몹시 흥미롭다는 듯 가나와 니시야마를 보고 있다. 점장이 팔꿈치로 가나를 슬쩍 찌르더니 잠깐 밖에 나갔다가 오라며 귓속말을 했다. 가나는 아무 일 없다는 듯 계산대에서 나와 그대로 문밖으로 나갔다.

"도망치는 거야? 비겁하게!"

니시야마의 큰 목소리가 등뒤에서 들려왔지만 그녀는 가나를 따라오지 않고 매장 안을 훑기 시작했다.

검품도 하다 말았고 계산대도 혼잡했기에 가나는 매장 안으로 돌아가고 싶었지만, 니시야마가 있는 동안 손님에게 폐를 끼칠 것 같아 하는 수 없이 바깥 청소를 했다.

잠시 후 니시야마가 나왔다. 방금 샀을 녹차가 든 페트병을 열어 곧장 마시고 있다.

"애쓰네."

그녀가 빗자루를 든 가나를 보며 말했다. 웃는 얼굴이다.

"니시야마 씨, 유 말인데요. 리키야의 돈을 훔쳤다는 건 오해예요. 그후 서머스쿨 돈도 유가 가져간 게 아닙니다. 지금은 제가 일하는 중이라서 다음에 시바타 선생님과 셋이 얘기하실래요?"

가나의 말에 니시야마는 "그런가" 하고, 별일 아니라는 듯 고개를 끄덕였다.

"잘 알았어요. 유 군은 돈을 훔치지 않은 거죠? 알았어요. 알았어. 이해했어요. 고맙네요."

너무도 성의 없는 말투에 가나는 뺨이 달아올랐다. 니시야마는 처음부터 유가 범인이 아님을 알았고, 그런데도 조금 전에 큰 소리로 남들에게 다 들리게 그런 말을 한 것이다.

"앞으로 두 번 다시 유에 대해 얘기하지 마세요. 일하는 중에 말 거는 것도 하지 말아주세요."

가나는 강한 어조로 말했다.

"뭐? 갑자기 웬 트집을 잡고 난리야. 네가 뭔데?"

니시야마의 눈빛이 달라진다.

"저에 관한 거라면 몰라도 아이를 그렇게 말하는 건 못 참겠네요. 당신도 그렇잖아요. 마음에 걸리는 게 있으면 선생님 모시고 얘기해요."

니시야마는 입을 다문 채 가나를 쳐다보고 있다.

"저는 지금 일하는 중이라. 시급 받는 만큼 일해야 하거든요. 이만 실례할게요."

"시급이 얼만데?"

가게로 돌아가려는 가나에게 니시야마가 말을 건다.

"이른 아침 시간은 900엔이요."

"어머 너무 싸다! 그냥 그만두는 게 낫겠네, 그런 푼돈이나 받는 일!"

니시야마가 큰 소리로 말하고는 손에 들고 있던 페트병의 내용물을 문 쪽을 향해 몽땅 쏟았다. 가나의 발밑에 녹차가 튀었다.

"뭐하는 거예요!"

"아, 미안해요. 손이 미끄러졌네."

니시야마가 깔깔 웃는다. 점장이 이쪽을 보며 미간을 찌푸린다.

"……니시야마 씨, 저한테 앙심 있어요?"

가나의 질문에 니시야마는 정색하더니, "짜증나!" 하고 소리쳤다.

"……뭐가요? 제가 당신한테 무슨 잘못이라도 했어요?"

가나가 불만스레 내뱉은 말을 무시하고 니시야마는 돌아갔다.

다음주부터 화장품 업체도 여름휴가에 들어간다. 그 기간에는 유와 해수욕장에 가는 날을 제외하고 편의점 주간 업무에 넣어 달라고 했다. 이 시기에는 쉬고 싶어하는 어린 아르바이트생이 많은지 점장이 좋아했는데, 오늘 아침은 니시야마 때문에 씁쓸한 표정을 지었다. 가나는 점장에게 백배사죄하고 내일은 평소보다 일찍 나오자고 결심했다. 오늘 빼먹은 시간 만큼 일을 더 해야지 그렇지 않으면 너무 면목이 없다.

그건 그렇고 대체 이유가 뭘까. 니시야마를 짜증나게 할 만한 일을 한 기억은 없다. 유도 학교에서 리키야와 별로 가까이 지내지 않을 테니 아이들과 관계된 문제도 아닐 것이다.

"아무리 생각해도 모르겠네. 이제 그만 생각하자."

가나는 고개를 젓고 작게 중얼거린다. 실제로도 니시야마를 생각할 여유 따윈 없었다. 지금 머릿속에는 돈 생각뿐이다. 유와 처음으로 가는 여행. 너무 궁상떨지 말고 유가 갖고 싶어하는 걸 사주고 먹고 싶은 걸 먹게 해주고 싶다.

다음 월급이 들어오면 어떻게든 해결될 테니, 집세와 대출금을 제외한 나머지 요금들은 이번에 굳이 내지 않고 월급이 들어왔을 때 두 달치를 한 번에 입금해야겠다. 그만큼을 여행에 쓰고 싶다.

아침부터 날씨가 좋았다. 여행 준비는 한참 전부터 싹 해뒀다. 가나는 매실장아찌 주먹밥을 여섯 개 만들고, 여행지에 도착해서 사면 될 테지만 과자랑 주스도 챙겼다. 페트병에 든 주스는 냉동실에서 얼렸다.

"유랑 엄마가 이렇게 같이 기차를 타는 게 아마 처음일 것 같은데?"

기차를 타는 건 이혼하고 지금 사는 지역으로 이사왔을 때 이후로 처음이다. 그때 유는 아직 갓난아기였다.

"그러네. 엄마랑 타는 건 처음이야. 그리고 나는 오늘 두번째 타는 거야. 저번 봄소풍 때 처음 탔었어. 기차 타는 거 좋아. 재밌어."

신이 나서 들뜬 유를 보는 건 기뻤지만, 동시에 지금껏 기차도 한 번 못 태워줬구나 싶어 가나는 반성했다.

차창으로 보이는 가로수. 각각의 집에 각각의 가족이 산다. 그런 당연한 사실이 어쩐지 몹시 신기하고 기적처럼 느껴졌다.

도중에 큰 역에서 환승하느라 오랜만에 느끼는 도시의 떠들썩함에 가나는 조금 위축됐다. 유를 놓치지 않으려고 손을 잡는다. 유도 불안했는지 가나의 손을 꼭 붙잡았다.

집에서 제일 가까운 역에서 출발해 중간에 환승하고도 한 시간이 채 걸리지 않았다. 일단 집을 나섰더니 모든 게 순식간이었다. 마음만 먹으면 언제든지 어디든 갈 수 있는 것이다. 가나는 유를 낳고 자신이 얼마나 작은 세상에서 살아왔는지를 실감했다.

유에게는 많은 곳을 보여주고 다양한 것을 경험하게 해주고 싶다. 자신이 보는 좁은 세상이 아니라 훨씬 더 넓은 세상에서 많은 것들을 직접 보기를 바란다. 유의 키가 자라고 몸무게가 증가한 요즘에는 특히 더 그렇게 생각한다.

"앞으로는 매년 기차 타고 어디로든 놀러가자."

가나가 그렇게 말하자 "무리하지 않아도 돼. 축구 하는 것도 바쁜데" 하고 유가 웃는 얼굴로 대꾸했다. 아이의 배려에 가슴이 뜨거워진다. 어쩌면 이렇게 다정할까. 늘 하는 생각을 가나는 지금 다시 한다.

스마 해변공원역에 도착해 미리 예약한 숙소에 짐을 맡기고 둘이 바다로 향했다.

"바다다! 진짜 바다야!"

유가 좋아서 달려나간다. 파란 하늘. 쪽빛 바다. 바다 내음. 여름 바다가 눈앞에 있었다. 유에게는 첫 바다. 가나도 바다에 오는 건 십수 년 만이었다. 바다를 보는 것만으로 자연스레 기분이 들뜨고 웃음이 난다.

가나는 실컷 숨을 들이마시고 크게 팔을 돌리며 푸우 하고 내뱉었다. 여행중에 돈 생각은 전혀 하지 않기로 마음먹었다. 유와 하는 첫 해수욕. 즐기기만 해도 시간이 부족하다.

해변은 이미 많은 사람으로 북적거렸다. 바다의 집*이 즐비하다. 선오일 냄새. 뜨거운 모래. 파도 소리. 집에서 가져온 돗자리를 모래바닥에 깐다.

문득 과거의 여름날이 가나의 눈앞을 스쳐지나갔다. 전남편 히데아키와 이런 곳에 온 적도 있었다.

"엄마. 튜브에 바람 넣고 올게."

벌써 수영 팬츠를 입은 유가 튜브를 들고 있다. 가나의 의식은 곧장 유에게 향했다. 추억에 빠질 것까지는 없었다. 오히려 가나는 앞으로의 미래를 생각한다. 언젠가 유에게 여자친구가 생겨 둘이서 이렇게 바다로 데이트를 하러 올 수 있다면 좋겠다고 상상한다. 가나는 미래의 유의 여자친구에게 진심으로 고맙다. 유를 좋아해주고 소중히 생각해줘서 정말 고맙다고 마음이 저만치 앞서가 감사의 말을 하고 싶은 기분이다.

잔뜩 붉어진 얼굴로 튜브에 공기를 다 넣은 유가 팔며 허리를 빙글빙글 돌리고 있다.

---

* 해변을 따라 설치되어 해수욕객에게 편의를 제공하는 시설이나 상점.

"엄마, 빨리 가자!"

"유, 수영할 수 있어?"

유가 수영을 해본 경험은 초등학교 체육 수업과 여름방학에 개방하는 학교 수영장 정도일 테다.

"못해!"

유가 익살을 부리며 우스꽝스러운 표정을 지어 가나는 소리 높여 웃었다.

가나가 티셔츠 속에 입고 온 오래된 수영복은 구닥다리 스타일의 비키니다. 임신선 흔적도 눈에 띌 테고, 위에 티셔츠와 반바지를 입고 있어도 괜찮겠지.

"먼저 주먹밥부터 먹을래?"

"나중에 먹을게!"

유가 바다를 향해 달려간다.

"멀리 가면 안 돼!"

"알아!"

유를 눈으로 좇으며 가나는 가져온 주먹밥을 먹었다. 여름 태양이 벌써부터 기승이다. 몇 년 전에 샀던 자외선 차단제가 아직 남아서 얼굴, 목, 팔다리에 발랐다. 유는 튜브를 타고 파도가 치는 곳에서 즐겁게 놀고 있다.

가나는 행복하다고 생각했다. 자기 안의 어딘가에 있을, 평소에는 잊고 지내는 먼 옛날 기억 속 단편에 닿은 듯한 기분이 든다. 어린 시절, 힘들고 괴로운 일은 많았지만 반짝이는 순간도 분명 있었다. 별안간 눈물이 나올 것 같아 가나 자신이 더 놀랐다.

"자, 헤엄쳐볼까!"

가나는 눈가를 닦고 유를 향해 달리기 시작했다. 서로 바닷물을 끼얹으며 환호성을 지른다.

"엄마! 바닷물은 정말로 맛이 짜네!"

유가 웃는다. 유의 머리카락과 얼굴에서 바닷물이 뚝뚝 떨어진다.

"엄청 재밌다!"

"엄청 재밌어!"

여름 햇빛이 가차없이 내리쬐며 해면을 반짝이게 한다. 모든 것이 눈부시고 모든 것이 반짝이는 여름날이었다.

"꽤 탔네. 어디 갔었나봐?"

편의점 매장 밖에 쓰레기를 내놓는데 누군가 말을 걸었다. 니시야마였다.

"일하는 중이라, 실례할게요."

가나가 정중히 고개를 숙이자 니시야마는 핫, 하고 한쪽 뺨을 씰룩 올리며 웃었다.

"손님이 물으면 순순히 대답이나 할 것이지. 서비스가 엉망이네."

아름다운 미소를 띠고 그런 식으로 말한다.

"이러면 제가 정말 곤란해요. 죄송하지만 할 얘기가 있으면 제 일이 끝나고 하실래요?"

가나가 애써 침착하게 말하자 니시야마는 일이 끝나는 시간을 물었다. 화장품 업체가 여름휴가라 저녁까지 장시간 근무를 하기로 되어 있다. 끝나는 시간을 알려주자 니시야마가 "무리야"라고 한 마디로 대꾸하기에 가나는 휴식시간을 알려줬다.

"그 시간이라면 뭐, 괜찮아. 저기 모퉁이의 카페 괜찮지?"

"알겠습니다."

가나가 대답하자 니시야마는 순순히 돌아갔다. 점장에게 이 모습을 들키지 않은 듯해 마음이 놓였다.

이마를 훔치자 맺혀 있던 땀이 햇볕에 그은 뺨에 닿아 찌릿한 통증이 일었다. 팔의 피부 껍질도 벗겨지기 시작했다. 또 기미가 늘겠구나.

하지만 햇볕에 탄 피부든 기미든 아무래도 좋았다. 그런 건 전혀 신경쓰이지 않을 만큼 유와 다녀온 여행은 최고였다. 바다에서 실컷 놀고 숙소에서 큼직한 탕에 들어가 목욕도 하고 맛있는 음식을 먹었다. 이불을 나란히 깔고 얘기도 많이 나누고, 둘이서 아침 일찍 일어나 바다에서 떠오르는 아침해도 바라보았다. 이토록 행복한 일이 이 세상에 있을까 싶을 정도로 충만한 이틀이었다.

가나는 내년에도 꼭 가기로 결심했다. 여름방학이 아니어도 좋다. 겨울방학도 봄방학도 있으니까. 아무 주말이어도 괜찮다. 이번 여행으로 충분히 기력을 충전할 수 있었다. 지금 가나는 살아갈 에너지로 가득차 흘러넘치는 자신을 느끼고 있었다.

휴식시간이 되어 가나는 가지고 온 큼직한 소금 주먹밥 두 개를 단번에 먹고 물통에 넣어온 보리차로 입을 가셨다. 그러고는 곧장 자전거를 타고 니시야마와 만나기로 한 카페로 향했다.

옛 찻집 분위기의 카페다. 문을 열고 안을 들여다본다. 올지 안 올지 반신반의했는데 니시야마가 벌써 와 있었다. 가나가 온 걸 알아채고 담배를 들지 않은 왼손을 팔랑팔랑 흔든다.

"수고했어. 뭐 마실래?"

니시야마는 아이스커피를 마시고 있었다.

"전 괜찮아요. 물 마실게요."

"무슨 그런 김 빠지는 소릴 해. 마실 거 정도는 내가 살게. 같은 걸로 괜찮지?"

가나는 잠시 생각한 다음 작게 고개를 끄덕였다.

"할 얘기가 뭐예요? 유 일인가요?"

니시야마는 담배 연기를 크게 내뿜고는 그런 거 아냐, 하고 말했다.

"죄송하지만 시간이 별로 없어요."

"그렇지 참. 아침부터 밤까지 일하니까. 그런데도 카페에서 커피값도 못 내다니."

무심코 가나는 발끈해서 "낼게요" 하고 큰 소리를 냈다. 그때 마침 아이스커피가 나와 가나는 벌컥벌컥 마셨다.

"당신 말이야, 돈을 더 많이 벌고 싶지 않아?"

니시야마는 그렇게 말하고 짧아진 담배를 거칠게 재떨이에 비볐다.

"아침부터 밤까지 쉬지도 않고 일하는 거, 바보 같지 않아? 돈 없어서 힘들지? 얼굴 보면 대충 알 수 있어. 궁상맞아 보이는 얼굴이야."

니시야마의 말투에 울컥 화가 치밀었지만 돈이 없는 건 사실이라 가나는 잠자코 있었다.

"당신, 우리 출장업소에서 일 해볼래?"

니시야마가 쾌활하게 말한다.

"당신도 같이 하면 어떨까 싶어서 이렇게 제안하는 거야."

니시야마가 그렇게 말하고는 강렬한 시선으로 가나를 응시한다. 가나는 목이 꽉 막힌 것처럼 곧바로 말이 나오지 않았다. 한

참 머릿속으로 단어를 찾고 나서야 입으로 뱉었다.

"……미안하지만, 전 그런 거 못해요."

"뭘 못해? 애들 학교에 가 있는 동안에 버는 거야. 당신이 온종일 일해서 버는 돈을 단 한 시간이면 벌 수 있다니까. 얼마나 효율적이야."

가나가 아무 말 않고 있자 니시야마는 상세히 그 일을 설명하기 시작했다.

"그러니까 아무 걱정할 필요 없어. 싱글인 엄마들, 다들 해. 유부녀나 연상을 찾는 수요도 많고. 이건 비밀인데, 리키야네 학교 엄마도 있어. 그쪽은 아직 나이도 젊고, 화장하면 예쁠 것도 같은데."

니시야마가 가나에게 단정한 미소를 보낸다.

"생활보호지원금 받으면서 일하는 사람도 있고, 편법이야 얼마든지 있으니까."

"……마음 써줘서 고마워요. 그런데 저는 지금 이대로가 좋아요."

가나는 깊이 고개를 숙였다.

"죄송해요. 이만 휴식시간이 끝나서 돌아가겠습니다."

가나가 일어서려고 의자를 당기자 "넌 뭐가 잘났는데! 당신의 그런 점이 짜증나!" 하고 니시야마가 크게 소리를 질렀다.

"진짜 재수없어. 아침부터 밤까지 일하고 열심히 성실하게 살고 있다는 얼굴로! 가난하지만 행복해요, 검소하게 살아요, 열심히 노력하고 있어요, 이러는 거잖아! 역겨워!"

카페 안에는 남자 손님이 한 명 있었지만 헤드폰을 쓰고 책을 읽느라 전혀 눈치채지 못한 것 같았다. 주인 같아 보이는 사람이 이쪽을 힐끗 쳐다보았지만 딱히 신경쓰지 않는 눈치다.

"당신 같은 여자, 진짜 민폐야! 세상 사람들은 말이지 툭하면 당신 같은 사람이랑 나를 비교하고 싶어하거든! 고상하게 살라면서! 답답하고 짜증나!"

가나는 자리에서 일어나 "실례할게요" 하고 고개를 숙였다.

"한창 성장기인 아이가 있는데 언제까지 그렇게 계속할 순 없다고! 다들 자식을 사랑하고 생활하기 위해서 몸을 갈아넣는 거야! 이것도 엄연한 일이라고! 깔보지 마!"

가나는 니시야마의 목소리를 뒤로하고 주인에게 얼마예요? 하고 물었다.

"450엔입니다."

지갑 속에는 1,600엔뿐이었다. 500엔 동전을 내고 50엔을 거슬러 받는다. 남은 돈 1,150엔으로 월급날까지 열흘을 보내야 한다. 가나는 입술을 깨물고 카페를 나왔다.

서둘러 편의점으로 돌아가 하던 일을 계속했다. 가슴속에 복잡한 감정이 소용돌이치고, 긴장을 풀자 다리에도 힘이 풀려 넘어질 뻔했다.

저렇게나 노골적인 악의를 직접 듣는 건 성인이 되고 처음 있는 일이었다. 니시야마의 증오 서린 눈을 떠올리는 것만으로 가나는 심장박동이 빨라졌다. 아마 유의 책상과 필통 속에 돈을 넣은 건 리키야일 것이다. 니시야마가 리키야에게 시켰을 게 분명하다.

그러고 나서 가나는 니시야마가 하는 일을 생각했다. 상상하니 배 한가운데가 뻥 뚫린 듯한 느낌이 들었다. 돈을 벌고 싶지만 가나 자신에게는 어려운 일이다.

화장품 업체의 여름휴가가 끝나고 평소의 근무시간으로 돌아갔다. 만나는 사람마다 검게 탄 가나에게 "어디 갔다 왔어?" "그러다 기미 생겨" 하고 말을 걸어와, 그때마다 유와 해수욕장에 갔던 일을 얘기했다. 얘기하다보면 여행에서 즐거웠던 순간이 되살아나 마음속에 더 강하게 새겨졌다. 기념선물로 사 온 저렴한 과자는 다들 맛있다며 먹어줘 순식간에 사라졌다.

가나는 묵묵히 손을 움직이고 작업에 집중했다. 눈앞에 주어진 일에만 몰두하며 쓸데없는 일은 조금도 생각하지 않았다.

일을 마치고 돌봄교실로 유를 데리러 갔다.

"유, 배고팠지? 반찬이 없어서 미안해."

오늘의 도시락은 큼직한 매실장아찌를 넣은 주먹밥 세 개였
다. 월급날까지 쌀과 된장이 남아 있는 것만 해도 다행이다.

"간식 더 달라고 해서 먹었어."

유가 그렇게 말하고 V자 표시를 만든다.

"저녁 반찬은 참치캔이야."

요즘 들어 저녁밥은 전에 사뒀던 캔 음식이 대부분이다. 앞으
로 닷새 뒤면 월급날이다. 유에게는 그때까지 조금만 참아달라
고 했다.

"나 참치캔 엄청 좋아하잖아."

"엄마도 좋아해."

"그걸 만든 사람은 천재야. 아니, 신이야."

참치캔의 신이라, 하고 가나는 웃었다.

아직 더운 날이 계속되고 있지만 해가 서서히 짧아지기 시작
했다. 곧 가을이 오고 눈 깜짝할 사이에 올해도 끝나겠지. 분홍
빛 노을이 지는 하늘을 바라보면서 생각했다. 일단은 유와 내가
건강하기만 하다면 어떻게든 될 것이다. 그러니 괜찮아, 괜찮아,
하고 소리 내어 되뇌면서 가나는 앞에서 뛰어가는 유를 뒤쫓아
갔다.

"네? 거짓말……"

가나는 자기도 모르게 그렇게 말했다.

"이유가 뭔가요? 저 정말 열심히 일했어요. 앞으로도 열심히 할게요."

인사부 직원이 면목 없다는 듯한 얼굴로 가나를 바라본다.

"불경기라 인원을 삭감하게 됐어요. 모두를 고용할 순 없으니까요."

9월 20일로 계약 만료일이 정해졌다. 한 달 뒤다.

"어떻게 그렇게…… 바로 코앞이잖아요. 그럼 전 앞으로 어떻게 생활하나요?"

죄송하게 됐습니다만, 하고 인사부 직원은 고용보험과 헬로워크에 관해 간단히 설명했다. 가나가 무슨 말을 한들 결정이 번복되는 일은 없을 듯했다.

"제가 학력이 낮아서 계약 해지를 당한 건가요?"

가나가 물었다. 직원은 순간 영문을 모르겠다는 표정을 지었지만 금세 살짝 미소를 머금으며 "그거랑은 전혀 관계 없는 일이에요"라고 말했다.

가나 말고도 계약을 갱신하지 못한 사람이 몇 명 있었다. 매출이 부진하다는 건 사실인 것 같았다. 앞으로도 계속 인원을 줄여나갈 거라고 한다.

고바야시가 "가나도야?" 하고 말을 걸어왔다. 고바야시도 같은 시기에 계약이 종료되는 모양이다.

"오와다 씨는 남는대. 어째서 오와다 씨는 계약을 갱신하고 그보다 젊은 우리가 그만둬야 하냔 말이야. 말도 안 돼."

고바야시는 다 들릴 만한 소리로 말했고, 오와다는 고개를 숙였다. 계약이 갱신된 사람과 종료된 사람 사이에 보이지 않는 선이 확연했다. 언제나 시끌벅적하고 화기애애했던 작업장이 쥐죽은듯 고요해졌고 험악한 분위기에 휩싸였다.

가나는 자신의 생각이 얼마나 얄팍했는지 통감했다. 회사라는 거대한 조직에 대해 이리저리 생각해본 적이 없었다. 회사의 실적 따윈 자신과 상관없는 세계인 줄 알았다. 지시받은 일만 하면 된다고 생각했다.

누구나 할 수 있는 생산 작업이어도 좀더 머리를 쓰고 상상력을 발휘해 일할 수 있었을지도 모르겠다.

"가나, 면목이 없어. 나 같은 아줌마가 계속 일하고 가나처럼 젊은 사람이 그만두다니, 이상한 얘기지. 그래서 인사부 사람한테 가나랑 바꿔달라고 부탁했는데 안 들어줬어. 미안해, 가나."

오와다가 면목 없다는 듯 말했다.

"왜 사과를 하세요? 오와다 씨는 회사에서 필요한 사람이니까 남은 거예요. 미안해하실 필요 없어요. 이렇게 된 건 다 제 책임이에요."

오와다는 이곳에서 두루 마음을 썼다. 누구보다 일찍 와서 작업장을 체크하고, 마음에 걸리는 일은 바로 윗선에 전달하고, 매일 아침 꼭 화장실 청소를 했다. 모두가 안전하고 기분좋게 일할 수 있도록 언제나 배려했다. 계약 갱신은 당연한 결과다. 인사부의 판단은 틀리지 않았다.

"오와다 씨, 오랫동안 제게 신문 나눠주셔서 감사했습니다. 여행잡지도 고마웠어요. 큰 도움이 됐어요."

가나가 고개를 숙이자 오와다는 눈가에 눈물을 머금고 "힘든 일 있으면 연락해" 하며 전화번호를 적은 메모를 건네줬다.

월급날이 돌아와 드디어 제대로 된 식사를 할 수 있게 됐다. 그래도 절약은 당분간 계속할 작정이다.

토요일, 편의점에서 일하고 있는데 주머니 속 휴대폰이 진동했다. 집에서 온 전화였다. 오늘은 오전에 축구 연습이 있으니 유는 지금쯤 집에서 점심을 먹고 있을 것이다. 유한테 전화가 걸려오는 건 처음 있는 일이었다. 마침 매장 안에 손님이 없어서 가나는 점장에게 양해를 구하고 전화를 받았다.

"여보세요, 유. 무슨 일 있어?"

"엄마. 나, 화상 입었어. 어떡하지……"

불안한 목소리다. 가나는 예삿일이 아님을 직감했다.

"괜찮아? 어느 정도야?"

"······아파" 하는 말 뒤에 코를 훌쩍이는 소리가 들렸다. 아픈 걸 잘 참는 유가 울다니 심상치 않다. 심장이 쿵쾅쿵쾅 크게 요동친다.

들어보니 뜨거운 물을 부은 컵라면을 배에 쏟은 모양이다.

"유, 지금 바로 욕실로 가서 샤워기 물을 세게 틀고 배에 대! 일 끝나면 바로 갈 테니까! 괜찮을 거야, 유. 엄마 갈 때까지 조금만 참아!"

가나는 점장에게 사정을 설명하고, 가능한 한 빨리 일을 마치게 해달라고 부탁했다.

"다음 사람이 올 때까지는 힘든데. 오늘은 일손이 부족해서."

니시야마 일 이후로 가나를 대하는 점장의 태도가 조금 딱딱해졌다는 기분이 들었다. 화장품 업체에 계속 나갈 수 없게 된 지금, 편의점 일만이라도 유지하지 않으면 안 된다. 가나는 유가 걱정돼 안절부절못했지만 시간이 빨리 지나가기를 바라면서 묵묵히 일했다.

그리고 다음 아르바이트생과 배턴 터치 하듯 몹시 서둘러 집으로 갔다.

"유!"

유는 상의를 벗은 채 누워서 젖은 수건으로 배를 식히고 있었다. 얼마간 배에 샤워기 물을 뿌렸는데 속이 안 좋아져 누워 있었다고 한다. 주방은 쏟아진 컵라면이 사방으로 튀어 처참한 꼴이었다.

화상 면적이 넓어 유의 배는 검붉어져 있었다.

"너무 심하잖아! 어떡해. 어떡하면 좋아."

이럴 땐 어떻게 해야 좋을지 가나는 전혀 알지 못했다. 지금껏 거의 병원에 가본 적이 없었다. 일단 예방접종을 하러 갔던 병원에 전화를 걸어봤지만 토요일 오후는 휴진인지 전화를 받지 않는다.

"너무 차가워서 추워."

유가 말했다.

"그래도 차갑게 해야 해."

가나는 냉동실에 들어 있던 보냉제를 유의 배에 올리고 그 위에 타월 재질의 얇은 담요를 덮었다. 엄마가 집에 와서 안심했는지 유는 살짝 잠들었다.

다음날도 일요일이라 병원은 열지 않는다. 가나는 드러그스토어에서 화상용 연고를 사 와 유의 배에 발랐다.

"아파?"

"응, 그래도 이제 괜찮아."

"내일 축구 시합은 아쉽지만 쉬어야겠다."

기대하고 있던 유는 실망하고 고개를 푹 떨구었지만 이 상태로는 도저히 어려웠다.

일요일, 가나는 기력이 날 만한 것을 만들어 유에게 먹였다. 움직이면 따끔따끔하게 아픈지 유는 거의 온종일 반듯이 누워 지냈다.

월요일이 되어 가나는 아침 편의점 일을 마치고 곧장 유를 병원에 데려갔다. 이날 8월 31일은 화장품 업체로 출근하는 마지막날이었다. 퇴직일은 9월 20일이지만 연차를 다 쓰기 위해 9월은 출근하지 않을 예정이었다.

유가 화상을 입은 복부에 군데군데 수포가 생겨 있었다.

"왜 좀더 빨리 데려오지 않았습니까!"

간호사가 말했다. 병원이 쉬는 날이었다고 가나가 말하자, 응급외래가 있잖아요, 하고 간호사는 거센 투로 면박을 주었다.

"응급차를 부를 필요까지는 없을 것 같아서……"

"응급차가 아니라 응급외래요. 의료센터에 같이 있잖아요."

가나는 응급외래라는 것을 알지 못했다. 들어본 적은 있다. 그러나 어떠한 경우 그곳에 가야 하는지 몰랐다.

"어디로 가야 좋을지 모를 때는 응급센터에 전화해서 상담하라고 각 초등학교에서도 공지를 했을 텐데요."

"……죄송합니다."

응급센터에 관해서도 몰랐다. 유가 입학할 때 공지를 받았을 수도 있지만 완전히 가나의 머릿속에는 없는 내용이었다. 필요한 정보를 적극적으로 알려고 하지 않았던 자신을 후회했다.

수포 부위가 넓어서 의사가 환부를 가르고 체액을 뺐다. 유가 얼굴을 찡그린다. 통증을 참는 유를 보는 건 괴로웠다. 거즈를 붙이고 진통제와 연고를 받았다.

"유, 내일부터 새 학기인데 아플 것 같으면 쉬자. 엄마도 내일부터는 당분간 한가해."

유가 고개를 끄덕인다. 유에게는 화장품 업체를 그만두는 걸 아직 확실히 말하지 않았지만 대충 알고 있는 눈치였다.

비는 시간은 편의점에서 가능한 만큼 일하고 싶었지만 실업급여를 받기 때문에 그럴 수도 없었다. 빨리 새 직장을 구해야 한다.

나도 여차하면 니시야마처럼 유흥업소에서 일할 수도 있을까. 가나는 문득 그런 생각이 들었다. 돈이 전부 바닥나 쌀조차 살수 없다면? 집세도 못 내고 유의 실내화도 살 수 없다면? 급식비도 내지 못하고 유에게 작아진 티셔츠를 언제까지고 입혀야 한다면?

대답은 예스였다. 그래서 유가 살아갈 수 있다면 자신은 어떤 일을 해서라도 돈을 버는 길을 선택하리라고 가나는 생각했다.

딩동 하고 초인종 울리는 소리에 가나는 정신을 차린다. 시계를 보니 정오가 가까웠다.

"네."

점심은 뭘로 할지 고민하면서 현관으로 나갔다.

"이시바시 씨 댁입니까?"

"그런데요."

"아동상담소의 사가라라고 합니다. 시립병원의 연락을 받고 왔습니다. 유 군 있습니까?"

엥? 하고 맹한 소리가 나왔다. 머릿속이 혼란스러웠다. 가나는 눈앞에 선 오십대로 보이는 여성을 멍하니 쳐다보았다.

"유 군이 화상을 입었다고 들었어요. 제가 만날 수 있을까요?"

의지가 확고한 그녀의 목소리를 듣고 머릿속에서 엉켜 있던 실타래가 풀렸다. 선과 선이 느슨히 연결되면서 가나는 자신이 아동학대 혐의를 받고 있음을 이해했다.

9월 21일 월요일 오후 8시 40분경. "아이가 축 늘어져 움직이지 않는다"라는 여성의 신고가 있었다. 경찰과 소방관이 서둘러 도착해 이 집에 사는 남자아이(9)가 거실에 쓰러져 있는 것을 발견했다. 남자아이는 급히 병원으로 이송됐으나 이내 사망 판정을 받았다. 사인은 외상성 경막하 출혈로 보인다.

머리를 강하게 부딪힌 것이 직접적인 사인으로 보이며, 신고한 여성이 자신이 아이의 머리를 바닥에 찧었다고 진술해 상해 용의로 체포했고, 현재 상해치사 용의로 전환해 조사중이다. 여성은 남자아이의 친모로 밝혀졌다.

숨진 남자아이의 이름은 이시바시 유. 시내의 한 초등학교 3학년에 재학중이었으며, 여름방학이 끝나고 새 학기에는 평소와 다름없이 건강하게 등교했다고 한다.

지금까지 학대로 인한 신고는 없었으며 유 군과 말싸움을 벌인 친모의 우발적 범행으로 보고 경찰은 수사를 진행하고 있다. 친모의 이름은 이시바시……

📖

10월이 되었다. 낮 동안 아직 더운 날도 있지만 아침저녁으로는 선선함을 넘어 쌀쌀하다.

"아스미, 이런 거 싫어, 나 어디로 가는 거야?"

간병인의 부축을 받은 시어머니가 뒤를 돌아보며 울 것 같은 얼굴로 아스미를 바라본다.

"주간보호센터에 가시는 거잖아요. 저녁 무렵에는 돌아오실 거예요."

"저녁? 그렇게 늦게까지?"

시어머니는 버림받은 강아지처럼 불안한 눈빛으로 차에 탔다.

"잘 부탁드립니다."

아스미는 고개를 숙이고 커다란 승합차를 배웅한다. 시어머니는 매번 그곳에 가기 싫어하지만 주간보호 담당자와 케어매니저의 말로는 센터에서 즐겁게 지내신다고 한다. 보여주는 동영상과 사진에서도 시어머니는 진심으로 즐거운 듯 웃고 있다.

시어머니는 간병 인정 심사에서 2등급을 받아 간병보험 서비스를 이용하기 시작했다. 집 정리도 마무리돼 지난달 중순부터는 원래대로 본인의 집에서 지낸다.

아스미는 계속 같이 살아도 되지 않을까 생각했지만 유 때문에 도저히 어려웠다. 이대로는 유에게도 시어머니에게도 좋을 게 없어서, 다이치와 의논해 이제껏 그랬던 것처럼 각자의 집에서 생활하기로 했다.

간병보험 서비스 외에 자비를 들여 요양사 겸 가사도우미를 고용했다. 일주일에 며칠을 시어머니 집에서 묵고 간다. 돈이 꽤들지만 시어머니의 저축액이 생각보다 많았다. 요양사가 묵고가지 않는 날에는 아스미가 가서 자곤 했는데 요즘은 다이치가갈 때도 많다.

말은 하지 않지만 다이치는 유와 둘이서 밤을 보내는 것이 고통스러운 듯했다. 경찰이 다녀간 이후 다이치는 완전히 자신감을 잃은 것처럼 보였다. 한편 유는 아빠를 깨끗이 무시하고 있었다.

"어쩔 수 없습니다. 아들이 아빠보다 머리가 비상해요. 전생에 유 군은 다이치 씨의 상관이었습니다."

아스미는 아버지와 아들의 부자연스러운 관계를 걱정했지만, 스나가미 선생님에게 그런 말을 들으니, 그렇다면 어쩔 수 없겠구나 하고 묘하게 납득이 갔다.

여름방학이 끝나고 유는 꼬박꼬박 학교에 나간다. 담임 선생님과 연락을 주고받기로는 현재까지 특별히 문제는 없어 보였다. 한때는 레온과 어울리지 않는 듯했으나 요즘 들어 다시 함께 있는 시간도 늘었다고 했다. 아스미는 그 점도 걱정스러웠지만, 굳이 말하면 레온이 유와 친하게 지내고 싶은 눈치라는 말에, 그런 거라면 괜찮겠지 싶어 조금 안심했다.

우노 고이치는 새 학기부터 대부분의 수업을 특별지원학급에서 받게 됐다고 한다. 지금까지도 도우미 선생님이 옆에 있었지만, 본인과 어머니의 요청도 있어서 앞으로는 서서히 특별지원학급으로 옮겨가는 모양이다.

아스미는 어째선지 이따금 고이치의 엄마가 생각난다. 여름방학 전, 레온과 고이치를 포함한 학부모 동반 대화 때의 모습이다. 다정하면서도 다부지고, 어딘가 쓸쓸해 보였다. 그리고 누구보다도 정상적이었다.

"아스미, 여기야."

처음 간 인도 음식점에서 나나가 아스미를 알아보고 손을 흔든다. 가게 안에는 식욕을 자극하는 향신료 냄새가 가득하다.

"엄청 붐비네. 기다리는 사람들이 줄을 잔뜩 섰어."

"그래? 예약해두길 잘했다."

여름에 막 문을 연 인기 있는 식당인 모양이다. 나나는 정말 모르는 게 없다. 그녀가 추천하는 런치코스를 주문했다. 갈증이 났던 아스미는 먼저 음료를 시켰다.

"아스미, 대단하다. 라씨*를 단번에 마시다니."

그렇게 말하고 나나가 웃는다.

"오늘은 어머님이 주간보호센터에 가서서 그걸 챙기느라 힘들었거든. 옷을 갈아입혔다 싶으면 바로 벗으시지, 바지에 오줌을 싸시질 않나. 치우고 세탁하느라 시간이 걸렸어. 게다가 타이밍도 안 좋게 지금 차를 정기검사에 보내서 버스 타고 역까지 와 거기서부터 달려왔어. 아, 땀난다."

---

* 발효유에 물, 소금, 향신료 등을 첨가한 인도의 전통음료.

아스미가 그렇게 말하자 나나는 "어머, 말을 하지. 그랬으면 데리러 갔을 텐데" 하고 안타까워하는 표정을 지었다.

"괜찮아. 전혀 끄떡없어."

"아스미는 정말 대단해. 존경스러워. 솔직히 말해서 나는 시어머니를 돌볼 자신이 없거든. 같이 살지 않으니까 앞으로도 내가 간병할 가능성은 낮을 것 같지만. 뭐, 별로 사이도 안 좋고."

나나의 말투로 보아 시어머니가 며느리인 나나를 탐탁지 않아하는 것 같았다.

잡담하는 사이 샐러드와 난이 나오고, 절반씩 주문한 해산물 카레와 치킨 카레가 나왔다. 맛있겠다! 하고 둘이 소리 높여 말하고는 곧장 먹기 시작한다. 난의 절묘한 단맛이 매콤한 카레와 잘 어울려 식욕을 돋운다.

"그후에 남편은 어때?"

나나가 어떠냐고 묻는 것은 다이치의 바람기다. 시어머니의 치매, 유의 언동, 다이치의 바람, 아스미는 이미 모든 일을 나나에게 털어놓았다.

"요즘은 퇴근도 이르고, 아마 이제 헤어진 게 아닐까 싶어."

아스미가 초연히 대답하자 나나는 "남 얘기하듯 하네" 하고 소리 높여 웃었다.

아스미는 다이치에게 직접적으로 묻지 않았다. 한심한 변명을 늘어놓을 그의 모습을 보고 싶지 않았다. 아스미는 그를 좋아하는 마음 그대로 남고 싶었다. 다이치를 좋아하는 자신의 모습이 좋았다.

무엇보다 놀랐던 건 나나의 남편도 예전에 바람을 피운 적 있다는 얘기를 들었을 때였다.

"남자들이란 돈을 좀 가졌다 싶으면 꼭 바람을 피운단 말이야. 어쩔 수 없다니까."

나나야말로 남 얘기하듯 말하며 웃었다.

"저기, 내일모레 괜찮은 거지?"

나나가 확인하듯 물어와 아스미는 응, 하고 고개를 끄덕였다. 내일모레는 스나가미 선생님의 강연회가 있다.

발단은 이시바시 유라는 초등학교 3학년 남자아이가 학대를 당해 사망한 뉴스였다. 나나가 당황한 기색으로 아스미에게 전화를 걸어왔다. 나나에게 연락을 받았을 때까지도 아스미는 그 사건을 몰랐다. 설마 유와 동갑이고 동성동명인 아이의 사건이 뉴스가 되었으리라고는 생각하지 못해 그저 놀랐다. 그 무렵에는 시어머니와 다이치, 유의 일로 TV를 볼 여유도 없었다.

아무도 만나지 않고 다이치나 유와도 거의 대화 없이 시어머니와 온종일 시간을 보내고 있을 때, 오랜만에 나나의 목소리를 듣고 아스미는 답답하게 막혔던 마음이 풀어졌다. 띄엄띄엄 현재 상태를 얘기하는 사이, 나나가 함께 어딘가에 가자고 제안했다. 그곳이 바로 스나가미 선생님의 도장道場이었다.

스나가미 선생님은 미래를 점치고 예견하는 분으로, 어떤 길을 걸어가는 것이 그 사람에게 가장 좋을지를 알려주는 선도사先導師다.

아스미는 점술 같은 데 거의 관심이 없었지만, 뭘 말하기도 전에 스나가미 선생님이 모든 걸 족집게처럼 맞춰서 진심으로 경악했다. 전생에 아스미가 유의 여동생이었다는 말을 들었을 때는 자연스레 눈물이 흘렀다.

연예인이나 유명인사들이 스나가미 선생님의 도장을 찾는다는 것도 납득할 수 있었다. 스나가미 선생님이 앞으로의 방향을 제시해주면 고민할 필요 없이 마음 편히 살 수 있다. 모두가 이 선생님을 찾는 데는 다 이유가 있다.

"나나한테는 정말로 고마워. 스나가미 선생님을 소개받아서 진짜 다행이야. 진짜 고마워."

"별말씀을. 나도 기뻐. 아스미랑 나는 어쩐지 처지가 참 비슷하단 말이지."

나나가 자조하듯 웃으며 지나가는 점원을 불러 세워 난을 더 받았다. 아스미도 한 장 더 받았다. 런치코스에서는 난이 무제한 제공된다.

"그건 그렇고, 아스미는 정말 입덧이 없나봐. 나는 너무 심했거든. 부럽다."

난에 카레를 찍어 연신 입에 가져가는 아스미를 보며 나나가 말했다.

"나도 유 때는 심했기 때문에 좀 놀랐어. 이번에는 입덧도 전혀 없고 몸 상태도 굉장히 좋아. 살찌는 거 조심해야겠어."

"예정일이 언제였지?"

"내년 4월 7일."

"진짜 기대된다! 아기 안아보게 해줘."

당연하지, 하고 아스미는 고개를 끄덕였다.

임신 사실을 안 건 지지난달이었다. 매달 28일 주기로 규칙적인 생리가 일주일 정도 늦어지고 있었다. 설마하는 마음으로 드러그스토어에서 임신테스터를 사서 확실히 여부를 알 수 있을 때까지 기다렸다가 체크했더니 양성이었다.

다이치와 부부관계는 한동안 없었지만, 시어머니가 치매라는 사실을 알게 된 바로 그날이었다. 다이치가 아스미에게 안기듯 울고 난 뒤, 아이러니하게도 새로운 생명을 선물받은 것이다.

그후 곧바로 다이치가 바람피운 사실이 발각되기도 했고, 정말이지 임신은 생각지도 못한 일이었지만 아스미는 순수하게 기뻤다. 아이를 품어 또 열 달의 임신생활을 맛보고 출산을 경험할

수 있다. 말랑말랑한 신생아를 안고 처음부터 다시 한번 육아를
할 수 있는 것이다. 이토록 경사스러운 일이 또 있을까.

다만 한 가지 걱정은 태어날 아이를 유만큼 사랑스럽게 여길
수 있을까 하는 것이었는데, 조금도 걱정할 게 없다고 스나가미
선생님이 확실히 장담했다.

처음에 다이치는 몹시 놀라워했지만 기쁘다고 말했다. 딸이면
좋겠다고. 유처럼 되지 말라고 말하면서 아스미의 배를 쓰다듬
었다.

소식을 전하자 유는 못 볼 거라도 보는 듯한 얼굴로 아스미를
쳐다보았다. 그리고 입을 열자마자 이렇게 말했다. "저 사람이랑
한 거야?"

"유" 하고 아스미가 나무라듯 말하자, 유는 마음을 가다듬고
"그래도 뭐, 괜찮아. 내 남동생이나 여동생이 생기는 거잖아. 좋
아. 같이 노는 것도 기다려지고. 똑똑했으면 좋겠다" 하고 미소
를 보였다. 오랜만에 보는 유의 웃음이었다.

아스미는 아직 평평한 배에 손을 갖다댄다. 분명 착한 아이가
태어날 것이다.

"이 아이는 이시바시 집안의 구세주가 될 겁니다."

스나가미 선생님도 그렇게 말했다.

문득 아스미의 뇌리에 고이치의 엄마가 떠오른다. 아스미는

그녀의 모습이 아주 눈부시게 멋있다고 느끼는 한편, 그건 자신과는 전혀 다른 인생이라고 체념과 비슷한 감정으로 바라본다.

인도 음식점의 창문 너머로 보이는 가을 하늘. 파란 하늘이 반짝반짝 빛나는 것처럼 보인다.

미래는 밝다.

근거는 없다. 하지만 확신에 찬 마음으로 아스미는 그렇게 생각했다. 미래는 밝은 거라고.

아동상담소에서 나온 사가라는 유의 화상을 보더니 미간을 찌푸렸다.

"화상을 입게 된 경위를 알려주시겠습니까?"

사가라가 엄중한 어조로 묻기에 가나는 있는 그대로 얘기했다. 누워 있던 유는 사가라를 의사 선생님이라고 생각했는지 중간까지는 순순히 질문에 대답했지만, 그녀가 아동상담소의 직원이고 학대를 의심해 방문했다는 취지를 알게 되자 이제껏 본 적 없는 얼굴로 분노를 표출했다.

"아줌마, 대체 뭐예요? 짜증나! 왜 온 거예요? 아줌마가 우리 집에 대해 뭘 아는데요! 엄마 괴롭히는 사람들은 내가 가만두지 않을 거야! 돌아가요! 돌아가!"

가나는 저도 모르게 울어버렸다. 유와 사가라의 감정이 가나의 마음을 마구 뒤흔들어 참을 수 없이 왈칵 눈물을 쏟고 말았다.

"엄마, 울지 마. 미안해. 내가 컵라면 국물을 쏟는 바람에. 나 때문이야. 미안. 엄마, 울지 마. 아줌마, 우리 엄마 학대, 그딴 거 하는 사람 아니거든요. 빨리 가요."

유의 말에 사가라는 고개를 끄덕였다. 아이의 얘기를 듣고 자신이 오해했음을 안 것 같았다.

"대단히 실례했습니다. 죄송합니다."

사가라는 깊이 고개를 숙이고 사과했다.

"……아니요. 그렇지 않습니다, 사가라 씨 사과하지 마세요."

가나는 눈물을 닦고 흐르는 콧물을 힘껏 풀었다.

"사가라 씨가 사과하실 필요 없습니다. 정말 고맙습니다. 학대 가능성이 있을지도 모른다고 생각해서 온 거잖아요. 유를 걱정해서 와준 거잖아요. 이렇게 감사한 일이 있을까요. 시립병원 의사 선생님도 마찬가지예요. 유를 걱정해서 일부러 사가라 씨한테 연락한 거잖아요. 감사합니다. 정말 고맙습니다. 정말로 감사합니다."

가나는 사가라를 향해 깊이 고개를 숙였다. 진심이었다. 이 세상에 유를 신경써주는 사람이 있다고 생각하니 이미 그것만으로도 감사해 가슴이 벅차 눈물이 나왔다.

"유가 다친 건 엄마의 주의가 부족해서야. 좀더 야무지게 가르쳤어야 했는데."

"엄마 때문에 그런 거 아냐! 내가 컵라면을 손에 든 채 뜨거운 물을 부은 게 잘못이었어."

사가라는 천천히 고개를 끄덕이고는 "이번 일은 정말로 죄송했습니다. 저희가 오해했네요"라고 재차 고개를 숙였다. 그런 다음 가나와 유를 번갈아 바라보며 "그런데 아동학대가 실제로 참 많이 일어나요" 하고 말했다.

"설령 오해였더라도, 거짓말이었더라도 신고가 들어오면 저희는 방문합니다. 불쾌해하는 분들도 많아요. 저희가 욕을 먹는 일도 빈번하고요. 그렇다 할지라도 저희는 신고가 들어오면 반드시 찾아갑니다. 만에 하나 정말로 학대 사실이 있다면? 거기서 구할 수 있는 생명이 있다면? 아주 약간의 가능성이라도 놓치고 싶지 않아요. 도움을 바라는 아이의 목소리를 제대로 들어주고 싶습니다."

사가라의 진지한 발언에 가나는 가슴이 뭉클했다. 뜻하지 않게 시야가 흐려진다. 자신과 비슷한 처지의 모자가정을 생각하니 이런저런 감정들이 밀려왔다. 가나는 코에 힘을 꾹 주고 눈을 비볐다.

"오늘은 정말 죄송했습니다. 유 군의 화상이 빨리 낫기를 바랄게요. 그럼, 실례하겠습니다."

사가라가 자리에서 일어난다.

"저, 저기요!"

돌아가려는 사가라를 가나가 불러 세웠다.

"사가라 씨 같은 일을 하려면 어떻게 해야 하나요? 자격증 같은 게 필요한가요?"

사가라가 놀란 듯 가나를 바라본다.

"지금 구직중이라서요. 저는 고졸이라 그런 꿈같은 얘기는 이룰 수 없겠지만, 혹시 이십 년쯤 후라면 조금은 꿈꿔볼 수 있지 않을까 싶어서요."

사가라는 후후, 하고 미소를 지으며 말했다.

"그렇게 말씀해주시니 기쁘네요. 이 일을 인정해주신다는 거니까. 정말 감사합니다. 이시바시 씨 같은 분이 일해주신다면 굉장히 든든하겠어요."

그렇게 말한 뒤, 사가라는 가나에게 여러 가지를 알려줬다. 아동복지사라는 자격에 대해, 임용자격을 취득할 수 있는 조건과 지방공무원에 대해. 가나는 사가라가 하는 말의 60퍼센트 정도

밖에 알아듣지 못했지만, 갈 길이 아득히 멀다는 것만은 충분히 이해했다.

"엄청 어려운 일이네요……"

가나가 슬쩍 투덜거리자 "아이들의 생명을 지키는 일이니 어려운 게 당연하죠" 하고 사가라가 따끔하게 대꾸했다.

"포기하면 거기서 끝이에요. 아이를 지키는 것도 똑같습니다. 포기한 순간, 아이는 죽어요."

잠깐의 정적이 흘렀다. 절망과 슬픔이 가나의 가슴속을 뒤덮었지만, 그 어둠 속을 맑고 밝은 뭔가가 뻗어나가는 듯한 느낌이 들었다. 가나 자신도 손을 내밀어볼 순 있을 테다.

"……좋은 얘기네요."

유가 나직이 읊조렸다. 그 순간, 가나는 사가라와 눈이 마주쳐 무심코 풋, 하고 웃음을 터뜨렸다.

"왜, 왜 웃어? 웃기라고 한 말 아닌데. 진지하게 말한 건데!"

"알아. 아는데, 타이밍이 절묘해서 웃었어."

사가라도 재밌다는 듯 웃고 있었다.

가나는 사가라를 배웅하면서 자신의 몸안에 퍼져가는 작은 희망을 느꼈다. 아이들을 지키는 일이 이토록 가까이에 존재한다. 꿈같은 목표지만 조금씩 앞으로 나아간다면 언젠가 그 꿈에 도달할 수 있을지도 모른다.

사가라가 돌아간 뒤, 가나는 화장품 업체로 향했다. 결국 정상 출근을 하지 못해 마지막 출근일은 하루 미뤄졌지만, 오늘이 마지막날인 줄 알고 가나를 기다렸던 사람들에게 정확히 사정을 설명하고 싶었고, 이날이 마지막이 될 동료에게도 인사하고 싶었다. 가나는 업무가 끝나기 직전 회사로 가서 그간 신세졌던 사람들과 얘기를 나눴다.

유의 화상 얘기를 하자 오와다가 크게 걱정하며 그 자리에서 바로 전문 병원을 소개해줬다. 친척 아이가 팔에 커피를 쏟아 그 병원에서 치료를 받았는데 통증도 없고 흉터도 전혀 남지 않았다고 한다.

가나는 오와다를 믿고 큰맘 먹고 병원을 옮기기로 했다. 통증이 없다는 점이 마음에 들었다. 인내심 강한 유가 아파하는 모습을 차마 볼 수 없었다.

가나가 이시바시 유의 학대 사망 사건을 안 건 신문을 통해서였다. 뜻을 이루겠다고 다짐하고 신문 정기구독을 막 시작한 참이었다. 다달이 구독료를 내는 건 부담됐지만 자신이 모르는 것을 알게 되는 기쁨이 크다. 오와다한테 지난 신문을 받았을 때는 1면의 헤드라인을 읽는 게 고작이었고 다른 건 거의 훑어보지 않왔다. 그게 얼마나 아까운 일이었는지 이제야 깨닫는다.

유와 동명인 이시바시 유라는 아이의 뉴스는 충격이었다.

"이시바시 씨, 뉴스 봤어요?" 하고 아동상담소의 사가라에게도 연락이 왔다.

"정말 깜짝 놀랐어요" 하고 가나는 대답했다.

"저도요. 유 군과 이름이 똑같아서 더 놀랐어요. 그 사건이 오사카에서 벌어진 건 아니지만."

사가라는 그렇게 말하며 "이시바시 씨를 의심한 건 아닙니다" 하고 서둘러 덧붙였다.

"유랑 나이도 같아서 가슴이 먹먹해요. 사망했다니 너무 불쌍하네요……"

가나는 숨진 이시바시 유를 생각하며 천국에서 편히 잠들길 기도했지만, 한편으로는 엄마한테 살해당했으니 과연 아이가 편히 잠들 수 있을까 싶다. 무슨 사정이 있더라도 결코 어린아이에게 위해를 가해서는 안 된다. 가나는 일면식도 없는 이시바시 유의 엄마에게 분노를 느낀다. 친엄마의 손에 목숨을 잃은 이시바시 유의 원통함과 슬픔이 절절히 가슴에 와닿는다.

"정말 가슴 아픈 뉴스였어요……"

사가라는 차분한 목소리로 중얼거렸다. 가나 이상으로 마음 아파하고 있는 게 분명했다.

"유 군의 화상은 그 이후로 좀 어떤가요?"

사가라의 물음에 가나는 아이가 병원을 옮기고 순조롭게 완치 중이라는 소식을 전했다. 오와다가 말한 대로 통증 없이 치료가 진행됐고 상처는 무사히 아물어갔다. 지금 와선 그렇게 심각한 화상을 입었던 일이 거짓말 같다.

그러고 나서 가나는 헬로워크에 다니고 있다고 얘기했다. 사가라에게 격려와 응원의 말을 들은 뒤 가나는 고맙다는 인사를 하고 전화를 끊었다.

사가라는 가나를 의심한 건 아니라고 말했지만 어쩌면 아직도 조금은 신경을 쓰는 건지도 모르겠다. 그리 생각하니 조금 비참했지만 그래도 사가라에게는 감사하고 싶었다. 이렇게 일부러 연락해주다니 얼마나 고마운 일인가.

숨진 이시바시 유의 엄마에게도 사가라처럼 정성껏 대해주는 사람이 있었다면 아이는 죽지 않았을지도 모른다.

남동생 마사키에게서 연락이 온 건 10월 중순이 지났을 무렵이었다.

"유의 운동회에 못 가서 아쉬웠어."

가나는 그 느닷없는 말에 한순간 장난 전화라고 생각했다가 그게 마사키의 목소리라는 걸 알자마자 "야, 이 바보 같은 자식아!" 하고 언성을 높였다.

"유의 운동회는 무슨! 이제 와 무슨 낯으로 전화를 했어! 말해
봐! 마사키!"

가나가 고함을 치자 마사키는 "……정말 미안해. 용서해줘.
보다시피 내가 이런 놈이야" 하고 잠긴 목소리로 대꾸했다. 가나
는 한바탕 성을 냈고, 마사키는 각오한 듯 가나의 말에 바로바로
대답했다.

"그래서, 너 지금 어디에 있는 거야?"

마사키는 가고시마에 있다고 말했다. 전에 일했던 곳에 잘 얘
기해서 다시 일을 시작했다고 한다.

"진짜야? 믿어도 되는 거야? 착실히 잘하고 있는 거지?"

"응, 진짜야. 걱정 끼쳐서 미안해."

"무사하면 됐어. 엄마한테는 연락했어?"

"이제 전화하려고."

꼭 해, 하고 가나는 다짐을 받았다.

"돈은 무슨 일이 있어도 갚을게. 미안. 유한테도 내가 못할
짓을 했어……"

"그래, 맞아. 유는 그런 일을 겪고도 너를 감싸더라. 널 정말
좋아하니까 그 마음 실망시키지 마. 알았지? 마사키."

잠깐의 침묵이 흐른 뒤, 오열을 참는 듯한 소리가 났다. 분명

마사키에게도 남한테 말할 수 없는 괴로운 일이 많았을 것이다.

"훌쩍거리지 말고, 정신 바짝 차려!"

가나가 기운을 북돋아주자 마사키는 응, 하고 코멘소리로 대답했다.

전화를 끊고 한숨 돌리니 가나는 온몸의 힘이 빠진 것 같았다. 돈 문제는 차치하고 마사키가 무사해서 정말 다행이었다. 한때는 미웠던 동생이지만 피를 나눈 형제다. 동생이 씩씩하게 힘을 내기를 기원한다. 엄마도 분명 안심할 것이다.

일자리는 좀처럼 구해지지 않았다. 몇 군데 회사에서 면접을 봤지만 채용까지는 가지 못했다. 이번에는 꼭 정규직으로 일하고 싶었는데, 한 사람 뽑는 데 늘 구직자는 열 명 정도 몰려 고졸이고 아이까지 딸린 가나는 불리해 보였다. 편의점에서는 계속 일했지만 심리적으로나 경제적으로나 왠지 모르게 불안했다.

아침 편의점에서 오랜만에 니시야마의 모습을 본 건 10월 말이었다. 쌀쌀한 시기인데도 얇은 민소매 원피스에 샌들 차림이었다. 긴 머리가 얼굴을 가린 탓에 근처에 있던 손님이 유령이라도 본 듯한 표정으로 뒷걸음질치는 것이 보였다.

말을 꼭 걸어야 하는 건 아니라고 판단해 시선을 피하려는 순간, 니시야마의 머리카락이 흔들려 얼굴이 또렷이 보였다. 가나는 놀라서 숨을 멈췄다. 양쪽 눈 주위가 새카맸다. 입술에는 피 딱지 같은 흔적이 있었다.

"니시야마 씨!"

가나는 얼떨결에 말을 걸었다. 니시야마가 멍하게 가나를 쳐 다본다.

"무슨 일이에요? 병원에는 갔어요?"

니시야마는 가나를 무시하고 캔맥주 몇 개를 바구니에 넣고 계산대로 가져갔다. 점장이 휘둥그레진 눈으로 그녀의 얼굴을 본다. 자세히 보니 팔과 손에도 보라색 멍이 몇 군데 있었다. 니 시야마는 그대로 계산을 하고 아무 말도 없이 돌아갔다.

"가정폭력이네."

점장이 중얼거린다. 가나의 뇌리에 어린 시절의 장면이 되살 아난다. 저항하지 않는 엄마를 하염없이 때리던 아빠는 정체를 알 수 없는 괴물 같았다. 가나는 숨이 막혀와 목 주위를 어루만 졌다. 그 순간 불쑥 가나의 몸에 전율이 일었다. 리키야가 생각 난 것이다.

가나는 점장에게 양해를 구하고 학교에 전화를 걸었다. 마침 쉬는 시간이라 타이밍 좋게 담임인 시바타 선생님을 바로 연결 해줬다. 리키야의 근황을 물으니 엊그제부터 감기로 쉬고 있다 는 대답이 돌아왔다.

가나는 방금 본 니시야마의 상태를 얘기했다. 시바타 선생님은 놀란 기색을 보였고, 수업이 끝나면 집에 들러보겠다고 약속했다.

학교에 연락은 했지만 가나는 가만히 있을 수 없어 아동상담소의 사가라에게도 전화를 걸었다. 사가라는 부재중이었지만 십분쯤 뒤 가나에게 다시 전화를 걸어줬다. 가나는 상황을 설명하고 리키야의 상태를 보러 가주면 좋겠다고 부탁했다.

"니시야마 리키야 군 말씀이시죠. 알겠습니다. 뒷일은 저희에게 맡겨주세요. 이시바시 씨, 연락해주셔서 정말 감사합니다."

사가라는 시원시원하게 말하고 전화를 끊었다. 곧바로 움직여줄 것 같았다. 가나는 불길한 예감을 느끼면서도 부디, 부디 아무 일이 없기를 기도했다.

오사카부 경찰청은 동거하는 9세 아동에게 상해를 입힌 오노 다카시(무직, 26) 용의자를 상해 혐의로, 아동의 친모 니시야마 아키나(서비스업, 34) 용의자를 상해 방조 혐의로 체포했다.

요도가와 경찰서에 따르면 오노 용의자는 10월 29일 이른 새벽부터 31일 이른 아침에 걸쳐 니시야마 용의자의 장남(9)의 가슴과 복부, 얼굴과 머리를 구타하고 다리를 목검으로 때

리는 등 전치 2개월의 부상을 입힌 혐의를 받고 있다. 니시야
마 용의자는 폭행을 막을 수 있었음에도 방치하고 방조한 혐
의가 있다.

오노 용의자는 '훈육 차원'에서였다고 반박하고, 니시야마
용의자는 폭행을 말렸다고 주장하며 혐의를 부인하고 있다.

가나는 언젠가 꿈을 이루기 위해 그 작은 첫걸음은 신문을 읽
는 것부터 시작하자고 결심했다.

니시야마의 이름이 실린 그날의 신문은 처분하지 않고 남겨뒀
다. 몇 번이고 다시 읽어 거의 외워서 읊을 수 있을 정도였다.

　폭행을 말렸다고 주장하며 혐의를 부인하고 있다.

니시야마는 정말로 폭행을 말렸을 거라고 가나는 생각한다.
자신도 구타당해 만신창이가 된 몸으로, 설령 그것이 앵앵거리
는 모기처럼 작은 소리였다 할지라도, 니시야마는 리카야에게
가해지는 폭력을 막았을 것이다. 그렇게 믿고 싶다.

이시바시 유의 사건을 알았을 때, 가나는 학대한 엄마를 그저
증오했다. 엄마가 처한 문제나 가정의 배경에 대해서는 생각하려
하지 않았다. 그렇게 판단하는 건 간단하고 편하지만, 과연 그걸

로 괜찮은 걸까. 결과만 보고 들은 뒤 납득하고 끝내면 그만인
걸까. 그건 사람이 생각하기를 멈추는 것과 똑같은 일이 아닐까.

신문을 읽기 시작하고 세상과 작은 연결고리가 생긴 뒤, 가나
는 궁금한 일에 대해 자기 나름대로 이런저런 생각을 해보게 됐
다. 다양한 문제가 쌓이고 쌓여 결과적으로 사건이 발생하는 것
이다.

신문을 읽는 건 꽤 시간이 걸렸지만 그래도 처음보다 조금은
속도가 났다. 그곳에는 가나가 모르는 세계가 끝없이 펼쳐져 있
었다.

니시야마 사건 후, 사가라와 얘기할 기회가 있었다.

"연인이 생기면 자식을 방해꾼으로 여기는 사람도 많아요."

사가라는 그렇게 말했다.

"빈곤은 외로움과 이어져 있어요."

가나는 사가라가 한 말의 의미를 줄곧 곱씹는다.

오와다로부터 기쁜 소식을 받은 건 11월이 된 지 일주일이 지
났을 무렵이었다. 술도가를 하는 지인이 일할 사람을 찾고 있다
고 했다.

"일하던 사람이 남편의 전근으로 급히 이사를 하게 됐대. 가나
는 상업계 고등학교를 졸업했으니까 장부 기입 같은 거 할 수 있

잖아? 힘쓰는 일도 있는 듯한데, 당장 일할 사람이 필요하대. 그 래서 가나라면 어떨까 싶어서."

즉시 찾아뵐게요, 하고 가나는 흔쾌히 답했다. 면접에는 오와 다가 같이 가서 확실히 보증을 해줬다. 오와다가 데려온 사람이 라면 안심이지, 하고 그 자리에서 채용이 결정됐다. 그녀의 인품 덕분이었다. 꿈만 같았다. 오와다에게는 아무리 감사를 표해도 모자라다.

술도가에서 일하기로 결정되고 나서 편의점 일은 이른 아침에 만 했다. 그만큼 월급을 받을 수 있다고 한다. 가나는 성심성의 껏 일하자고 마음속으로 맹세했다.

12월이 성큼 다가와 아침 추위가 매서워지기 시작했다. 유는 얼마 전에 있었던 축구 리그전에서 득점왕으로 활약했다. 리키 야 일이 걱정되는 눈치였지만 가나에게 직접 얘기하지는 않았 다. 유 스스로 극복해갈 수밖에 없다.

"오늘은 배추 삼겹살 조림이야."

아침에 집을 나서려는 가나에게 유의 목소리가 들렸다. 출근 준비하는 소리에 잠이 깼는지 옆 방 이불 속에서 목소리를 크게 낸 듯하다. 요즘 축구 연습이 없는 날은 유가 앞장서서 저녁밥을 준비해준다.

"맛있겠다! 기대되는 걸. 다녀올게!"

가나는 큰 소리로 대답했다.

"안녕히 다녀오세요."

아직 졸음이 묻은 유의 목소리를 듣고 집을 나섰다. 어둑어둑한 하늘. 해 뜨는 시간이 서서히 늦어지고 있다.

"오늘 하루도 힘내자!"

뺨에 와닿는 맑고 차가운 공기의 감촉을 느끼며 가나는 오늘이라는 하루를 향해 자전거 페달을 밟았다.

    •   •   •

유를 임신했다는 걸 알았을 때는 말로 형용할 수 없을 정도로 기뻐서 몸안에 넘쳐흐르는 기쁨을 주체할 수 없었습니다. 입덧도 가벼웠고 임신 기간 내내 줄곧 부드러운 빛에 둘러싸인 느낌이 들어 무척 행복했습니다. 지금 떠올려봐도 그 당시의 행복감은 잊을 수 없어요.

유는 저의 모든 것이었습니다. 유 밑으로 남동생도 있지만 어째선지 저는 늘 유에게 마음이 쓰였습니다. 하지만 둘 다 사랑스러운 제 자식이니 어느 한쪽을 편애하진 않았습니다. 똑같은 것을 주고 차별하지 않고 애정을 쏟았습니다.

그럼에도 마음속으로 저는 유와의 끈끈한 유대감을 느끼곤 했습니다. 이런 얘기를 쓰면 오컬트적이라고 생각하실지도 모르겠지만, 뭐랄까요, 마치 유와 저는 전생에 어떤 인연이 있었던 듯한 그런 기분이 들었거든요.

저는 유를 특히 친밀하게 여겼어요. 마음속 어딘가에서 서로 통하는 듯한, 말하지 않아도 서로 알 수 있는, 그런 영혼의 결속 같은 것을 느꼈습니다.

정말로 좋았어요. 세상에서 유가 제일 좋았습니다. 너무너무 귀엽고 사랑스러웠어요. 유가 어떤 어른으로 자랄까 하는 생각만으로 가슴이 설렜습니다. 중학교, 고등학교, 대학교를 거쳐 사회인이 되어갈 유의 미래를 상상하는 것만으로도 마음이 따뜻해지고 절로 미소가 지어졌습니다.

양육 강도는 유나 둘째나 비슷했습니다. 두 살밖에 차이가 나지 않아 둘은 걸핏하면 싸워댔어요.

1학년인 둘째는 그 나이 특유의 반항기가 있었고, 3학년인 유는 거친 말을 익히고는 그걸 써보고 싶어하는 시기였어요. 한참 장난이 심할 때죠. 둘이 같이 있으면 서로 마주보고 웃고 장난치다가 그러는 사이 싸움이 시작되는 패턴이에요.

서로 치고받는 일도 있었지만 형제라고는 둘뿐이라 애틋하기도 했어요. 둘 중 하나가 밖에 나가면 나머지 한 명은 심심해했고, 형제가 돌아오면 금세 웃는 얼굴이 되었지요. 싸울수록 친해진다는 말이 딱 들어맞는 두 아이였습니다.

남편은 지극히 평범한 아빠입니다. 쉬는 날에는 아이들을 데리고 놀러가기도 했고요. 집안일은 마음 내키면 하는 식이었고, 날마다 맡은 일은 욕실 청소 정도였을까요. 저도 일을 했기 때문에 남편이 가사를 좀더 해줬으면 하는 마음이 종종 들었습니다. 제 일이 바빠지면서 부부싸움을 하는 일도 잦았습니다.

그날의 일은 생생히 기억합니다. 어떻게 잊을 수 있겠어요. 시간을 다시 되돌릴 순 없을까, 실현될 리 없는 소망이 고개를 쳐들고, 실제로 그 소망이 이루어질 것 같은 기분이 들 때가 있습니다. 하지만 그런 일은 절대 일어날 리 없고 유는 이제 돌아오지 않습니다. 그 사실을 깨달으면 막막한 상실감에 죽고 싶어집니다.

저는 그때 왜 그토록 짜증이 나고 화가 났을까요. 돌이키면 머릿속에 물음표만 가득해집니다.

그날은 공휴일이었습니다. 주말, 경로의 날, 국민의 휴일, 추분의 날이 포함된 닷새짜리 연휴로 학교도 쉬었습니다. 저는 아침부터 심장 두근거림과 어지러움, 두통에 시달렸습니다. 갱년기의 시작인지도 모르겠어요. 아이들에게 몸 상태가 좋지 않다는 말을 하고 침실에 누워 있었습니다.

아이들은 동네 친구와 놀러 나갔었어요. 그러고는 점심때 들어와 저를 깨우기에 식사를 차려줬습니다. 오후부터 아이들은 다시 친구와 놀러 나갔습니다. 남편은 TV를 보고 있었어요.

아침보다는 컨디션이 조금 나아졌지만 여전히 머리가 아파 진통제를 먹었습니다. 날씨가 무척 좋았어요. 청소도 하고 오랜만에 이불도 말리고 싶었는데 그럴 기력이 없었습니다.

저는 거실에 누워서 TV를 보고 있는 남편에게 "미안하지만, 설거지 좀 해줘" 하고 부탁했어요. 가능하면 청소기를 돌리고 이불도 널어줬으면 좋겠다는 말도 덧붙였습니다. 듣고 있는 건지 아닌지 남편에게선 대답이 없었어요. 평소 같았으면 여기서 대답을 재촉하거나 한번 더 부탁했을 텐데, 이때는 머리가 아파 목소리를 내는 것조차 귀찮아서 그대로 침실로 들어가 쉬었습니다.

그다음 눈이 떠진 건 저녁 무렵이었습니다. 며칠째 수면 부족이 계속됐던 터라 푹 잔 것 같았어요. 거실에서는 낮에 본 모습 그대로 남편이 잠들어 있었습니다. 에어컨 때문에 집 온도가 너무 내려가서 추울 정도였고 TV는 켜둔 채였어요. 설거지도 안 돼 있었어요. 아이들은 아직 귀가 전이었습니다.

두통의 기미는 아직 남아 있었지만 많이 좋아졌습니다. 저는 에어컨과 TV를 끄고 설거지를 하고 빨래를 걷었습니다. 걷어둔 빨래를 개려는데 아이들이 먹다 흘린 음식이 마룻바닥 여기저기에 떨어져 있어 먼저 청소기를 돌렸습니다. 그 소리에 남편이 잠에서 깬 것 같았어요.

아이들이 돌아왔습니다. 배가 고프다고 하기에 간식을 내줬습니다. 쌀을 씻고 냉동실의 돼지고기를 해동했어요. 아이들은 거실에서 놀기 시작했습니다. 드러누워 있던 남편을 뛰어넘으려는 찰나에 둘째의 발이 남편 머리에 부딪혔어요. 남편은 화를 내며 둘째의 머리를 때렸습니다. 둘째는 저한테 와서 "아빠가 때렸어"라고 울며 호소했어요.

둘째를 다독이는 사이에, 유에게서 큰 소리가 났습니다. 남편이 유의 팔을 붙잡고 있는 거예요. 이유를 물었더니 유가 남편에게 "시끄러워, 망할 영감탱이"라고 했다는 겁니다. 어째서 그런 말을 했느냐고 묻자, 유가 친구에게 선물로 받은 메모장을 남편이 마음대로 썼다고 하더라고요. 보니까 메모장에 경마 번호 같은 게 적혀 있었어요.

저는 남편한테 "우선 유한테 사과부터 해야 하지 않을까?" 하고 말했습니다. 남편은 제 말에 격분해 유의 메모장을 일부러 구기고 던졌습니다. 유는 얼굴이 새빨개지도록 울부짖었어요. 그때 둘째가 그 메모장을 줍더니 "필요 없으면 나 줘" 하고 말하더라고요. 거기서 형제의 싸움이 시작됐습니다.

남편과 아이들, 셋이서 서로 악을 씁니다. 왜 늘 이렇게 되는 걸까, 저는 정말이지 진이 다 빠졌어요.

"이 망할 자식이!" 하고 남편이 아이들의 엉덩이를 걷어찼습니다. 그 행동에 저는 놀라서 남편에게 항의했습니다. 그날 남편의 심기가 언짢았던 건 아무래도 경마에서 졌기 때문인 것 같았어요. 남편은 "시끄러워" 하고 저를 밀었습니다.

밀리는 바람에 균형을 잃어 식탁에 세게 부딪혔습니다. 식탁 위에는 갓 차린 저녁식사가 놓여 있었죠. 넘어진 충격으로 된장국이 넘쳐서 뜨거운 국물이 저한테 쏟아졌습니다. 아이들은 깜짝 놀란 눈치였는데, 제 머리에 미역이 달라붙은 것을 보더니 큰소리로 웃기 시작했습니다(아이들이란 화가 나거나 울 때라도 우스꽝스러운 일이 있으면 금세 웃곤 하잖아요).

저는 된장국을 뒤집어쓴 머리카락을 닦고 젖은 티셔츠를 갈아입은 뒤, 무참히 어질러진 저녁밥과 깨진 그릇을 정리하면서 내가 누군지도 모를 것 같은 기분이 됐습니다.

"배고파" 하고 둘째가 말했습니다. 저녁밥을 다시 차릴 기력은 이미 사라지고 없었습니다. 머리가 다시 아팠어요. 구역질도 올라왔습니다.

"도시락이라도 사 올까?"

남편이 그렇게 말하더군요. 나를 냅다 밀치고 저녁밥을 엉망으로 만든 일을 반성해 그런 것 같았습니다(하지만 제게 직접 사과하진 않았어요).

그래서 제가 그렇게 해달라고 했어요. 남편이 도시락을 사러가고, 저는 아이들에게 "정리 좀 해" 하고 말했습니다. 장난감이랑 교과서와 노트가 거실 여기저기에 어질러져 있었어요.

주방에서 뒷정리를 하고 있는데, 불에 데기라도 한 듯한 둘째의 울음소리가 났습니다. 보니까 이마에 커다란 혹이 생겨 빨갛게 부었더라고요. 왜 그러냐고 물어보니 "형이 내 머리를 TV 장식장에 밀쳤어"라고 했어요. 유는 둘째가 자신의 노트를 만졌기 때문이라며 화가 나 있었어요. 저는 유를 야단쳤습니다. 실수로 노트 좀 만진 정도로 동생을 왜 때리냐고. 폭력을 쓰는 인간은 최악이라고 말했습니다.

"아, 뭐야!" 하고 말하며 유가 제 배에 주먹을 날렸습니다. 유는 욱하는 성질 때문에 지금까지도 몇 번인가 주먹을 쓴 적이 있었는데 그때는 제대로 맞았는지 통증이 굉장했습니다. 몸을 웅크리고 한동안 움직일 수 없었어요.

조금 전 아빠랑 싸웠을 때 쌓인 감정이 유의 마음속에 남아 있었는지도 모릅니다. 유는 곧장 제게 사과했어요.

그런데 제가 그때 무척 열이 받았던 거예요. 엄마의 배를 있는 힘을 다해 때린다는 건 있어선 안 되는 일이잖아요. 심한 언쟁이 시작됐습니다. 서로 고함을 치는 도중에 "머리에 미역이나 붙이고 있었으면서!" 하고 유가 웃었습니다. 그리고 그렇게 하면 마치 모든 게 농담이 되기라도 한다는 양 알랑거리는 얼굴로 제 팔을 꽉 꼬집었어요.

저는 유의 어깨를 밀쳐 그 자리에 쓰러뜨리고 손바닥으로 뺨을 때렸습니다. 저한테 그런 일을 처음 당해본 유는 깜짝 놀란 얼굴을 했지만 정신을 차리더니 "제기랄!" 하고 덤벼들었습니다. 그뒤로는 몸싸움이 되어버렸어요. 제가 유를 깔고 앉았던 것 같아요. 유도 지지 않으려고 저한테 덤벼들었습니다.

그저 맹렬한 분노가 저를 에워쌌습니다. 숨쉬는 걸 잊을 만큼 강력한 분노였습니다. 계기는 배를 얻어맞은 것이었지만 그때는 이미 정체불명의 시커먼 뭔가가 저를 완전히 뒤덮어 이유야 뭐가 됐든 상관없었습니다.

다섯을 세는 것만으로도 다행이었어요. 그렇게 하면 조금은 냉정해질 수 있었으니까요.

"엄마 따윈 죽어버려!"

유가 날카로운 소리를 지르며 제 목을 졸랐습니다. 저는 유의 머리채를 붙잡았어요.

툭, 하는 큰 소리가 났고 저는 제정신이 들었습니다. 유가 조용해졌습니다.

설마했어요. 어떻게 그런 일이 생길 수 있겠어요? 조금 전까지만 해도 건강한 아이였는데 말이에요.

남편이 돌아와 유를 보더니 안색이 달라졌습니다. 곧장 구급차를 불렀어요. 저는 유를 가슴에 안고 아이의 이름을 몇 번이고 불렀습니다. 그후 제가 직접 경찰에 전화를 걸었다는데 저는 전혀 기억이 없습니다.

제가 유를 죽였습니다. 세상에서 제일 사랑하는 아들을 죽게 했습니다.

유가 보고 싶습니다. 사랑하는 유의 목소리를 다시 한번 듣고 싶습니다. 정말로 보고 싶습니다.

시간을 거꾸로 돌려주세요. 제가 먼저 죽었다면 유는 살아 있었을 텐데, 왜 제가 살아 있을까요.

미안해, 유. 정말 미안해. 엄마가 해선 안 되는 짓을 했어. 남은 유의 인생을 빼앗아버렸어. 소중한 유를 죽게 했어. 어떤 벌을 받아도 이 죄를 씻을 수 없어.

유의 동생에게도 돌이킬 수 없는 상처를 주었습니다. 하나뿐인 형을 빼앗아버렸고, 엄마는 살인자가 되었습니다. 저는 그 아이의 인생까지 엉망으로 망쳐버렸어요. 앞으로 어떻게 해야 할지 하나도 모르겠습니다.

유가 보고 싶어요. 유를 만나 꼭 안고 백만 번 잘못을 빌고, 제가 죽어버리고 싶습니다.

　죄송합니다. 죄송합니다. 유를 보고 싶습니다. 유를 보고 싶어
요. 사랑하는 유. 정말 미안해. 보고 싶어, 보고 싶어, 보고 싶어.

　루미코는 편지를 다시 읽었다. 눈물이 흘러 편지지에 얼룩이
생겼다. 소매로 얼룩을 살짝 닦고 조심스럽게 편지지를 접어 하
얀 봉투에 넣었다.

　집을 정리하면서 루미코는 엄청난 물건 수에 새삼 놀랐다. 찬
장과 창고에서 처음 보는 듯한 식기와 타월이 잔뜩 나왔다. 손에
들고 보니 예전부터 있었던 것도 같지만, 이렇게 실제로 보지 않
으면 평생 잊고 살았을 물건들뿐이다.

　루미코가 결혼할 때 혼수로 가져가면 좋겠다며 엄마가 아껴둔
것들과 친구 결혼식에서 받은 답례품 등. 다들 손도 안 댄 물건
들이다. 루미코는 깊은 한숨을 쉬었다. 이렇게 새 물건이 많은데
도 평소에는 보풀이 인 타월과 차 얼룩이 진 컵을 사용했다. 버
릴 타이밍도 놓치고 그저 익숙하다는 이유로 계속 쓰고 있었다.

　"한심하다."

루미코는 중얼거렸다. 이렇게 줄곧 까먹고 있다가 언젠가 유나 다쿠미가 독립해서 혼자 살거나 결혼할 때가 되어서야 갑자기 생각나서 물건들을 꺼내고, 엄마가 루미코에게 했던 것처럼 아들들에게 가져가게 하려나. 얼마나 어리석은 짓인가. 루미코는 오래 써서 낡은 물건을 싹 다 처분하기로 했다.

의류도 상당량을 처분했다. 수납장 서랍에 꾸역꾸역 들어 있던 아이 옷. 친하게 지내는 아이 엄마에게 물려받아 유가 입고 다쿠미도 입었다가 이제 작아서 못 입게 된 옷들이 꽤 있었다. 아이 옷을 정리한 것만으로도 짐이 많이 줄었다.

자신의 옷도 이번 기회에 큰맘 먹고 처분했다. 작년까지 입었던 옷이 올해는 어울리지 않는다. 체중은 변함이 없지만 예전과는 다르게 몸에 살이 붙는 것 같다.

책도 최소한으로 필요한 것만 남기고 중고매입자에게 엄청난 양을 넘겼다. 실은 전부 남겨두고 싶었지만 앞으로 보관할 장소를 생각하면 그럴 수 없었다. 애초에 기대도 하지 않았지만 매입 금액은 예상을 훨씬 밑돌았다.

유와 다쿠미가 전학 가고 싶지 않다고 해서 같은 학군 내에서 새로 살 집을 찾았다. 잘 아는 지역이라 안심이 돼 마음이 든든했다. 방 두 개짜리 아파트를 임대했다. 그곳에서 루미코와 유, 다쿠미 세 사람의 새로운 생활이 시작될 것이다.

유타카와의 이혼은 비교적 매끄럽게 결정됐다. 말을 꺼낸 건 루미코지만 유타카도 생각한 바가 있었는지 "그렇게 하는 게 좋겠다"라고 조용히 수긍했다.

　루미코와 유타카는 담담히 여러 가지를 결정하고 일을 진행했다. 친권은 당연히 루미코가 갖고, 양육비는 유타카의 일자리가 완전히 정해진 다음에 받는 걸로 했다. 친구들은 "너무 안이하다"라고 했지만 루미코는 신경쓰지 않았다. 유타카가 그런 부분은 확실히 하는 사람이다.

　그리고 어차피 최근 들어서는 루미코의 벌이만으로 생활했기에 새삼스럽지도 않았다. 남아 있는 아파트 대출금이 걱정이었는데 결국 매물로 내놓기로 했다.

　여러 가지 세세한 서류 작업은 유타카가 혼자서 도맡아 해줬다. 이혼을 결심하고 난 뒤 유타카는 마치 씌었던 악령이 떨어져나간 듯 온화해져서, 그런 그를 보고 있으면 이혼하지 않아도 괜찮지 않을까 하는 생각도 들었지만, 그것도 일시적인 감상이라는 걸 루미코는 잘 알았다.

　새로운 집과 원래 집을 왔다갔다하다보니 정신없이 시간이 흘렀다. 아이들이 어릴 때는 익숙지 않은 육아에 너무 지쳐 집안을 제대로 청소할 정신이 없었다. 근래에 들어서야 간신히 가스레인지 밑이나 창문 주변, 벽 등 평소 손이 닿지 않는 장소를 깨끗이 하기 시작한 참이었는데, 결국 제대로 손질하지 못하고 남의 손에 넘기게 됐다. 조금이라도 은혜를 갚는 마음으로 루미코는 청소에 정성을 쏟았다.

"다녀왔습니다."

유와 다쿠미가 돌아왔다. 시계를 보니 오후 네시가 가까웠다.

"너희는 새집으로 가라고 했잖아. 열쇠 줬지?"

"거기에는 아무도 없단 말이야. 엄마가 여기 있을 것 같아서."

"아, 그랬구나. 미안, 미안" 하고 루미코는 두 아이의 얼굴을 보며 사과했다. 갑작스러운 이사와 환경의 변화에 아이들도 간신히 맞춰가고 있겠지. 당분간은 껌딱지라고 해도 좋으니 되도록 함께 있으면서 응석을 받아줘야겠다.

아이들에게 이혼 결정을 알렸을 때, 특히 다쿠미가 아주 싫어했다. 다같이 사는 게 좋아, 하며 우는 아이를 달래고 설득하느라 힘들었다.

한편 유는 "이미 정해진 거잖아" 하고 루미코와 유타카를 보며 말했다. 그럼 어쩔 수 없는 거지, 하고 한 번도 보여준 적 없는 표정으로 천천히 수긍했다. 그때 루미코는 자신들이 유를 일찍 철들게 했다는 생각이 들었다. 군이 경험하지 않아도 되는 일일지 모르겠지만, 언젠가 유의 자양분이 된다면 좋겠다고도 생각했다.

유타카는 도쿄 변두리의 낡은 단독주택으로 이사했다. 지금 사는 곳에서는 지하철로 삼십 분 넘게 걸린다. 유타카는 한 달에 한 번 아이들과 반드시 만난다는 약속을 했다. 그 말을 들은 다쿠미는 소풍이라도 가는 양 들떠서는, 그렇다면 괜찮아, 하고 이혼을 받아들였다. 루미코는 초등학교 1학년의 단순함에 웃음이 났다가도 울고 싶어졌다.

유타카와는 언제든 연락을 취할 수 있도록 해뒀다. 아이들도 남자끼리 통하는, 아빠의 힘이 필요한 때가 앞으로 분명히 있을 것이다. 아이들이 더 원한다면 한 달에 한 번 만나는 걸 고수하지 않고 빈번히 만나거나 자고 오게 하는 것도 괜찮을 듯하다.

유타카도 유와 다쿠미를 예뻐한다. 아이들에게 못된 태도를 보였던 건, 루미코를 향해 일부러 보란듯이 그랬던 거라고 생각한다. 루미코에게 가장 소중한 두 아이에게 상처를 주는 게 무엇보다 루미코를 소모시키는 일임을 알고 일부러 그런 것이다. 얼마나 한심하기 짝이 없는 부모인지 스스로도 반성한다.

어차피 자신은 옹졸한 인간이라고 루미코는 생각한다. 자신이 일할 때 쉬는 유타카를 용납할 수 없었다. 정론만 내세울 뿐 그에게 다가가려 하지 않았다. 유타카의 손을 빌리지 않고도 최소한의 집안일이라면 충분히 할 수 있다. 루미코가 후딱 움직이면 유타카를 감정적으로 자극할 일도 없었고 아이들에게 불똥이 튀는 일도 없었을 거다. 게다가 직접 해버리는 편이 시간 낭비도 적다.

지금이라도 그렇게 하면 되지 않을까 싶기도 했지만 역시 그럴 순 없다. 결국 나만 손해를 보는 듯해 아무것도 하지 않는 유타카가 뻔뻔하다는 생각이 든다. 넓은 아량으로 받아들인다는 건 루미코에게 도저히 어려운 일이었다.

루미코는 자신이 남편을 이해관계로만 보았다는 사실을 깨달았다. 자신이라는 인간이 얼마나 배려심이 없는지를 절실히 느끼고, 결혼에는 맞지 않는다는 것을 실감했다. 이 세상에서 유일하게 손익을 따지지 않고 마음을 열 수 있는 건 두 아들뿐이다.

새해가 되어 주민등록을 이전하고 본격적으로 새로운 생활이 시작됐다. 원래 살던 집은 생각보다 빠르게, 그리고 더 높은 가격에 팔렸다. 유타카의 생활을 조금 걱정했던 루미코는 마음이 놓였다.

루미코의 일은 순조롭게 나아갔다. 셋이 사는 일을 막연히 걱정했던 아이들도 예상외로 사리분별을 잘했다. 집에 어른이 하나뿐이고, 게다가 그 한 사람이 일해서 돈을 번다는 현실을 아이들도 체감하고 이해하는 듯했다.

군이 말하지 않아도 아이들은 환경이나 분위기를 자연스레 받아들이고 순응한다. 루미코는 아이의 그 씩씩함이 경이로웠다.

이시바시 유의 엄마인 이시바시 요코로부터 답장이 온 건 도쿄에 첫눈이 내린 날이었다. 그 주말, 아이들은 유타카의 집에서 처음으로 자고 오기로 했다.

아 춥다 추워, 하고 어깨를 잔뜩 움츠리며 팔짱을 끼면서 루미코는 공동현관의 우편함을 힐끗 쳐다보았다. 낯선 흰 봉투가 들어 있어 집어들고 보니 뒷면에 단정한 글자로 발신인의 소재지와 이시바시 요코라는 이름이 적혀 있었다.

루미코는 벼락이라도 맞은 듯 흠칫 놀라 그 자리에서 펄쩍 뛰었다가 황급히 집으로 들어갔다. 심호흡하고 마음을 안정시킨 뒤 가위로 조심스럽게 봉투를 뜯었다. 설마 답장이 오리라고는 생각하지 않았다. 루미코가 이시바시 요코에게 처음으로 편지를 보낸 건 10월. 그후 두 통 정도 더 편지를 썼었다.

루미코에게 이시바시 유의 죽음은 충격이었다. 유와 이름과 나이가 같다는 점에 우선 놀랐다. 상세한 내막이 밝혀지는 사이, 우리집에서 일어났어도 이상하지 않을 사건이라고 느꼈다. 떨리는 몸이 도저히 진정되지 않았다.

유에게 두 살 터울의 남동생이 있다는 가족 구성도 똑같았다. 루미코는 기분이 이상했다. 자신의 몸 대신 이시바시 요코가 체포되고, 유 대신 다른 이시바시 유가 죽은 듯한 기분이 들었다.

도저히 가만히 있을 수 없었다. 루미코는 요코에게 편지를 썼다. 생각한 그대로 써서 우편함에 넣었다. 그저 요코의 편에서, 유의 명복을 비는 편지였다.

이시바시 요코의 편지는 '삼가 아룁니다'로 시작됐다. '이시바시 루미코 씨에 대해서는 알고 있습니다'라고 쓰여 있었다. 〈할렐루야〉를 구독하는데 거기서 루미코의 블로그도 알게 돼 보았다고 한다. '팬입니다'라고 적혀 있었다.

그 시점에서 이미 루미코는 울고 있었다. 이시바시 요코는 정말로 어디에나 있을 법한 엄마였다. 생활잡지를 읽고, 누군가의 육아 블로그를 보고, 초등학생인 두 아들을 키우는, 전국 어디에나 있는 평범한 엄마다.

편지에는 요코의 솔직한 감정이 담겨 있었다. 거짓 없는 내용이라고 느꼈다. 그리고 이건 그야말로 자신의 얘기라고 생각했다. 마치 도플갱어처럼 또 한 명의 루미코가 사건을 저질러 지금 수감되어 있는 거라고.

루미코는 오열하면서 몇 번이고 편지를 다시 읽었다. 읽을 때마다 요코의 영혼의 절규가 가슴속 깊이 느껴지는 듯해 도저히 평정심을 유지할 수 없었다.

숨진 이시바시 유.

얼마나 원통했을까. 엄마에게 목숨을 잃고 고작 아홉 살의 나이에 인생의 막이 닫히고 말았다.

봄에 만날 4학년 새 담임 선생님은 누구였을까. 초등학교 졸업식은 어땠을까. 중학교에서는 어떤 동아리에 가입했을까. 고등학교에서는 새로운 친구를 많이 사귈 수 있었을까. 대학에서는 훨씬 더 많은 사람들을 만났겠지. 아르바이트는 했을까. 했다면 어디서 했을까. 취직은 어디로 했을까. 사회의 쓴맛을 알고, 세상이 넓다는 것을 새삼 알게 됐겠지. 첫 월급으로 가족에게 식사를 대접했을지도 모른다. 그리고 언젠가 좋아하는 사람을 만나 결혼해서 아이를 낳고 요코를 할머니로 만들어줬을지도 모른다.

만난 적도 없는 유祐는, 내 아이 유悠宇였다. 앞으로 펼쳐질 유의 인생이 내 아이 유의 인생일지도 몰랐다. 유의 남동생은 다쿠미이고 요코의 남편은 유타카였을지도 모른다.

몇 번을 읽어도 전혀 그 무게가 줄지 않고 요코의 비통한 절규가 느껴져 루미코는 매번 새로이 눈물을 흘리며 흐느껴 울었다.

수십 번 읽었을 것이다. 루미코는 눈물을 닦고 코를 풀고 창밖을 바라보았다. 아침부터 시작된 눈이 여전히 내리고 있었다. 하늘에서 내리는 흰 눈이 하늘하늘 조용히 지상에 쏟아지고 있다.

갑자기 휴대폰이 울렸다. 유타카의 이름이 화면에 뜬다.

"여보세요. 엄마! 눈 엄청 와!"

유였다. 유타카의 휴대폰으로 건 모양이다.

"유, 유……"

루미코는 참지 못하고 흐느꼈다.

"왜 그래, 엄마. 무슨 일 있어? 우는 거야?"

그렇게 말하고는 깔깔 웃는다.

"엄마, 여기 눈이 엄청 와. 이제 아빠랑 눈싸움하고 눈사람 만들 거야."

어느 틈엔가 다쿠미로 바뀌었다.

"와, 좋겠네. 신나게 놀아."

"그럼 끊을게, 안녕!"

다쿠미가 쾌활하게 전화를 끊었다.

루미코는 휴대폰을 손에 쥔 채 창문을 열었다. 차가운 공기가 곧장 방안으로 들어온다.

글을 쓰고 싶다. 자신의 것이었을지도 모를 이시바시 요코의 인생을. 유의 것이었을지 모를 이시바시 유의 짧은 인생을. 정성을 다해 쓰고 싶다. 그 애정을. 그 마음을.

첫눈이 내린 날, 루미코는 그렇게 굳게 마음먹었다.

해설

우에노 지즈코(사회학자)

※이 해설은 이야기의 결말을 언급하고 있으므로 작품을 완독한 후 읽어주시기 바랍니다.

세 명의 이시바시 유. 동성동명이지만 저마다 한자가 다르다. 유優와 유悠宇와 유勇. 그리고 각각의 엄마. 이렇게 세 쌍의 모자가 등장한다. 이시바시 아스미와 유, 이시바시 루미코와 유, 이시바시 가나와 유. 그리고 또 한 쌍의 모자, 이시바시 요코와 유祐. '이시바시 유'라는 이름의 소년이 엄마에게 학대당해 숨진 사건을 시작으로 세 가정은 연결된다. 그 아이는 어쩌면 우리 유였을지도 모른다……라고. 그렇지만 이 세 쌍의 모자는 주거지도 라이프스타일도 모두 다르며 서로 접점도 없다.

이시바시 유, 9세, 초등학교 3학년. 고학년이 되기 전 어린이다운 면이 남아 있는 과도기 연령이다. 이후 소년이 되고 변성기를 맞이할 것이다. 힘은 세지만 아직 성인 여성이 제압할 수 있는 막바지 연령이기도 하다.

소설 도입부에 처절한 폭력 장면이 등장한다. 그리고 말미에는 이시바시 유가 엄마에게 살해됐다는 보도기사가 등장한다. 과연 어느 이시바시 유가 사망한 것일까? 독자는 이야기에서 눈을 뗄 수 없게 된다.

이시바시 아스미(36세)는 시즈오카에 거주하는 전업주부. 남편 다이치의 안정적인 수입이 있고 외아들 유는 우등생이다. 시어머니와 같은 부지 안에 독립적으로 지은 단독주택에 살고 있으며 등장인물 가운데 가장 경제적으로 윤택하다. 그런데 분명 손 갈 일 없는 착한 아이였던 아들은 장애가 있는 학급 친구를 이용해 교묘하게 괴롭힘을 행사하고, 아버지를 모멸하며, 치매에 걸린 할머니에게 발길질을 한다. 세상에서 가장 사랑하는 아들이 타인의 고통을 이해하지 못하는 에일리언 같은 존재로 변했다. 그런 아들을 나무라는 엄마에게 아들은 쏘아붙인다. "엄마도 나를 시험하고 있잖아…… 엄마 취향대로 맞춰준 것뿐이야"

라고. 엄마가 남편의 눈치를 살피며 생활하고, 시어머니와의 거리를 능숙하게 조절하고 실수 없이 연기하는, 기만적인 인생을 보내고 있음을 간파한 것이다. 한편, 아들이 일으킨 문제들을 듣고도 남편은 그저 무책임하게 회피하려 한다. 도리어 아내에게 "네가 교육을 잘못해서"라고 비난하는, 그렇고 그런 '보통' 아빠다. 그런 남편을 '그럴 수도 있지'라며 이해하려 하고, 아들이 돌변한 것을 '반항기'로 치부하는 아스미의 모습에서도 자식의 현실을 진지하게 마주하려는 자세는 찾아볼 수 없다.

이시바시 루미코(43세)는 가나가와현에 거주하는 프리랜서 작가. 유와 두 살 터울의 남동생 다쿠미가 있다. 사내아이들은 야만인이고 괴물이다. 별것 아닌 일로 몸싸움을 하고 온 집안을 들쑤셔놓아 조용할 날이 없다. 남편 유타카는 프리랜서 사진작가. 나이를 먹고 거만해져 편집자가 함께 일하기 불편해졌는지 눈에 띄게 일이 줄었다. 반면, 그와 교대하듯 루미코는 육아 때문에 잠시 중단했던 프리랜서 작가의 일을 재개하려고 한다. "이번에는 내가 돈을 벌게……"라고. 루미코의 일은 순조롭게 풀리며 남편의 수입을 웃돈다. 그와 동시에 남편은 갑자기 무기력해지고 루미코를 비꼬는 말을 내뱉기 시작한다. 자신이 돈을 벌고 있으니 집안일과 육아를 분담해달라는 루미코의 제안에도 마지

못해 억지로 응한다. 마감에 쫓기면서도 충만함을 느끼는 루미코를 대하는 남편의 태도는 점점 더 지질하고 이기적으로 변해간다. 그림으로 그린 듯 뻔한 전개다. 글 쓰는 사람은 직주일치, 즉 직장과 주거 공간이 일치되기 마련이다. 자신의 일터는 성역이니 들어오지 말라고 두 아들에게 엄포를 놓지만 전혀 효과가 없다. 어질러진 거실을 치우라고 남편과 아이들에게 경고했더니, 남편은 아들의 게임기를 갑자기 집어던지고 장난감을 부순다. 자신에게 덤벼드는 아들을 걷어차고 마치 셋째 아들인 양 어른스럽지 못한 폭력을 행사한다. 아들과 달리 체격이 큰 성인 남성의 폭력에 루미코는 두려움을 느낀다.

이시바시 가나(30세)는 오사카에 거주하는 싱글맘. 오사카 방언을 쓴다. 바람을 피워 집을 나간 남편과 일찌감치 헤어졌다. 자식까지 낳았는데도 "내 알 바 아니지. 네가 멋대로 낳았잖아"라며 뿌리치는 무책임한 남자다. 위자료와 양육비를 받기는커녕 대출금 상환에 허덕이는 모자가정을 투잡으로 지탱하고 있다. 축구를 좋아하는 아들에게 장비를 사주고 싶어도 그것조차 녹록지 않다. 아들 유는 효성이 지극하고 다정한 아이로 자랐다. 하지만 혼자 사는 친정엄마가 항상 마음에 걸리고 남동생은 툭하면 돈을 융통해달라며 찾아온다. 유는 같은 반 친구의 계략에 도둑 누명을 쓴다. 그 아이의 엄마이자 유흥업소에서 일하는 싱글맘 니시야마는 가나에게 함께 일할 것을 권유하지만 가나는 거절한다. 그러자 니시야마는 "당신의 그런 점이 짜증나!"라며 쏘아붙인다.

어느 날.

이시바시 아스미와 남편, 시어머니가 함께 있는 자리에서, 아빠가 마마보이라는 걸 아는 유는 치매에 걸린 할머니를 두고 '더럽다'라고 말한다. 불륜을 눈치채고 아빠에게도 '더럽다'라고 거리낌없이 내뱉는다. 격앙된 다이치는 유의 뺨을 때리고, 유가 "아동학대"라고 소리치는 바람에 이웃의 누군가가 경찰에 신고한다. 찾아온 경찰관에게 아빠를 "체포해달라"고 부탁하는 아들의 태도에 다이치는 분노와 수치심이 치밀어 도리어 화를 낸다. "그냥 넘어갈 생각 마"라며 주변의 물건에 분풀이하는 아빠에게 유는 "그거 전부 학대라고"라며 의기양양하게 말한다.

어느 날.

이시바시 루미코는 여느 때처럼 싸움을 시작한 유와 다쿠미에게 아빠로서 개입도 하지 않는 유타카를 책망한다. 집안을 어질러놓은 아이들을 때리고 "전부 이 자식들 때문"이라는 유타카를 보며 루미코는 인내심의 한계에 도달한다. 그가 지금껏 아빠다운 행동을 하긴 했는가, 하고. 루미코에게 뺨을 맞은 유타카가 반격하며 부부간의 몸싸움이 되고, 아이들은 싸움을 말리려다 내동댕이쳐진다. 루미코는 두 아들을 지키기 위해 "당장 나가!"라고 유타카에게 절연을 선언한다. 그러나 자신의 성역이었던 작업실이 그토록 지키려 했던 아들에 의해 엉망이 되었음을 안 순간, 루미코의 안에서 뭔가가 툭 끊어진다. 분노에 휩싸여 온몸이 뜨거워지면서 루미코는 유를 깔고 앉아 바닥에 머리를 내려친다.

어느 날.

직장에서 해고된 가나를 집에서 기다리고 있던 건 부주의로 화상을 입은 유. 가나는 유를 병원에 데려갔다가 학대를 의심받고, 아동상담소의 직원이 조사차 방문한다. 엄마를 감싸는 유. 실제 학대 피해자는 엄마의 동거남에게 목검으로 구타당한 니시야마의 아들 리키야였다. 폭행을 방관했다는 혐의를 받는 니시야마는 "나는 말렸다"라고 주장한다. 가나는 그녀가 본인도 구타를 당하면서 분명 필사적으로 아들을 지키려 했을 것이라며 그녀를 동정한다.

그리고 또하나의 어느 날.

이시바시 유가 이시바시 요코라는 엄마의 손에 목숨을 잃었다.

숨진 이시바시 유는 세 쌍의 모자 가운데 그 어느 쪽에도 해당되지 않았지만, 세 쌍의 모자 중 누구라 해도 이상할 것이 없었다.

그나저나 이 책에 등장하는 남편은 어째서 하나같이 다 속좁고 비열하고 유아적이며 자기중심적일까? 남자는 원래 그래…… 하고 넘기면 그만인가? 남성 독자가 읽는다면, '남자에 대해 제대로 못 썼다'라고 할까? '나는 안 그래'라며 자기를 변호할까? 그렇다 하더라도 이런 남자가 현실에서 얼마든지 있을 법하다는 사실이 한심스럽다. 이 나라의 남자들은 결국 아버지가 되지 못한 채 '남자'로만 남은 것일까?

아스미는 현실을 얼버무리고 안주한 전업주부. '그날' 이후 임신을 하고 남편의 불륜을 추궁하지 않은 채 둘째 아이를 출산하려고 한다.

루미코는 '그날' 이후 경제적 자립을 이뤄 남편과 이혼하고 두 아들과 함께 새 출발을 결심한다.

가나는 남편에 대한 미련 없이, '그날'과 상관없는 싱글맘의 일상을 최선을 다해 지키고자 한다.

작가는 이 세 여성 중, 남자에 의지하지 않고 가난하지만 꿋꿋한 가나에게 제일 후하다. 이시바시 가나의 아들, 유만이 효성이 지극한 착한 아이라는 점이 그 근거다.

하지만 아무 이유 없이 도둑 누명을 쓴 초등학교 3학년 남자아이가 그걸 견디고 학교에 계속 다닐 수 있을까? 여유 없는 싱글맘에게 투정을 부리거나 엇나가지도 않고 이렇게나 배려심을 가질 수 있을까? 만약 유가 쉽게 부러지는 마음을 가진 아이였다면? 등교를 거부하고 정신이 망가져 '죽고 싶다'라며 자살기도를 거듭한다면? 아이가 그렇게 되더라도 조금도 이상할 것이 없는데, 작가는 이시바시 가나와 유 모자에게만 구원을 부여한다. 이시바시 가나와 유에게도 '최악의 사태'는 있을 수 있을 텐데.

이 작품의 주제는 아동학대다. 학대 사건의 대다수는 3세부터 5세, 부모에게 완전히 의존하고 반항할 힘도 없는, 이른바 생사여탈권을 부모가 한 손에 쥔 듯한 경우가 대부분이다. 9세가 된, 게다가 부모에게 덤벼드는 남자아이가 학대사하는 경우는 많지 않다.

일본에서 이 책이 출간된 당시의 띠지에는 "폭력 충동은 누구에게나 잠재되어 있다"라는 소설가 미야시타 나츠의 문장이 적혀 있다. 그러나 이 소설의 주제는 분명 그게 아니다.

네 명의 엄마는 아들을 무척 사랑했다. 자신의 존재 이유로까지 여겼다. 이 조건 없는 애정을 쏟아붓는 대상은 딸이 아니라 아들이어야 했을 것이다. 9세 딸이라면 자신과 동성이라는 점에서 애증의 양가 감정이 생겨나기 때문이다. 네 명의 엄마는 아들을 지키기 위해 필사적이었으며 그 방법은 저마다 달랐다. 이시바시 아스미는 경제적 안정과 두 부모가 다 갖춰진 가정을 아들에게 제공하는 것으로. 이시바시 루미코는 무책임하고 폭력적인 남편으로부터 두 아들을 지키는 것으로. 이시바시 가나는 책임감 없는 남자에게 의존하지 않고 닥치는 대로 일을 함으로써 각자의 방법으로 아들을 지켰다.

마지막에 등장한 이시바시 요코는 자식과의 다툼 끝에 "엄마 따윈 죽어버려!"라며 가장 사랑하는 아들이 자신을 때리자 그 분노에 휩싸여 아들을 폭행했다. 그후 "유를 만나 꼭 안고 백만 번 잘못을 빌고" 싶다고 한다. 그 폭력은 자식을 향한 증오에서 비롯된 것이 아니었다. '너를 이토록 소중하게 생각하는데 왜 그걸 모르니' 하는 엄마의 후회와 참담함이다.

그런데 '지킨다'라는 건 무엇일까?

사랑해 마지않는, 그렇기에 온갖 고난을 감내하고 어떠한 희생도 아끼지 않는…… 모성의 끝에는 상대방을 내 생각대로 하고 싶다는 지배욕이 있다. 이시바시 가나를 제외한 나머지 세 엄마는 아들이 '생각한 대로' 되지 않을 때 폭발했다. 가나가 예외인 건 아들이 이미 '생각한 대로' 자라고 있기 때문이다. 내가 바란 건 이게 아니야, 이런 아이가 아니었어, 하는 실망과 분노가 제어 기능을 무력화한다. 연령을 9세로 설정한 건 자식이 부모의 뜻대로 되지 않는 게 점차 뚜렷해지는 시기이기 때문일 것이다. 이 지배욕을 폭력이라고 부른다면 이 또한 폭력이다. 그러나 엄마의 폭력은 아빠의 폭력보다 굴절되고 뒤얽혀 있다.

이 작품에서 느껴지는 건 엄마라는 존재의 무거움이다.

그리고 그 배후에는 아빠의 무책임함이 있다. 엄마는 혼자서라도 아들을 지키려고 하지만, 아빠는 아무런 도움이 되지 않을 뿐더러 심지어 때로는 방해가 되기도 한다. 누군가가 말한 '아버지의 부재'라는 폭력. 그 말이야말로 최대의 폭력임이 틀림없다.

아들을 지키고 싶은 엄마의 사랑은 고스란히 자신이 배 아파 낳은 아들의 생명을 빼앗는 권리로도 통한다. 그 우의적인 이야기를 마치 현장에 있는 듯 생생하게 묘사한 점이 이 작품의 큰 성과이리라.

그리고 세 쌍의 모자가 투영하는 모습 속에 독자의 경험에 비추어 공감되는 부분이 있다면, 이 책은 세상에 작은 경종을 울리는 이야기가 될 것이다.

明日の食卓

옮긴이 **김영주**

상명대학교 일어교육과를 졸업하고 한국외국어대학교 대학원에서 일본 근현대문학으로 석사과정을 졸업했다. 옮긴 책으로『76세 기리코의 범죄일기』『낮술』(전3권)『탱고 인 더 다크』『엄마가 했어』『신을 기다리고 있어』『결국 왔구나』등이 있다.

문학동네 세계문학
내일의 식탁

초판 인쇄 2023년 2월 1일 | 초판 발행 2023년 2월 10일

지은이 야즈키 미치코 | 옮긴이 김영주
책임편집 고선향 | 편집 김정희
디자인 강혜림 최미영 | 저작권 박지영 형소진 이영은
마케팅 정민호 이숙재 김도윤 한민아 이민경 안남영 김수현 왕지경 황승현 김혜원
브랜딩 함유지 함근아 박민재 김희숙 고보미 정승민
제작 강신은 김동욱 임현식 | 제작처 한영문화사

펴낸곳 (주)문학동네 | 펴낸이 김소영
출판등록 1993년 10월 22일 제2003-000045호
주소 10881 경기도 파주시 회동길 210
전자우편 editor@munhak.com | 대표전화 031) 955-8888 | 팩스 031) 955-8855
문의전화 031) 955-1927(마케팅) 031) 955-1917(편집)
문학동네카페 http://cafe.naver.com/mhdn
인스타그램 @munhakdongne | 트위터 @munhakdongne
북클럽문학동네 http://bookclubmunhak.com

ISBN 978-89-546-9949-5 03830

잘못된 책은 구입하신 서점에서 교환해드립니다.
기타 교환 문의 031) 955-2661, 3580

www.munhak.com